suhei

从来没有命定的不幸，
只有死不放手的执着。

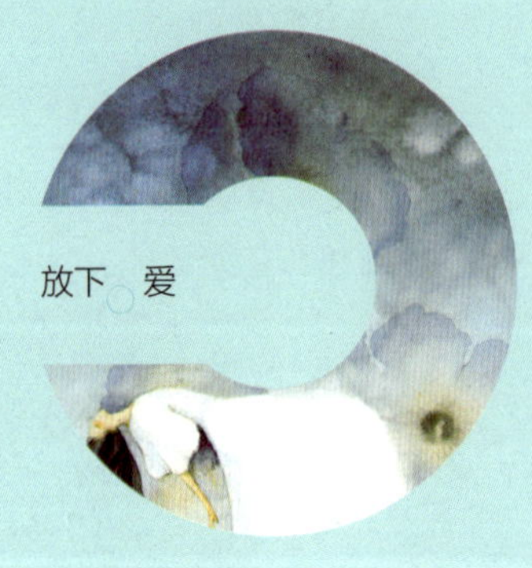
放下 爱

素黑枕边
自爱系列

放下。爱

暖心经典手绘本

素黑

湖南文艺出版社
HUNAN LITERATURE AND ART PUBLISHING HOUSE
博集天卷
CS-BOOKY

图书在版编目（CIP）数据

放下·爱 / 素黑著. -- 长沙：湖南文艺出版社，2015.6
（暖心经典手绘本）
ISBN 978-7-5404-7156-9

Ⅰ. ①放… Ⅱ. ①素… Ⅲ. ①情感－通俗读物 Ⅳ. ①B842.6-49

中国版本图书馆CIP数据核字(2015)第085728号

上架建议：心灵成长·励志

放下。爱：暖心经典手绘本

作　　者：素　黑
出 版 人：刘清华
责任编辑：薛　健　刘诗哲
监　　制：毛闽峰
策划编辑：李　娜
文案编辑：张红丽　段　梅
营销编辑：张　璐
插　　画：范　薇
封面设计：仙　境
内文装帧：李　洁
出版发行：湖南文艺出版社
（长沙市雨花区东二环一段508号　邮编：410014）
网　　址：www.hnwy.net
印　　刷：北京京都六环印刷厂
经　　销：新华书店
开　　本：880mm×1270mm　1/32
字　　数：286千字
印　　张：10
版　　次：2015年6月第1版
印　　次：2015年6月第1次印刷
书　　号：ISBN 978-7-5404-7156-9
定　　价：42.00元
（若有质量问题，请致电质量监督电话：010-84409925）

自序　治疗原是自我修行

写作是为自己，治疗是为别人，也是为自己。

治疗不是我的事业，是我体味和学习尊重生命的门槛。我一头探进去，和迷失的人一起寻找通往爱的一道光。

治疗原是自我修行。

这是一个纷舛的时代。

2001年，纽约“9·11”事件发生的那天夜里，收到美国一位女朋友的电邮，慨叹危难当前，却联络不上前夜还睡在枕边的他，大抵这个人也不算至亲，自己一生还未找到最爱；电话里，另一个女朋友，连声埋怨丈夫不中用，怪他不好好爱她，可看到电视里的世贸中心倒下了，不禁收起怨声说：“算了，还有什么比和平更重要呢！”

2003年的春天，在百分百不人道的美伊战争爆发的梦魇下，在随时可能感染非典型肺炎的惶恐和无助下，电话里，一位女客人愤然指责前男友分手后不懂得顾全她的感受，把整个心思放在否定对方、封闭自己的小角落里，看不到自我以外更苍茫的天地。

2005年年初，朋友的丈夫在南亚海啸中遇难，两个人旅行，一个人回来。她哭着对我说：“他走前还不肯发誓从此专一只爱我一个人，以为一次旅行便可以赎清他对我不忠的罪吗？天要惩罚他，为何也要陷我于孤寡？”人已去，还费神怨天尤人干吗？

2007年春天，刚和男友分手的她说要随无国界医生组织到战地当志愿医生，希望借奉献自己医好失恋的伤口。临行前还是忍不住问：“素黑，你看过那么多情伤，为什么你还能相信爱？”

岁月无声，人的心却纷扰难息。爱到底还剩下什么？我感到难过。

乱世儿女在大时代里的悲壮爱情早已过时，“英雄”两个字只是争取奥斯卡奖项的电影名字而已，和平也只是满足超级大国的嗜血欲望而开战的丑陋借口。至于两口子的爱情，多少琐琐碎碎的恩恩怨怨，变成大是大非、斤斤计较的庸人自扰，挂在口边，恨在心坎，盘算在脑袋里，按在微信、短信里。哪些是妄自尊大，哪些是思想陷阱，哪些是无中生有，哪些是牛角尖、死胡同？在这个困惑的时代，你应何以面对？

作为心性疗愈师，我需要比一般人更充沛的能量和信念。嗯，非常不容易，我，毕竟也只是凡人。我坚信爱是治疗也是生命的最后答案，希望将这信息传送给愿意相信自愈能力的情感伤者，把困在自我中的执着流放，交给天地造化，接收宇宙最大的爱的能量。

要相信，**每个人都有自愈的本能，偶尔走累了，不妨把自己交出，借宇宙包容的力量安慰自己**。我，只是一个愿意聆听和陪伴你们走一段的路人。你们受的伤没有动摇我对爱的信念，反而让我更靠近爱，看到它真正的方位。

不是我治愈了你们，是你们令我更成长，对自己和世界更宽容。流着泪跑来的人，在治疗过后都由衷地欢笑，有人跳舞答谢我，有人为了自己活得比以前更精彩，有人鼓起勇气重整半百的人生。我衷心对你们说："我没有改变你们，只是让你们做回自己。"我深深感谢你们对我的信任，以及为我带来的一切。

存在就是孤独，请不要迷恋依赖，破坏存在的核心。所有的智者、导师、治疗师，缘来只是过路人，你不需要当他们的门徒。在孤独中瞥见爱，返回自身好好享受和施与，生命才刚刚开始。

尼采在《瞧！这个人》的前言中的话给我偌大的存在启示，正是如此："现在我请你放弃我而去找寻你自己。只有当你已完全离弃我时，我将回归于你……"

你能放下，才算真正读懂这本书。

素黑

2007年6月于香港

2015年5月再版修订

放下爱

目录

CONTENTS

第一部分

关系盲

第二部分
贪恋

目录

CONTENTS

第三部分

无法放下

放下○爱

目录

CONTENTS

第四部分 情感错觉

第五部分 任性爱

目录

CONTENTS

第六部分 绝望主妇

第一部分 关系盲

受害者最大的伤口不是被伤害，而是不肯放下受害者的角色，宁愿浸淫在痛苦和自怜的心理惰性中。

世事没有完美，只能自足，管理好自己。

患上骚扰旧爱强迫症

打开自己的心，先稳定自己，才有能力看穿失恋的原因。

Case 1. 死缠分手男朋友

| 小林 | 25岁 | 地产经纪人 |

我和他同居已经两年了，绝对想不到最终分手是因为他说需要自己的空间，怪我没有尊重他的隐私。天，共处七百多天后才告诉我他需要自己的空间，这不是笑话吗？

莫名其妙地要分手，不到两天他便把所有东西搬出去了，这是他的房子啊！他说我可以继续住，直至我搬出为止，他再回来。他像房东一样冷漠地交代“后事”，我心如刀割！我的心伤透了，非常无助，很委屈，也很愤怒。

他搬出去已两个月了，我还住在他那里，房子空了一半，心已空了一大截！我还是放不下，不甘心。

我从来没有被男人甩过，觉得很没面子。其间我一直打电话联系他，希望他回心转意，想见他，即使是做回朋友，也可以见见面、陪陪我、互相关心一下吧，他却老是不回我，很绝情！一个月后，他竟换了电话号码。

当我知道他原来和一个男同事合租房子时，我更愤怒！他不是想要自己的空间吗？为何又和其他人同住呢！我感到很受伤，他再也没有给我回过电话。试过上门找他，他知道我去他家，竟一天一夜不回家，我找到他的新电话号码，打给他，问为何不见我。他说出差了，可是他同事的女友刚好在家，大概不知情吧，却说他稍后会回来的。

我真的那么讨厌吗？居然要避开我。我想放下，但做不到。偶尔找到他，可他总不理会我的感受，也不说什么，只说正有事做，不方便聊，或者手机没电等。我知道爱已经离开了，就是很伤心，总想等他说一些关心我的话，想他回头。

我转变攻势，改为每天发短信向他问好，发有趣的电邮资讯给他，可是上星期从熟朋友处得知他已有新女友了，还在他家过夜。我难过得要死，马上打电话到他家，他不在，同事嚷着说："不要脸，还打电话来烦，找死吗？"把我狠狠骂了一顿！

我从没有被人这样侮辱过，我想不如死了算了，他为什么那样对我？我没做错什么啊！我要让他知道变的是他不是我，我还爱他。

昨天鼓起勇气再打给他，他又说忙着，很快便挂断，我再打给他，直接说如果我想死，你会给我什么意见？他却叫我问我妈，然后便挂掉了。

恩断义绝的男人，还要等他吗？就是不忿。我一怒之下把他送的耳环扔进厕所冲走了，最好把他也冲走。可老是放不下，我还可做什么才能平衡自己呢？

素黑剖析

收到小林的信是她发给我的第二天，她却迫不及待一天内发了两封信问我为什么打开邮箱还没收到我的回信。明显地反映出她的精神正处于非常强迫性的状态，一秒钟也等不了，比正常的心理时差快起码30倍。

失恋分手，可以有很多理由，不能接受也要面对，静心反观问题在哪里，有没有改善和挽救的余地，这才是面对分手的正确态度，而不是盲目迷信关系还在，现实还可以改变，只要努力争取就是了。

争取是可以的，但方法要正确和理性，不能像小林一样追债似的以电话轰炸，精神虐待别人，将努力变成暴力。男友正是因为受不了她的压迫才离开的，连房子也可以放弃的男人，可以想象问题的迫切性。他也快崩溃了，才断然离开，还自我以自由。她却以同样的武器迫使他回她，**这是暴力的战争，没有人会傻到觉得这是爱。**

小林不断为自己的过火要求找借口，可她没看到自己最大的毛病：以自我为中心，盲目霸道，不理会别人的感受，强暴侵占他人的自由。

她自定自闭的时间和空间世界，把她所爱的人放进去，让她观赏和控制，牺牲他人的自由。男友受不了要分手，她还在纠缠，因爱之名蚕食他的能量，把所有精力专注地花在捕捉他回巢的行动上，令自己变得很辛苦，不断流失能量，结果累死了，还是一事无成，反而徒添人家强烈的反感，所做的都白费，一败涂地。

没有人伤害她，除了她自己。

打电话骚扰人，把自己的内在斗争传染给人，希望人家陪自己痛苦，要人家承受，却没有自我反省的余地，自讨苦吃。当心暴力的骚扰行为变成失控病态！没有人欠了她，她是借前男友不理她而合理化自己侵犯他人隐私的重复行为，令自己变得讨厌、病态，像疯子一样，这便是她希望的结果吗？只会逼死自己和别人，问题还是没有解决。

打开自己的心，先稳定自己，才有能力看穿失恋的原因。

放过人家吧。

很多人有无法控制的心瘾，总希望打电话给已经不再相爱的旧恋人，明知打了会更难受，会听到不想听的话，还是自作孽地打，然后重伤挂线。必须找个方法让自己理智一点，即使不能马上改变心态不再接触对方，也应减少主动接触的次数，这是自疗的方法。

无法寻求治疗师帮你的话，可以试试这个自疗法：

很想打电话时，先做一次“模拟对话”，想象电话接通后你第一句想说的话，先对着话筒说出来，然后角色换转，当自己是他，回应自己刚才的话，但回应的条件是：平衡扮演，即是说，分别给自己两个相反的回应。如你第一句话是：“我很挂念你啊。”你的第一个回应是温柔的：“是吗？我也一样！”然后，马上给自己第二个厌烦的回应：“又是你，你还打来干吗？别烦了！”还想继续的话，便说第二句：“我能见见你吗？”给自己两个回应：“现在不太方便呢。”“不是说过不要再来烦我了吗？我不想见你！”

关键是把两种回应说出来，让自己听到，而不是心里想。**让自己真心亲耳听到两种可能性，正反相并，成全自己的欲望，同时敲醒自己的盲点**。这样能满足你分裂的感情欲望，同时提醒自己现实的处境。

让情绪发泄出来，哭也好，大叫也好，发泄了便可打消或起码拖延真正骚扰的行动。这是需要时间配合的，慢慢便会使欲断难断的欲望减淡，减少流失能量和自我伤害的机会。

放下○爱

自主还是受控，你是可以选择的

是不是要和情人做爱，取决于你能不能潇洒一点处理没有将来的性爱关系，能否承担短暂享乐后最终要分离的痛楚。

Case 2. 在经济婚姻与偷情之间

| Carrie | 35岁 | 公司董事 |

和老公只有名分没有性

我有个所谓的老公。

有时，我会以为我是克林顿的妻子，坚强、有野心、能干、忍耐、大方，总之是除了得不到爱情外，什么都拥有的女强人。可这正击中了女人的死穴：至强的女人，最终还是希望拥有一段至死不渝、无悔的爱情。我拥有天下，年纪轻轻就在企业内有呼风唤雨的能力，把生意搞好，却还只是某某人的妻子，天，我真的忘记了克林顿的妻子叫什么名字。这就是女人的宿命吗？

老公是所谓的老公，因为我们之间早已名存实亡，只是挂名夫妻罢了，还挂着名分，都是为了公司，怕分开的话影响客户对公司的信心。

我们都是会计算的人，懂得搞关系、抓人情，可以说，整个企业王国都是一场粉饰堂皇的戏，有需要时我和他一起出席大场面、谈生意，我是最出色的某某夫人、老公的得力助手。我的外语能力比老公强，几乎所有国外的订单都是我谈成的，所以我经常跑国外，留下他在国内尽得风流的机会。

我没有后悔，因为我根本没有选择的余地，没有什么可以做。他是个花心汉，结婚前已有数不清的情史，我们也算是“政治”婚姻，是双方家长摆布的结果。这样说可能不太公平，因为当初我们是真的相爱，他为了我放弃了几个很漂亮的、谈了很久的女孩，可能男人都是实际的动物，认定了婚姻对象便会暂时讨好她，而我那时以为自己很幸运，能得到花花公子收心敛性为我牺牲。当然，婚后不消半年，一切梦想都破灭了。

我也可以花心，但我不敢

老公花，我也可以。庆幸我外表坚强，还能理性地自我安慰，不幸的是我敢想不敢做。这是我最大的缺点：外表是个女强人，内里却小鸟依人。

已经多久没有和老公亲热？上一次恐怕已是三年前，这几年不是没有抱一下，只是感到太虚伪，太例行公事，是他刹那有欲望想要性时身边不是别人而是我的委屈感，真难受得要命。几次这样所谓的亲密过后，我宁愿逃避，甚至说明不想要，换来他不屑的眼神和我被撕碎的自尊。这个和我共寝多年的男人，我们之间还剩下什么？

唯有把自己忙坏。

而在工作上，我遇到细腻的A。

A是我们一个重要的客户，北京人，多年前移居香港，现在在韩国发展。我认识他已三年，和他暧昧了一年半。我只能说暧昧，因为我们之间没有发生过肉体关系，但我们有亲密的身体接触。

说到感情，我想我是很爱A的，只是，A已是人家的丈夫，而我又是人家的妻子。很不幸的名分，却挂在我们身上多年，大家都不开心，正是婚姻惹的祸。

A最初主动追求我，我背着老公在外地和A发展感情，那时因为刚知道老公令一个女人怀了孩子，他想金屋藏娇，还买了房子给她。我受到了很大的打击，倒在A的怀里哭了一夜，我对A说："我不想做克林顿的妻子，我不想再忍受下去了。他有种跟我离婚分身家！"A吻我，很轻柔地吻我。

我哭成泪人，A吻去我的泪，我在他崭新的宝马房车内第一次尝到什么是被一个男人心痛地爱护的感觉。A的怀抱，温暖得把小窗外的雪融掉，把我的心燃亮。多久没尝过这恋爱、被爱的滋味？我巴不得和A肉体痴缠下去，只是，扫兴的道德感和现实感把我强拉回来，A说："不想和我做吗？"我说："我承担不了。"心乱如麻地推开车门走进雪雾里。

虽然我和A谁都舍不得放手，却又无法更进一步。我老公不知情，我想他若知道一定不会放过我，因为他要面子，是个保守的大男人，他可以花，我却不能，因为我是个女人。因为我不肯生孩子，他便有理由找女人。其实我也庆幸，他忙于拈花惹草，没时间和精力管我的私事，我也乐于打着出差的旗号到外边过我自由的生活。

我宁愿一个人，或者和朋友shopping（购物），和密友谈连续剧剧情，现在把心一横和A偷情。我想过，若不是A已有妻子，我又无法摆脱所谓的老公，我早已和A发生关系了。

屡次越轨，越不过心理关口

A说我是太压抑了，应该抛开心结，和他在一起时尽情释放自己。他是想和我做那种事的，只是，我思前想后，其实已没剩下多少道德想法，反正我的心早已投向A，问题已经转向了另一个心结：我怕和他发生了性关系，便无法放开他了。

我说过，我表面是强人，实际是个小女人，若和所爱的男人发生了肉体关系，我会更离不开他，会想办法和他在一起。可是，如果这样的话，我们面对的路太艰难了，除非我放弃一切，包括名誉、地位和财富，而A也一样，要背负抛妻的罪名和我这个有夫之妇远走高飞。

一想到这里我便烦恼。我和A都是现实的人，无法放弃辛苦经营的一切，尤其是A。其实他的妻子也是事业上对他助力很大的“功臣”，于情于理他也不会背弃她，和我这个不守妇道的女人在一起。世俗的眼光、情义的包袱，使我们注定走这条绝缘的情路，老天对我真是狠心肠。

A开始不满了，我也明白，男人其实只想找点肉体上的满足，弥补感情上的不足。他想要我的身体，他也爱我，可是我就是思前想后，他终于发脾气了，说不做就不如分手。我哭了，怨他给我压力，他不爱我，只想要性。他又软下去了，哄我，说对不起。可我知道，这样下去，我和他之间的鸿沟会愈来愈大，他也是凡人，迟早会找其他女人，到时我将以什么身份和资格去抗议或抱怨呢？想到这里，我更感到绝望。

我和A，从开始到现在，什么也不是。一个爱字，多么虚弱，像十来岁学生谈恋爱一样不切实际。我不能给他性，就像我和老公没有性爱的关系一样，什么也不是，只是空壳，不是吗？

素黑剖析

你可以做希拉里，不是克林顿的妻子。你还是你，不是男人的附属物。但代价很大，因为必须忍耐没有爱又不能公然觅爱的空虚。

这是政治婚姻。

Carrie的是经济婚姻，背后也有游戏规则，她必须维护和丈夫的关系，她不能越轨贪恋爱，她只能搞一点安全短暂的秘密婚外情，还要学习适时地放下。走到事业成功这一步，她能“财色兼收”吗？不能为爱放弃事业和名誉的话，她可以做的便很少，能找到爱情的机会便更难。这是代价。

希拉里爱权力多于爱情，所以她是希拉里，Carrie还在爱与财的周边徘徊，所以她不能自已，痛苦自知。

她有两条路：一是追求爱情，寻找理想的性爱，独立自爱，管理好自己，争取自由。要做到这点，她必须放弃丈夫和情人。情人有家室，无条件和她自由恋爱，根本就是错选的偷情对象。二是现实一点，做Carrie版的希拉里，靠物质享受和权力快感弥补心灵的寂寞。有些女人可以这样，有些女人不希望这样，但最终还是宁愿选择是这样，有些女人的唯一目标根本就是这样。

Carrie只能诚实地问自己是哪一种女人，应如何选择自己的路。

先处理好和丈夫已走歪的关系，若发现，原来舍不得放弃荣华富贵和事业上的成就的话，那便得现实一点，将爱情押上去，不要埋怨了，反而要认真解决和情人的关系，以免关系曝光后影响自己的事业和利益。

是不是要和情人做爱，取决于你能不能潇洒一点处理没有将来的性爱关系，能否承担短暂享乐后最终要分离的痛楚。

世事没有完美，只能自足，管理好自己。

破坏婚姻的不是婚外恋，而是惯性

婚姻生活中杀伤力最大的不是婚外情，而是惯性，让感情停步。以为掌握对方的一切和彼此的未来，这样很危险。

Case 3. 被嫌弃嫁他时不是处女

| Ann | 36岁 | 部门经理 |

一个短信，凸显幸福的虚幻

我从没想过丈夫会出轨，就在我们结婚的第八个年头。

我们有个六岁的女儿，唉。

我非常好胜，工作非常出色，非常独立，把家里打理得非常好，不用丈夫费心，对他的长辈也很照顾，他也很满意。我们的生活过得很舒服，车和房子都买了，他挣的钱大部分交给我，我从来没有怀疑过他，非常尊重他，从来没有偷看过他的手机或翻查他的私人东西，连念头也没有过。

直到去年八月，他告诉我他要出差两天，以前每次出差我都帮他打点一切，待他回来后又帮他清理行李。这次没看到任何出差住宿及吃饭的票据，却发现了一瓶男士香水。啊，他什么时候这么讲究了？那天他带回一部新手机，说是朋友送的。出于好奇，我玩了一下他的新手机，却看到了不想看到的东西，他发了短信“爱你”，就在他回家后那晚发的。这真是给我当头一棒，在我的印象里他从没有这样向我表达过，当时我心里真的好难受。

那晚睡前他想跟我做爱，我心里挺难受，没有理他，睡了半宿，他又来弄醒我，我们做爱了，在他怀里我难过得哭了出来，对他说：“你不要离开我们。”他说：“你别瞎想，我怎么会呢？”

第二天，我打过去，对方是个女的，是外地手机号。其实我真希望他在跟别人开玩笑，可事实不是这样，我半开玩笑问他是不是在外面有女人了，他说没有。晚上我对他说我想看他的手机，他给我看了，我找出那个女人的名字，便问他那是谁，他说是公司的培训老师。我说不是吧，培训老师会发那种短信吗？他说开玩笑，我说与女人开这种玩笑太过分了吧，我们的谈话也就打住了。其实他在对我撒谎。

被丈夫嫌弃不是处女

过了一天，他终于告诉我发生的一切，我不知道他为何会主动告诉我，也许是他觉得我知道了，也许是良心受到谴责。他们已经认识了一年，去年二月份发生了不应该发生的事情，也就是在我们结婚八周年的那个月里。

我真的从没想到他会背叛我，我的心都凉了，后悔为什么不经常看看他的手机，他属于那种很粗心的人，如果我看了，提醒他一下，情况也许就不会发展成这个样子。我真的很后悔，当时我却没有一点警觉。

让我难过的是，他在向我剖白前先提到我婚前已不是处女，这让他在朋友之间很没面子，大家一谈到自己老婆时他只能默不作声。其实婚前我曾告诉过他，我与别的男人有过关系，如果不介意的话，我们可以继续，不然可以分手。当时他没说什么，我以为他不介意。

当然我也不是他的第一个性伴侣，他和许多女人有过关系。只是我觉得婚前的事，不存在彼此对不起。我说：“当时我没有求你娶我，如今孩子都六岁了，你提起这个？”

然后他才告诉我发生的事。

也许他觉得是我对不起他在前，所以他现在做了这样的事。我哭了一夜，好心痛、好寒心。我总以为自己很幸福，其实却遭老公嫌弃，再加上外遇的事，生活还有什么意思呢？看到我伤心的样子他也很难受，说自己真混账，说自己没有打算放弃这个家，作为男人只是玩玩，觉得好奇。说得太容易了，只是玩玩吗？

我说：“你跟别人在一起的时候，可曾想到你的老婆有多可怜，你这样做对得起我吗？”其实我也知道他很无奈，感到很对不起我。

我问他那个女人长得比我好看吗，他说不如我，身材也不如我，只是说她对他很好，两人很谈得来。我很迷惑，难道八年的岁月竟比不上他们有限的几次见面？我真的不理解。男人跟别的女人在一起时怎能心安理得呢？

他说会和她断绝关系，我不知道我是否应该原谅他。我也没有要求他什么。为了这事，我给那个女人打了电话，我没有骂她一句，只是劝说他们不要再来往了，当时她保证不再联系，并告诉我他应该不是第一次出轨，就连那个女人也这样说他。我觉得他的确有很多事瞒着我。

男人出轨应原谅吗?

从我知道他出轨后的两个月里，体重一下子降了近十斤，我想过离婚，甚至想过死，这件事对我的伤害真的很深。但一想到我可爱的女儿，真的不能离开。

我没有告诉我们的家人，几个月来我一直自己承受着，没有人可以倾诉。丈夫也没有开导我，在他心里，男人出现这种事情很自然，只是件小事，过去就算了，只要还看重这个家不想离婚就行了。难道男人出轨，都应该被原谅吗?

我心胸很狭窄吗?事情过去半年了，阴影总是不时困扰着我，想过是否应该去看心理医生。

我曾经不忿地问过他：“如果你真的爱我，就不会这样做，你为什么不珍惜现在拥有的东西呢?”我感到心理很不平衡，为了家付出所有心血，他怎能这样对待我呢?我真的想不通。

直到现在，我依然怕他再背弃我，我甚至对他说：“如果有一天你觉得我不好了，你不要背着我干对不起我的事，我们可以离婚。”我真的不能忍受这种欺骗和不忠，离婚可以，我不要在欺骗中生活。

我内心深处的创伤何时能治愈呢?如何才能得到解脱呢?我不知道何时可以不心痛。有时心情很坏，很自然就会想起这件事，想起那个打破我平静生活的女人，有时甚至想去看看那个人到底是个什么人，让我丈夫迷失自己，或者索性打个电话痛骂她一顿泄愤。我不知道这些想法是不是很可笑，有时想等孩子长大了，我就自己单身过吧，算是对他的惩罚。

我现在变得很脆弱、多愁、多疑，一想起这件事泪水便冲出眼眶，不管何时何地，而且一看到或听到丈夫用手机便敏感，常常偷偷检查他手机里的信息。我以前不是这样的。其实有时女人应该糊涂点，才会好一些的，不是吗？

素黑 剖析

破坏平静的，永远是自己的心。

表面上，Ann是受害者，可是，**受害者最大的伤口不是被伤害，而是不肯放下受害者的角色，宁愿浸淫在痛苦和自怜的心理惰性中，**被负面思想侵占理智和心胸，所以，容不下过错，也无法放过自己和别人。

细心看Ann的婚姻，表面拥有安定的幸福，并自觉是她努力经营、大方付出的成果。瞧，这是Ann最大的欲望：满足丈夫和长辈，塑造伟大、备受同情的性别角色，靠牺牲成就自己，这是中国传统女性在自我认同上最大的盲点。可此成就并不保证感情的忠诚。

实际上她也知道，这段婚姻从来只有经营，没有提升。**太多婚姻一开始便停下来不再进步，结果经营失败腐朽掉。**

Ann一直守护的不是幸福，只是习惯，甚至是留守安稳的惰性，忘记人是情欲的动物，婚姻只是制度，而人从来比制度变得更快。

所以，**婚姻生活中杀伤力最大的不是婚外情，而是惯性，让感情停步。**以为掌握对方的一切和彼此的未来，这样很危险。

要信任的是爱，而不是关系，因为关系通常被欲望支配而不稳定，像丈夫的情欲，和她自己的好胜欲。她享受当贤妻良母的神圣，容不下对方出轨的罪行。所以，她无法原谅丈夫，而世上最痛苦的，莫过于失去宽恕的心。是的，丈夫错了，但别人的错并不是纵容自己失控的借口。

人的痛苦，大半是沉溺于过去，不舍得放手，无法重新开始，输不起，失去孩童跌倒后爬起来的勇气，所以孩子会长大，成人只能老去。

命运，或多或少是自己制造的，已发生的不能改变，但我们如何面对，抱着什么心胸去面对，是可以调控的。我们能做的，是打开爱的心胸，先平稳自己，再要求别人，还内心的自由平静，向前看。

要搞清楚驱走痛苦才是大前提，而非怨怼，要对方怎样做，纵容自己好胜的欲望。抓紧一个男人不等同于抓紧爱和安全感，提升自己而非谴责夫妻关系才是智慧。受不了丈夫对自己并非处女的大男人观念的话，可以选择离开或原谅，选择之后，便得承担自己的选择，别再回头埋怨，得重新开始。

Ann应学习面对自己，而不是他。**世上没有不能失去的，除了内心的自由**。从女儿身上找回爱的纯真，学习包容别人和自己，痛苦才会淡出。

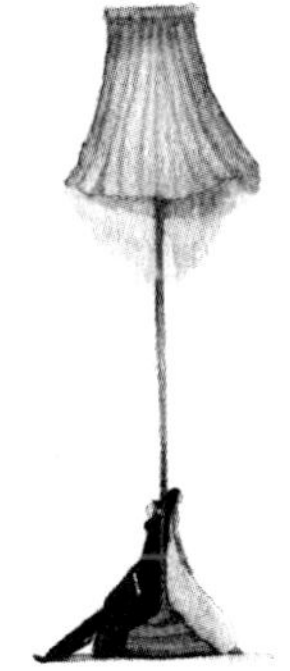

无须背驮男人的懦弱

爱情毕竟是两个人共同缔造的情缘，单方面的付出并不能确保幸福。这是爱情最吊诡也最费力的事实。

Case 4. 养家女人反被遗弃

| 娅子 | 36岁 | 广告公司高级经理 |

不介意老公当住家男人

自三岁开始，我就深信爱情是生命的最高价值，那时不知何来的固执，深信只要有爱，便会有幸福，这也是人生最大的成就。也许我是天生比较单纯的类型，很羡慕公园里白发的伯伯牵着同样白发的婆婆，夫妻俩长相厮守到白头的幸福，他们几十年来经历过什么，没有人能了解，但能走到终老的尽头，怎么说也是一种福气。

这是我能想象的最美的图画。

我也一直希望我对爱情坚贞的坚持，能创造现代爱情最伟大的奇迹。

遇上他，我以为我的超级纯真感动了上天，终于平平安安踏上幸福的大道。嫁给他时我一心一意地把我的一切付上，我相信将心比心，我所付出的，他也同样为我付出，他会明白我的心。这个社会已变得人情比纸薄，爱情只是商业的产品，眼见很多为名利和私欲而结婚的男女，我和老公都感到能遇上彼此是上天的恩赐，起码我们在爱情方面并不世俗。

我们并不富有，老公的工作一直有危机，幸好我的学历不错，走运能在前景不错的公司谋得不错的位置，所以我们的生计还是不错的。结婚四年，我们有了孩子，像做梦一样，我们有了一个完整的家。

可是，儿子刚满一岁，老公便失业了。最初他还是对找工作满有信心的，我也一直鼓励他，还笑说："大不了你当住家男，当我的贤内助，带大儿子，这样也挺前卫吧。"其实我不是说笑的，我当然希望男人有自己的事业，我希望我爱着的男人能有他的成就，可是现实并不如意时，我也是蛮有弹性的，觉得女人有本领养家也不是什么问题，重要的是，我们有一个幸福的家。

尽心照顾他的心理

都是那老想法：我以为我会创造这个时代的爱情传奇，我的一生会在爱恋中风平浪静地度过。

我非常爱自己的老公，并且非常用心地经营着自己的小家庭。可是，事与愿违，日子一天一天地过，老公由最初满怀希望，到后来有点放弃了，怀才不遇，大白天老待在家带孩子，心里挺不好受吧。

我一直很小心地照顾他的感受，明白男人在这种潦倒的情况下心理会产生很大的不平衡，他的尊严、自信、冲劲一天一天地下沉。

我不敢问，甚至不敢开心，怕连心情好也会变成他的压力。

男人要面子，我只能默默守候在他身边，偶尔鼓励他，但也不能说得太多，我了解，即使是一句鼓励的话，在敏感的人耳里也会变成是反讽或可怜。

当我以为我已尽了最大的包容和爱照料老公时，却高估了老公的承受能力，他整整失业三年，在这三年里，基本上是我独力养家养孩子，充当家里的顶梁柱。我虽然毫无怨言，从未对老公表达任何不满，可是我想不到我的伟大足以变成影射老公无能的压力。原来他受不了，变得愈来愈消沉，也不再跟我说话，整天沉默，偶尔外出喝酒，我担忧在心里，却不敢表现出来。我渐渐失去和他交心沟通的能力。

老公竟有外遇

终于，今年年初，老公找到工作了，一跃而起的心情令他变得开朗，我感到无比安慰，以为我们再苦的日子也过去了，他的心理应该平衡过来了，更能投入这个家，投入我们之间的爱。天知道我有多渴望能看到他重振自信的一天。

就在我满怀憧憬地冀盼着和他更进一步的爱情时，想不到没过多久，他竟然和一个女同事暧昧上了。天，我们结婚已经十年了，儿子也六岁了，他怎能这样?

话是由他的同事传给我听的，起初我还不相信，怎会发生这种事?我深信老公是个有良心、品格优秀的男人，虽然际遇不好，也不曾做过不道德的事，我们的爱也没有因为际遇而变质。

现在想起来，也许是我一厢情愿，也许是他确实变了。事到如今我也只好接受现实：我以为会爱护爱情的老公，也终于背叛了我，和另一个女人搞婚外恋。

我感到非常痛苦，深深爱着老公，一心一意为老公付出，从来没有想过他会有背叛我的一天。我笃信爱情的力量，总以为自己会创造这个时代的爱情传奇，我是有点完美主义吗？为什么婚姻生活逃不过背叛和白白付出的厄运呢？我的信念崩溃了，我不知道还能相信什么。

我不明白的是，我那么爱他，为他付出了一切，养活整个家，他怎么能背叛我？**男人的良心在哪里？**在他失业的时候，我都没有嫌弃他，一味挺住，维护他的尊严，照顾他的心理压力。我那么细心和耐心，他怎么能一点也不体谅和顾及我？

我明白付出是不应要求回报的，但也不至于应该被背叛吧。外边的人都赞我是个一级好老婆，大家都看到我的好，为何唯独他看不到？假如凡事都有因果，我很想知道，我所付出的为何会得到今天的果报？

朋友们对我好言劝慰，叫我不如睁只眼闭只眼，有的叫我不如离婚，应该梦醒。他们的话全部不管用，我陷入了前所未有的精神死角。我该怎么办？离婚吗？还是从此接受婚姻的不完美，假装什么都不知道，单方面延续爱情的神圣呢？

素黑剖析

如娅子般的个案有很多，妻子为丈夫付出一切，承担养家的责任，丈夫承受不了靠老婆养的挫败心理，反而变得无法面对妻子，寂寞时宁愿找可以在其面前逞强的其他女人，重建男人在女人面前的尊严。

这是男人软弱的问题。

娅子在丈夫失业靠她过活的情况下可以做的确实也不多，必须挺下去，因为爱，尽能力去付出，因为相信无条件地付出就是最伟大的爱。可是，这份爱可能大大超越了丈夫的感情极限，反而令他感到内疚，更想逃避面对，更想出轨，心理上受不了女人的伟大，承担不起爱的重量。

娅子一厢情愿地去养家，建议老公当她的贤内助，在家带孩子。虽然她并不是自以为是、自大，但男人听在心里，自我防范心态就涌现出来，很难接受自己是个要靠老婆养的住家男人，这是两性对性别角色身份不同的价值观和认识观。即使她觉得有本领养家也不是什么问题，重点是一心维护一个家，为丈夫付出，这是爱的最大表现，为爱牺牲在所不辞，但她忽略了丈夫的不同的价值观，不知道对他而言，能做个有用的男人更重要，而不是让老婆养家、养自己。

有个能付出一切的能干妻子，反而是无能老公的压力和耻辱的泉源。老婆毫无怨言的付出，更增添了他的内疚感。结果，他需要能让他感到重振雄风的女人，以期获得心理平衡，他选择了婚外恋。

娅子为爱付出的心是值得尊敬的，但**爱情毕竟是两个人共同缔造的情缘，单方面的付出并不能确保幸福。这是爱情最吊诡也最费力的事实。**

问题是，能为最爱的人无条件付出，便是最伟大的爱吗？

可能是，不过并不代表最有意思，甚至连对方是否有能力消受也是个问题。

能够无条件去爱，确实很感人，假如自己有能力，又找到有缘对象的话，付出本身能散发纯美，能增加爱的厚度。不过记住一点：**爱要讲心，讲心却要讲力度，有心无力也只是空谈。**

爱不能一厢情愿，盲目付出，你最终会挺不住的。无条件的爱是基于你有能力付出，爱若不能为自己和对方带来正面能量，令大家各自成长，不怕老，不怕失去，不自卑、不自大的话，便是爱得虚弱，还未拥有。

无条件的条件是，当你已很富有，不怕失去。要靠付出和牺牲留住关系的话，讽刺的是这种爱很难留住人。问题是，对方是否也有能力承受你的爱。能付出便付出，但也要适可而止，心态上必须能先独立自处，才有伟大的力量。付出了，对方无面子领受，需要找个弱者平衡自己的话，也是他的选择，两性权力关系的现实。

爱可以很坚强，但更多时候太脆弱，互相承担不起。**面对男人的软弱，女人无须扮演伟大角色背驮他，**只怕你也承担不了。

学习放下，别死执于婚姻便是幸福的想法，你可以做的已做过了，他也未必真想离开你。先活好自己，别流失爱的能量，再看缘分的可能吧。

牺牲不是女人的别名

伟大女人的背后其实可能是自信不足或懦弱，潜意识里希望被需要和依赖，而牺牲得轰轰烈烈一点便更容易被人牢记，成就不朽的传奇。

Case 5. 为母亲幸福嫁给臭男人

| Jane | 33岁 | 保险从业人员 |

不道德的交易婚姻

我是一个不快乐的已婚女人。

结婚已经五年了，由开始到现在，噩梦一场。丈夫对我的态度千年不变：差劲、暴躁，永远不懂尊重我的隐私，你能想象吗？他不容许我在上厕所时上锁，因为他喜欢随时进出，因为他是家的主人。

也许你会奇怪，为何我还要嫁给这种男人呢？说来很复杂。他原是我父亲的生意伙伴，年纪当然比我大很多，已经五十多岁了，而且还有两个女儿。他想要我的原因跟我爸答应这件事的原因一样，只有两个字：自私。他们有互相利用的生意关系，利字当头，这就是他们男人的世界，我不想了解，却无辜被卷入万劫不复的旋涡里。

一次，我到爸爸的公司取东西，那个男人看到我，马上和爸爸提议婚事。那时他刚离婚，一心想找个年轻的妻子，替他生孩子，大概他找了很久也没找到合心意的人选吧。所以，我爸当晚便跟我谈，说假如我嫁给那个老头，他会同意我妈妈跟他离婚。

牺牲自己成全妈妈

妈妈很想离开他，嫁给他三十年受尽折磨和委屈，结果七年前偷偷跟另一个男人过从甚密，好像是她的初恋吧，事情被揭穿了，爸爸差点把妈妈杀掉。他是绝对不会让他们在一起的，既不容妈妈离婚，又威胁会对那个男人不利。

当然，假如有更大的利益的话，他也无所谓，譬如现在老头和他的协议交易，我想他一定得到不少好处。

我很支持妈妈，自小她最疼我，我们母女俩像相依为命的姐妹一样，我很想妈妈得到幸福，却想不到要用我一生的幸福来换取。爸爸确实是个很聪明、很功利的男人，他在我眼中也只不过是一个臭男人而已，没有一点亲人的感觉，记忆中他甚至没有抱过我。我为了成全妈妈，想了一个月，秘密和爸爸签订了不道德的协议，答应嫁给老头，替老头生孩子，条件是马上换取妈妈的自由。

就这样，妈妈成功离了婚，现在和爱人在一起很幸福。当然，她不知道背后我为她付出的血泪。

我知道妈妈幸福便安乐了。可是，老头变成我的丈夫，第一夜便把我弄得痛不欲生，他对我的痛不闻不问，只管把造孩子的液体塞进机器一样。我感到很委屈难受。他最初每天要和我做几次爱，与其说是做爱，不如说是交配更贴切。他没有半点温柔和体谅，即使在我来月经的日子他也要做，明显不是为生育，只是想发泄性欲而已。我恨透了他。

不争气生了女婴

他也是个好色之徒，一年后我替他生了一个女儿，他便有外遇的“稳定记录”了。他说他想要儿子，偏偏我不争气，那就不要怪他出外花了。

我质问他：“那你为什么要娶我呢？你为何不随便找个妓女，看谁先生出一个男的，再跟她结婚也不迟啊。”

他说：“谁不懂这个，我才不要那些臭婊子生的臭小子，不干不净的，偶尔爽一下还可以。你这婊子不知福，现在有名有分，你还想怎样！”

他是个下贱的家伙。爸爸知道了他对我差，反而怪我不争气：“你真没出息，你知道你生男婴的话，我会有多大的回报吗？笨蛋！”

回报？他们的交易可真像赌足球赌马一样，看赛果定赔金。我像货物一样被这两个大魔头利用和玩弄，最后得到什么呢？恨不得把他们两个都杀掉。我忍不住向爸爸发火，以从没用过的声调对他说：“你这禽兽没资格做我父亲，我要和你断绝关系。从此你休想打我的主意！”

从此我再没有回过老家。

现在我已三十多岁，早已不想再受这些男人的摆布。可是一想到女儿年纪还小，便不忍心搞婚变，虽然她的爸爸根本不像人！可孩子的眼中一切都是美好的，不懂得分青红皂白。她爸爸不再回家，在外边风流快活，她怎会知道？常常问：“妈，爸爸哪儿去了？什么时候回来陪我玩？”一想到女儿有这种父亲，便觉得很对不起她。我想让她知道我和她爸爸都很爱她，希望她快快乐乐。

我很想得到自由和尊严，我想找回失去的幸福和爱情。可是，我也应为女儿着想一下啊，是不是应该等她长大呢？那个男人偶尔回家，便强迫我做爱，甚至试过在客厅中，在女儿面前扯脱我的衣服。我反抗，他便又骂又打，醉酒闹事。我想报警，却不忍在女儿面前做这种事。她在这个年纪要承受这些也够她受了。我应该怎么办呢？

素黑 剖析

很多女人还抱有传统的、不知所谓的、过时的道德观：一生为他人而活，为他人承担、奉献。这是Jane的问题：错误地承担不必要的责任，误信牺牲便是美德的坏道理。结果呢？连自己也承担不了，崩溃的自己哪有能力爱女儿、爱他人呢？

女人都是沉重的动物，认为轻浮的世态需要由她们负担才有重量。

要做个“伟大”的女性容易又不容易，容易的是**女人总有本领靠自我压抑赢取圣女的象征**，如贞节牌坊，如为自己加冕舍己无私的神圣光环；不容易的是，到头来错置自己的性别角色，负面安排一生的不幸，现实却是残酷的，到最后被人利用、遗忘和抛弃。矛盾是女人的别名，也许言之有理。

伟大女人的背后其实可能是自信不足或懦弱，潜意识里希望被需要和依赖，而牺牲得轰轰烈烈一点便更容易被人牢记，成就不朽的传奇，甚至要下一代一起承担，把历史延续下去。这是母性制造不朽的独特方式，却让毁灭性多于建设性。

Jane代表的是女性要成就不朽强者的典型潜意识，也因此，女人特别执着于维持关系和家庭的完整性，她们即使没有能力承担感情际遇上的不幸，也要死命维持现状。她们的理由是爱得很深，或者要承担命运，两者都是孽，像希腊悲剧的典型角色，由中国元代戏曲承继，她们在现代发扬。

Jane想维持父母双全的家庭，**却忽略把不相爱的男女放在一起扮演父母角色对下一代造成的不幸！**什么才是完整的家、完整的爱，甚至是完整的女人？形式上的完整不能弥补心灵上的缺陷。女人应该看穿所谓完整的吊诡！

很多女性逃不了母亲的影响，不论是反抗还是模仿，结果都一样：重蹈覆辙，不进则退。现代女性拥有教育基础，经济独立，能享受单身贵族的自由，可思想层次还没有赶及经济飞跃，在道德和自由之间徘徊不定，外表坚强，内里脆弱，独立不起，生活先进，思想守旧，比上一代平凡无知的女性活得更辛苦、更复杂。

不要再负担整个世界了，先负起自己独立和自爱的责任，更要让下一代明白，女人有权寻求自己应有的生活，可以离开对自己不好的、不适合的男人。这才是身教，这才是身为母亲的光荣。

也必须从自我觉醒开始，重新确认自己是独立个体的性别身份，而不是男人或家庭关系的附属物。女人可以自力更生，积极寻找属于自己的自由和尊严。

牺牲不再是女人的别名，也无须乞求爱。

随缘去爱。从过去误差的抉择中得到教训，明白抉择的代价，学习**承担女人真正的责任：提高自立意识，为自身打算。不要怕对男人或其他权威说不，要有离开的勇气，拒绝的正面便是重建。**

现代女性的社会角色和责任多了，更要学会管理容易破裂的感情和情绪。女人可以靠自强独立令自己快乐和自由，**不用借男人成全自己。**

别搞错性和生育的必然道德责任

今天的你能有决心离开有性无爱的婚姻，最终是为了挽回自我尊严和恋爱的机会，还是只为投向另一段为生育责任和性关系忙碌费神的所谓幸福婚姻呢？

Case 6. 我不是性冷感，只是对他失望

| 小Y | 31岁 | 教师 |

他跟我吵完还要做爱

我一直以为我和老公的问题是性格不合，后来才知道原来问题出在性方面。

婚前我们是大学同学，彼此都是对方的初恋，那时感情很纯。我就像很多女性一样顺理成章地结婚，组织家庭。可是婚后他就变了，原来脾气就不太好的他，现在变得更霸道。要不就不理不睬，很晚回家，默不作声，像寄居的陌生人一样。谈恋爱时的悄悄话、关怀什么的也没有了。我要他多陪陪我、跟我聊天，他反嫌我婚前不像现在这样啰唆，然后继续沉默地看报纸、看电视。

我心里不好受。他是我的老公嘛，不能多沟通、关怀一下吗？我工作也辛苦，也想他安慰一下。多么想像电视里看到的夫妇一样，回家都亲一下、抱一下，可是他没有这方面的情趣。有时坐在空屋里想，当初的他也会亲我抱我，婚后便不再热情了，难道婚姻真是恋爱的坟墓？

可说他不够热情又不太准确。晚上一回到卧室，他便像刚充了电的猛兽一样要和我做爱。差不多每晚他都有需要。有时我们甚至刚吵过没多久，待我换上睡衣上床后，气呼呼正准备背对着他睡时，他会像失忆一样把刚才的事一概忘掉，一下便拥过来要脱我的衣服。我心里还有气，就推开他，这时他就火了，记得一次他很生气地说："快点嘛！别又弄到好晚！"

我觉得十分气愤和委屈，心里一点都不情愿和他做爱了，他怎么能这样没有人性呢？我也是人啊，不是做爱机器，他要做也等我消了气啊，怎么能不顾我的感受呢？他怎能只有性欲没有温情呢？我哭了，他却没有怜爱，只有发泄。

后悔婚前没有性生活

我后悔婚前没有和他生活过，不知道他的性欲望可以跟感情分裂。他对性的要求特强，特别是三更半夜回来，不问一句便要和我做，有时睡到半夜他突然性欲高涨，便吵醒我要和我做。我说要睡，明早还要上早课，他便不高兴，我对此特别反感，这哪像人呀，和动物一样。

因为在性方面得不到满足，我和他的关系便更恶劣了。两天没做爱他便跟我冷战，跟我作对，我煮好饭他也故意不吃，自顾自弄方便面。我在餐桌前赌气索性也不吃，他却视而不见继续煮面，连锅一起端到电视机前吃，当我透明。像这样的情况几乎每星期都发生。

每到晚上换上睡衣，我心里便特别不好受，怕他待会儿硬来要做爱，我又要想办法应付，或者是不是为了不再受暴力对待敷衍他让他来算了？

总之，像这样被迫做爱受罪的日子，一直维持了好几年。

我对性彻底失去了渴望和甜蜜的感觉。那种他不顾我的感情、只顾生理需要的委屈从此深植在我心，以至以后这种感觉越来越强烈，几乎他一碰到我的皮肤我便会有强烈的反感。夫妻关系还剩下什么情趣呢！

我不是性冷感，只是对他的态度很失望。难道需要我赤裸自己安慰老公才能换取一段幸福婚姻吗？

夫妇之间不是应有更高层次的精神交流吗？

刚上环他便强求性

也许我是真的选错了老公。后来我开始改变了，以前我太依赖他，生活完全以他为中心，我开始学会寻找自己的生活乐趣，我想我也该有自己的空间和世界。生活像个牢笼，我渴望飞出去。

他却认为男人在外面怎么乱来都可以，女人便应老老实实待在家，不管我出去和女同事玩也好，做别的也好，他都极力反对。一次，我晚上七点多才回家，一进门他便对我凶，我气愤极了，把手中两盒牛奶对他扔过去，结果把一扇玻璃门打碎了，他便揍了我。我当时只有两个念头，一个是杀了他，另一个是自杀。

那是我第一次发现原来自己对他的恨已超过爱了，我已无法再面对这个男人。

我心里总有一种想杀死他的冲动，以前我也曾多次有过这样的冲动，我自己都很害怕。那次我打定主意要跟他离婚，我们的交恶已演变成家庭暴力，我必须反抗。可是，我已怀了孩子，为了孩子，经过亲友的劝导，我打消了离婚的念头。

后来孩子出生了，直到孩子满一岁我才恢复来例假。为了方便避孕，我去医院上环，当晚他来跟我亲热，我推开他说医生告诉我上环一个星期内不能做，他听了很气愤，竟骂我是故意找借口拒绝他。接下来的几天，他又夜不归宿。后来我患了卵巢早衰症，我才30岁啊，身体状况一落千丈，首先影响的便是性生活，本来一个月干净的便没几天，再加上我身体那么虚弱，也没兴趣做，他越来越不满。

提早更年期，不能生育

这时我被断定患了忧郁症，很多时候我真的好想一死了之。

我开始上网找慰藉，爱上一个男孩。他和我不在一个城市，我们只是上网聊天或是打电话，那时我极度苦闷，和他聊天是我唯一的乐趣。这份感情给我活下去和战胜疾病的勇气。我开始积极到医院治疗，对老公也更反感了。

我再度提出离婚，但我们对于孩子的抚养权争执不下。一个多月后，我终于决定放弃孩子和房子，和他协议离婚。此时我爱的男孩向我表示，我离婚后他要跟我结婚。他其实一直在等我。不幸的是，最近医生证实我不能生育了，我比正常的女人整整提前20年进入更年期！

以前还想离婚后我可以再生一个自己的孩子，可现在绝望了。可怜的那个一直等我没结婚的男孩也是被我害的。离婚没了孩子，自己又不能再生孩子，怎可叫那个男孩等我呢！以前是在孩子和那个男孩之间取舍两难，现在却全部要失去了。

现在我们就像陌路夫妻一样。我有一个很强烈的念头，离开这里，放下一切吧，到一个遥远的没有人的地方，永远地闭上眼睛，便一切都解脱了……

剖析
素黑

一直收到不少男女读者来信，都对性生活有很多意见，像小Y一样，被迫有性无爱却维持着夫妻关系，郁结难解，最终导致妇科顽疾，如子宫瘤、卵巢早衰、提前闭经等症，而且发病年龄越来越年轻化，成为现代主妇的高危杀手。

性不协调是婚姻障碍的大问题，像小Y的丈夫性欲特强，无法平衡情感和欲望的冲突，思想上也缺乏尊重妻子的概念，娶老婆是为自己提供随时免费的性服务，这是要不得的大男人主义，不值得包庇。

性是促进夫妇关系和谐的重要门槛，性是人最强也是最具生命力和爱的能量库，两个人由心出发交换性能量的话能振奋精神，活得更有冲劲、更有动力。这是性在婚姻和感情生活上可发挥的强大影响力。

可其相反也是一样强。任何一方在非自愿的情况下跟伴侣做爱，其性能量只会被掏尽、压抑，甚至摧毁。

小Y的性得不到正面的回报，在心理上受尽委屈和伤害，变得虚脱无奈，又没有能力反抗，结果积郁成疾，或者加速了暗病的恶化。

性若不是正面流动的能量，便会转化成自困的负面情绪，蚕食意志，最后失去力量和动力改变自己，也无心寻找自救方法。

小Y被迫在网上寻找慰藉，结果找到爱情的代替品，本应是坏死婚姻的出口，她却执着于生育问题，自我否定了不育的自己已变得没有价值，同时再一次否定自己的性能力。**她搞错了性和生育的必然道德责任，**也像丈夫一样变相把自己的性器官当成性工具、生育工具。

没有性或生育能力的女人便不能拥有幸福的婚姻关系吗？能确定不能生育这事会影响她和等着与她结婚的男朋友的感情吗？今天的你能有决心离开有性无爱的婚姻，最终是为了挽回自我尊严和恋爱的机会，还是只为投向另一段为生育责任和性关系忙碌费神的所谓幸福婚姻呢?

一切自救的决定，大前提必须是让自己重新站起来，独立起来，重整正面的力量，这样才有力量建立新关系、新爱情。

小Y因自我否定而加剧了情绪郁结，甚至产生毁灭性的想法，如杀夫、自杀。我们都不知道，原来掌管情绪的脑跟理智的脑是不同的部分，当情绪的脑变得过强时，理智的脑会自动关闭，所以很多时候人会做出出人意料的反应，譬如平时很温顺的女人也会在冲动下把伤害她的丈夫杀掉，类似的新闻屡见不鲜。如斯下场，最不幸的还是孩子。心智不稳定，连自己也照顾不来，哪有能力当母亲?

女人的负担是自讨苦吃的，记着，恋爱的目标不是生孩子，而是帮助自己自爱，先搞好自己的身心。别再和丈夫纠缠了，也别做没感情的爱了。生命苦短。

你才是色情网的第三者

单有爱并不足以维持关系。向前看，重新了解你身边的男人，告诉他你的性需要，看有没有正面的转机。

Case 7. 情敌竟是色情网

| Eileen | 29岁 | 记者 |

新婚已预感不妙

他有病，我只能这样说，才能勉强安抚自己受创的心。

事情是难于启齿的羞愧事，我连跟朋友和亲人提及也不敢。怎么说呢？我和他的感情很要好，他是个踏实型男人，所以当初我和他走在一起感到特别安全。他几乎从不向其他女人望一眼，他长得挺帅的，女生对他有非分之想也很合情理。我一直欣赏他这点，不过分、知分寸。

而我的家教也是特别传统，也许你无法相信，我们在婚前一直保持着纯洁的关系，没有越轨，不是他不想要，而是我坚持在婚后才做，他尊重我，所以我更爱他，觉得他是天下难得的好男人。

我们把欲望控制得很好。我曾试过穿得性感一点想挑逗他，这是我的女朋友教我的，她们都说男人要勾引，不然他会离你而去。我觉得这样做很坏，不过还是做了，勾引了他好几年，心里有快感，他大概对我又爱又恨吧。

说老实话，我的身材还是挺丰满的，一直以来有很多男性垂青于我，偏偏我只想把自己的第一次留给他。最后当他的事业稳定下来后，我们终于如愿成婚。

新婚夜是难忘的，也是充满疑惑的。之前我对他将如何和我做爱很好奇，我知道他也是个处男，应该会笨手笨脚吧，想到那里我便脸红，却甜在心头，期待和他共同面对人生的第一次性经验。

那夜他喝多了一点点，有点乱性，把我的衣服脱得出奇地纯熟，像每天都做的事一样。然后他和我干了。他要求做一些很奇怪的动作，对于我这个第一次尝试性的女人来说，那些肯定是过分的动作。我觉得他有点问题，大声叫他停下来。他停了，却马上昏昏入睡，像忘记了这是我们的新婚夜。

望着这个我爱了很久、以为已经很熟悉、现在已是我丈夫的男人，我有些不妙的预感，心里郁闷着。

第二天他变回平常深情可爱的他，亲吻我，很幸福的样子，然后上班，似乎忘记了昨晚的事。我虽一肚子疑惑，却没有勇气开口问。

这样，就过了一年。

他开始对我性冷淡

这一年间我们的性生活还算可以吧，他不时也会要求一些奇怪的动作，他在性事上很主动，床上的他跟床下的他完全是两个人。床上的他像个陌生人，主导、独断、沉默和野性。完事后便倒头大睡，第二天什么也不记得地对我笑。我不知如何应对，只好顺从他的要求，感觉却没有婚前预期的享受。

那时我还傻傻的，以为所有的夫妻做爱都差不多吧，他要什么我配合便可以了。这种想法是错的，我却在婚后两年才渐渐明白。

婚后第二年开始，他明显不再热衷于跟我做爱了，常常说累，宁愿对着电脑深夜不睡，也不来哄我一下。我不十分热衷性事，却很期望他需要我、靠近我的亲昵动作，这是我觉得他还爱我的标志。

为了他，我去减肥，改变形象，甚至钻研女性杂志上的性爱贴士，希望挽回他对我的兴趣。可是对他好像没有帮助，他对我还是很好，关心、体贴，却已失去了昔日的性冲动。

结果我鼓起勇气问他，他说我想多了，只是近日工作忙，他太累，叫我别多心。我怀疑他是否在外面有女人了，凭着当记者的本能，我搜了他的东西，找不到蛛丝马迹。最后我搜他的电脑记录。天，我发现了重大的秘密。

一生忘不掉的重大发现

我一直以为纯洁可靠的丈夫，原来是个色情狂。他有无数上色情网的记录，电脑里还有很多色情女人的裸照档案，更令我震惊的是，还有不少裸男的照片。聊天记录中有几个固定的男性名字，当然还有和少女的打情骂俏，甚至跟一个已婚女人说想跟她干这种话。

天，真恶心！这便是我爱着的男人的真面目吗？他到底是个怎样的色情狂？像个淫魔一样，我怎会和这个男人共寝两年呢？他以前也是这样的吗？我还纯真地以为他是处男，跟我纯情地相爱呢！

泪水不断涌出来，我一怒之下离家出走，走到街上才知走投无路，我能去谁的家？怎样解释我的痛苦呢？

结果荡了一天，深夜回家跟他摊牌。他承认了，认识我以前他已是色情聊天室的常客，曾和一个女网友上过床，对方是做不正经行业的女人，但跟我一起后便绝对没有再干那种事了。只是他还有上网的习惯。我问他那些裸照怎么得来的，男网友那些又怎样解释。他难以启齿，说只是好奇而已，照片大多是外国网友传来的，和他们聊也只为释放工作压力，同性比较容易互相理解，他们之间没发生过什么。他要我相信他。

我说无法接受丈夫是个变态性狂徒的事实，说要离婚。他很痛苦，跪在我面前认错，叩头求我给他一次机会，他会改过的。我心软，便原谅了他。

之后他真的不再上网了，我也经常查他的电脑记录，他真的把所有的色情东西毁了，可是，他和我做爱的热情还是一样淡，不再要求花式，很“正常”地做完便算，我这时才有点怀念当初他的热情性爱。现在比平淡更平淡，这就是夫妻生活吗？

已是婚后第三年了，那件事后我们的感情也大不如前，很少谈话，只是上班、睡觉、吃饭，很少性爱，连拥抱也没有了。到底是什么出错了？他是否已经不再爱我了？我们还年轻，就这样过下半生吗？

到底是我有问题还是他有问题呢？我和他由谈恋爱到结婚，前后足足七年。这样还不够了解、不够成熟吗？没想到我的情敌竟是色情网。我快疯了。

素黑剖析

爱侣的结识年限跟相互了解的程度，绝对没有对等关系。

很多人相处一生还是如同陌路，无法了解对方的心思。这不是你的错，只怪人心太复杂，欲望太强，思想太强势，隔绝了亲密关系。

遇上性倾向方面可能很复杂，甚至是连他自己也不很确定的男人兼丈夫，女人能做的，是先学习平静下来，放开自己的心，尝试了解，和他先做回朋友，这样会让自己和他好过一点，事情也较容易得到解决。夫妻关系既然已经出现裂痕，很难装作没事继续下去，必须找到一个新的起点重新来一次，看是否还有余地相处下去，继续相爱。

人的性倾向和性趣是会改变的，他是个对性充满幻想和渴求的男人，他早在认识你之前就已经是色情网的常客，也可以说，色情网并不是你的情敌，你可能反而是他们的“第三者”。他爱你是事实，但他也无法将爱的感情和性的渴求统一起来，为你专一，因为这样做违反了他的意愿，当然，就是指他的欲望。

他也在挣扎吧，最后他从理性和感情上选择专一于你，却牺牲了自己的性需要，和你“和好”的条件是压抑自己的欲望和需要，令他变得更沉默，更不懂得将爱和性结合，他在他的选择中“难产”了，他无法做到你心里合格和完美的男人，大抵也出乎他的意料吧。

他的内疚和不安到头来影响了爱的质素，于是他变得愈来愈无力爱，失去了爱的精力和动力，为了对结婚和爱负责，他无法再爱自己了。这是很多男人面对欲望无法钻出来的困局。

现在是你反观自己的本性的最好时机。扪心自问，你对性没有希冀吗？你也卖弄性感勾引过他，你也希望他还原以往的野性和你天翻地覆地做爱，你也希望夫妻生活变回正常，增进感情。他不跟你好好沟通，只按他的欲望走，是他的自私和不是，他也不坦白。但，他是否有病并不是最重要的，你没有开发自己的性潜能也要注意一下。他跟你做爱是单向的，因为你觉得那是他主导，你只迁就，你没有在性上积极付出过、进步过，即使他没上网，你们的夫妻感情迟早也会变淡，甚至出事，因为你们还年轻。

单有爱并不足以维持关系。向前看，重新了解你身边的男人，告诉他你的性需要，看有没有正面的转机。你们最大的本钱是爱，所以不用怕，接受、豁达，还是可以走下去的。

所谓"特别"不幸只是自怜陷阱

面对感情错失的困局时，我们往往只把问题想到最差劲，令事情变得复杂，令自己变成最不幸的受害者，制造自己是世上最不幸的人的现实，然后把怨恨归于对方。

Case 8. 他爱的是他不是我

| Coco | 28岁 | 财务分析者 |

他比我还要细心

我觉得前世和他有缘，今世却爱得很失败，就是无法放下。

无法放下，啊，在爱中受伤的人都是这个痛症。

我半年前已想寻找治疗，因为性的困扰，可没想到半年后的今天，问题竟发展至始料不及的死局，因为，我发现男朋友竟然可能是个同性恋！

他也蛮痛苦的。其实我早就应该觉察到他有点不对劲。我们恋爱已四年多，从同事关系变成知己关系，那时我幻想和他恋爱，亲口问他是否喜欢我，他说很喜欢，比姐妹还要喜欢。我们便走在一起。他对我比亲人还要体贴，很多女人应该做的事情，譬如亲手做礼物，记着我的生日、恋爱纪念日、衣服和裤子的尺码等等，他都比我还细心一千倍。我粗心的地方他都细心，我小心眼时他又包容我，有这样的男朋友，我感到非常幸运。

而以前的男朋友，他们全都粗心不够温柔，要我付出很多，还要背负他们的缺点，试过替一个还债，替另一个和还未了断的女朋友谈判。我很不好受，好像我要谈恋爱，便得替他们先清理淤塞的垃圾，方有空位留给自己。很疲累呢！直至遇上他，才首次感到被爱的舒服和幸福。

勾不起他的性趣

可是，正当我浸淫在幸福的恋爱中时，问题便开始了。首先，是他不热衷和我亲热。这事怎能理解呢？男人不都是野兽一样每分钟至少想两次性的吗？我不是性欲很强的女人，不过我也有性需要，也觉得和爱人一起，怎能缺少接吻和拥抱甚至进一步的性行为呢？

最初我以为他并不喜欢在公开场合和我亲热，于是我主动找二人世界的机会，甚至主动说要去他独住的家，他却不很愿意，那我说不如到我家，我煮好吃的给他，他答应了。我狂献殷勤地煮心型牛排，摆上红酒，满室浪漫的烛光，心想他一定醉死了，我想和他进一步。

他是醉了，却没有进一步行动，搂着我便在沙发上睡过去，像孩子搂着大熊娃娃一样纯粹。我的心有点不解，也很失望。已是夜深了，我弄醒他，想再尝试诱惑他，他吻了我一下，说："啊，已经这么晚了，我应该回家了啊，你也早点睡吧。"说罢便举步离开，我真的发怒了，问："难道你对我没有性欲吗？"我哭了，他愣了一下，回来安慰我、吻我，我大胆地拥住他，和他做爱。

这是我们的第一次，严格说来，是我近乎强迫地和他做了爱。我自己脱掉衣服，赤裸在他面前，替他脱衣解裤子，他一半被动一半主动，我们就这样做了。感觉当然不快慰，不过我的心安了一半，起码他还是个能“举起”的男人。事后他说对不起，他说喜欢我，不过想结婚后再做爱会对我好一点。我听到他这样说，有点内疚，却更喜欢他了。

发现他和男生打情骂俏

原以为从此应有更亲密的接触，可他还是老样子，我不主动的话，他永远不要求和我做。性生活真的不愉快，他很快便完事，我也不很享受。可是，性以外的时间，我们就亲爱得像兄妹或姐弟一样。直到我第一次发现他和一个我不认识的人在网上火热对话之前，我还以为他心里只有我一人，这已是谈恋爱的第四年了。

我质问他，他很发愁地叫我别多心，那是个男生，是他儿时的同学，他们这么做是因为觉得好玩，所以那些亲热的对话只是儿戏，叫我不要认真。我知道那人是个男的便放心了，又内疚一番，因为我不信任他。

可他有时会偷偷和谁打电话，在我们约会时接到电话会脸色大变，很慌张的样子。四年来我才第四次到他的家，趁他上厕所我搜了他的抽屉，发现了他和一个男生拍的照片，大概是中学时期拍的吧，也有一些情书，应该是以前的女朋友的吧，为什么不丢掉呢？我很嫉妒。又搜到一些体操杂志，和一本从外国运来的男性裸照摄影集。他到底怎么了？等他出来后我忍不住问他，他很愕然，怪我看他的隐私。我追问他，他说是工作要用的东西，叫我不要管他。我开始不相信他了，却无法明白到底是什么不对劲。那件事之后，他对我明显地冷淡下来，我最终忍不住一个人的寂寞，主动和他修好，说都是我的错。他又吻了我。

因为奥运确定失恋

奥运期间，我发现他很兴奋，特别是看男子体操时，目光沉醉。我问他男子体操有什么好看的，他竟说单是看那些肌肉便兴奋了。说后他知道自己说错了话，我忍不住问他其实是否喜欢肌肉多于我的身体，因为他根本不想和我做爱，却喜欢看男人的肌肉。

我生气地随口问："你是基（gay）吗？你都不够爱我。"我原想撒撒娇，让他哄哄我，谁知他沉静了一会儿，突然说："对不起，我也不知如何是好。我无法爱你的身体。我很爱他。"

天！这是什么话？原来他一直瞒着我和那个中学同学交往，他是个体操教练，他们在一起已经十多年了。像天要裂开地要塌陷一样，四年来我到底爱着谁？他说并不想骗我，其实连他自己也搞不清楚是否真的爱他，不过和他在一起实在太暖心了。我说他有病，他只是希望有亲人爱自己，他是独子，自小怕寂寞。我努力想令他明白他是爱女人的，他也爱了我四年。可是他说："我无法享受和你做爱，我却喜欢和他做。这点我骗不了自己。"

我失恋了，情敌却是一个男人，真是岂有此理！我该放弃吗？我才不舍得。他是我最爱的男人，我想无条件拥有他全部的爱。我该怎么办？

素黑 剖析

Coco遇上又爱男人又对女人有好感的男生，令她接受不了，在她的眼中，可能一厢情愿地觉得男友有病，只要医治过来，便应复原，日后只会爱女人，最好能一生一世爱着她一个女人。又或者觉得男友太自私，明知自己已对男生有好感达十多年之久，那为什么还要欺骗她的感情，还令她主动为他付出性爱，到头来一无所得，输了爱情也输了自尊呢?

Coco觉得失恋的理由是个男情敌而难以接受，我问她，假如对方是个女人是否会好过一点？她说是。我只能说：不，结果也是一样，你同样是失恋，同样闹情绪，甚至可能因为和那女人比较而更难受。

面对感情错失的困局时，我们往往只把问题想到最差劲，令事情变得复杂，令自己变成最不幸的受害者，制造自己是世上最不幸的人的现实，然后把怨恨归于对方。如Coco借情敌是男生而觉得自己“特别”不幸，所以“特别”伤痛，“特别”可怜。

小心，这是自怜的陷阱，却不是解决问题的方法。现实是男友的性倾向不明确，他也陷入痛苦中，他并不是存心伤害她。Coco不应先把问题放在男友的性取向上，而是要面对最简单的现实：爱人有了另一个爱人，情敌是哪种性别结果都一样，反观自己的弱点是嫉妒和想占有。

必须承认自己对感情放不下的病源，与男友是同性恋无关，即使情敌是女人，自己的问题也在。面对自己，豁出去，不要勉强。不能要求他为自己改变，该现实一点，真的爱他便关怀他，帮他搞清楚自己的真正爱好，并且学习放下。**你并不一定要接纳他的另一个，但起码你不用否定他和你自己。**

欲望和爱情同样可以很纯粹

为什么总要将性和爱二分呢？当它们一致的时候，它们是不能分开的。当它们分开时，没有人能把它们合上。这就是很多男女关系的现实，不管他们是什么关系。

Case 9. 十个男人九个淫

| Clare | 24岁 | 会计 |

坚持婚后才性爱

男人和女人对感情的要求是否真的有天大的分别呢？为什么男人非要通过性才能感受到爱？男人不能很纯粹地享受爱情吗？

我就是想不通。这些年来，我试过和几个男人交往，每次都因为他们急于要和我发生关系而无疾而终。我不得不总结出，是男人的好色夺去了我的爱情。

我对满脑子都是女人身体和性器官的男人感到恶心，也对这样肤浅的男人没有信心。这样的男人，你很难知道他是否对感情真心，是否只当你是泄欲工具。难保有一天，当他遇到另一个更漂亮、更吸引他的女人时，他便会离开你远远的，那时，跟他谈什么海誓山盟也没用。

我没有过分偏激，十个男人九个淫虫，一点内涵也没有，除了精虫在蠢蠢欲动以外，没有别的好干。

我对婚前性行为有保留，不是因为抗拒性，而是害怕和最终会变心的男人发生亲密关系后会很受伤，最后很难离开。所以，我会对每个男朋友说，我是个要结婚后才会做爱的女人，我是很认真的，希望他也能尊重我。而我也觉得，可以用这一点来试探男朋友对我是否真心，是否守信用，是否能为了爱我而禁欲。我不相信男人说的话，假如他们能为我做到这一点，我就会安心嫁给他。

可是，我遇不到这样的男人。我怀疑世上到底有没有能纯粹地爱，不只为了肉体满足的男人。

男友背着我和同事上床

我曾经和一个男人谈了差不多两年。他是我最爱的一个男人。他说过会尊重女人的，因为他自小看着父亲对母亲很凶，眼看母亲受苦偷偷落泪，所以发誓不会让他深爱的女人受苦。我以为我很走运，可以认识这般胸襟的男人。

固然，我和他说好，要到我们结婚后才能有性关系。他也同意，说会尊重我的，况且他爱的是我的人而不是我的身体。我满心高兴，以为终于找到一个真心为爱情的人。拍拖一年，我们的关系不错，他偶尔要求和我亲热，我让他点到即止，他也表现得很君子，没有强行要求性爱。我以为，他真是个守信用的男人。为此我对他怀有更大的好感，一心计划和他长相厮守。

谁知，一天我无意中在他的办公桌上找到一张留言字条，上面简单写着“Daisy，依旧3pm（下午三点）”。我满脑子疑团。首先，他说过整个下午要开大会，哪有和一个女子开会的理由？其次，“依旧”是什么意思？出于一种女性天生的疑心，我决定跟踪他。我跟随他的车到了一家酒店，天，他径直上房间，而且非常准时。他走到一间房门口，按铃，一个穿内衣的女人开门把他拉入内。天，这算是什么玩意？

我在楼梯间附近足足等了他两个小时，他才出来，向门后的女人深情地吻别说：“下星期见。”我无法接受这个现实。他竟然和另一个女人建立这种见不得人的性关系！

我不想面对，马上拔脚逃跑。我不敢面对。晚上他约我吃晚饭，我考虑了很久，决定和他摊牌。我识破了他的奸情，他感到很愕然，沉默了很久，终于承认对不起我。他说并不爱那个女人，只是自己的性欲特别强，每次和我一起时内里都像火烧一样，我又不给他，况且又答应了不强迫我的，所以只能找那个女人解决。她是他的下属，很崇拜他，他便利用了她。

斯文男人最心急

那是我第二次被背叛，也是最伤心的一次，因为他曾经答应过我，也让我相信他真的为了爱我而尊重我。谁知，他背叛了我，还好像为了尊重我而委屈了他，叫他找别的女人呢！我无法接受他的解释，我觉得他污秽极了，决定和他分手，虽然心痛至极。

我不是不享受身体的接触，我也很享受拥抱、抚摸和接吻。但是在未百分之百确定一个男人是否全心全意投入地爱我，是否承诺和我一生一世之前，我实在不想再进一步。偏偏这是最好的测试。可是世事多讽刺，你愈决心考验一个男人，他们就愈容易露出原形。

像刚和我分手的F，是个外表相当斯文有礼、风度翩翩的绅士，拥有很不错的专业，社会地位高，经济状况很理想，是个条件十分优越的男人。他是我公司的客户，偶尔在公司碰面，他居然对我念念不忘，几次借故在公司楼下装作路过等我下班。我很快接受了他，因为他实在有无法抗拒的魅力。我心里有数，怕不幸的事情再发生，所以早已向他“打底”，告诉他以前的男朋友是多么心急，令我受不了。我是坚持只谈恋爱不上床的女人，问他可受得了。他笑着说他不是那类人，只要能抱着我就已经感到很幸福、很知足了。

我不是第一次听男人说这些甜话，心里却一直担心这个男人不知何时还是会露出淫尾巴来。结果，事情比想象中来得还要快。一个晚上，他喝醉了酒，跑到我家来说要见我，一看到我便扑上前要脱掉我的衣服。我好不容易才制服他，把他赶出门，衣服已经被撕破了一大半。我隔着门叫他去找妓女吧，以后别来烦我！泪在脸上不断滑下，我是多么受伤啊，好端端的关系，为什么总不能顺利避过色劫这一关呢？又一段关系的告终，心比黄连苦。

纯粹的爱情可能吗?

无论是表面多斯文的男人，一到那个时刻，就会像野狗抢食一样。无论是多英俊的面孔，一露出色狼的本性，便变得丑陋无比。无论是多么热情的男人，只要你和他们亲密几次，单独在一起而没有给他们，没有发生那种关系，他们对你的热情便会冷却，对你的态度便愈来愈淡漠。若你不容他乱来，便会用种种漂亮的理由提出分手。为什么男人都是这么低等的生物呢?

女人也有情欲，但女人懂得控制，懂得分寸，懂得爱惜自己。男人的兽性却真不知所谓，明知会破坏感情关系，还是控制不住硬要闯关，是他们根本不珍惜所爱，认为性比爱更重要的原因吗？我可以想象没有性但有爱的女人依然生活得很好，却不能想象男人还会爱一个不能给他性爱的女人。即使还爱，他肯定也会到外边拈花惹草，不会为爱人守身。

下辈子让男人做女人，他们必定会明白自己的兽性对女人的伤害有多深，眼里看到的男人有多猥琐。那时候，不知他们会不会后悔自己上一世所做过的孽事。

我对男人真的感到很失望，为什么总无法遇到一个真心的男人？我想知道我这种思想是否有问题，有什么方法可以让我面对男人的淫性却可以无动于衷呢？我不想下半生再为这种恼人的事影响情绪。还有，男女纯粹的爱情到底有没有可能？

素黑剖析

曾经有位客户，她因为宗教和礼教的原因，抱着婚前不发生性行为的心态，而男朋友却很有性需要，他们很相爱，但她实在不想违反自己对性的道德执着。于是，他们约法三章，一旦男友有性需要时，她会隔衣和他亲热，然后用手替他解慰。这是她可以接受的最大程度的亲密行为，她说："没法子，实在太爱他了。可是我没理由因为爱而婚前理亏吧！假如他最后悔婚不娶我，那我岂不太可怜？哪有男人要？"她的男友也勉强接受这样的亲密行为，结果，他们还是未能尽兴。女朋友索性逼男友结婚，而男友唯有草草和她结婚，事件才算得到解决，但结婚不到半年，男方便有外遇了，最后还是逃不开离婚收场，结果找我替她平衡情绪和治疗伤痛。

客户的做法带着高度的危险性，比发生性行为而理亏的危险更大：

双方为了能名正言顺地做爱而结婚，却没有周详考虑婚后两个人同住的生活，应该如何相处、如何适应。彼此相爱并不一定等同于互相合拍，正如结了婚也并不一定代表双方一世忠贞于对方，永远相爱不离不弃。世事人事多变量。信不信？变幻才是永恒。

假如Clare真的一定要等找到她百分百信任的男友出现才愿意性爱的话，她可能永远也无法等得到，因为对爱缺乏自信的人，很难相信别人，疑心亦分外大，最终，关系也因而画上句号。

不是存心泼冷水，也不是劝她不如放弃守身的想法，搞婚前性行为。我只想点出Clare对关系的执着和盲点。世上没有关系是百分百不变的，相反地，真的一成不变的关系，也未必是好事。她对男人性欲强的表现感到很讨厌，没有安全感，生怕他日遇上比自己更美的女人时他会背弃自己。怀着这种想法，相信她即使婚后也会感到不安全！问题不是男人的性欲出了岔子，而是她太否定男性，也太否定性爱本身了。

亲密关系可以有很多种，不一定要上床。试找其他示爱的身体接触，稍稍开放自己一点，也是处理男友欲望的方法。不要先否定对方的欲望，乱加上道德的罪名。对身体有欲望，是年轻男女的本性，男人发泄出来，是他们文化和生理上的自然反应，并不是罪。反而该看看自己，到底为什么怕接触性爱，或者只迷信婚姻才是性爱的最佳保证。男人要花，要辜负一个女人，一张婚纸并没有阻吓作用。你要信任的，应该是女人敢爱敢恨的度量，而不是那张白纸。

为什么总要将性和爱二分呢？当它们一致的时候，它们是不能分开的。当它们分开时，没有人能把它们合上。这就是很多男女关系的现实，不管他们是什么关系。要男人为自己守身是要试探什么呢？是禁欲还是牺牲？你到底想让对方为自己做什么？不要借身体进行思想道德的祭祀审查了，它才是感情最大的凶手。

你是自虐者，不是受害者

原来，没有深厚感情基础的婚姻都是虚浮的，也不能要求什么了。诚实地问自己结婚的目的吧，别把爱推出来欺骗自己！

Case 10. 丈夫移情兼吞财，还算男人吗？

| See | 28岁 | 网络工程师 |

我结婚只有半年，丈夫在外地工作，我们经常两地生活，我每个月去见他一次。他对我很凶，不是骂就是要性，这个我也不计较，可他居然没有征兆地突然提出离婚，还找了一个非常可耻的理由：我不孝敬公婆！

想当初他母亲给我算了卦，说我克夫克婆婆，要我在规定时间里“避光避水”化解。他的姐姐甚至在那个“规定时间”内亲自来监督我，我那时因为爱他也一一照做，受尽委屈。婚后他对我差劲，我也一直忍受着，希望他会改变。他现在竟然这样对我，还有天理吗？

现在我们已一年没联系了，周围的人向我暗示，他早已和另一个女人在一起了！我本以为会坦然面对，但最近偶然在网上看到他用自己和另一

个女人的名字共同申请的邮箱和博客，且邮箱已注册一年多了。看来他早已变心，只是我一直太信任他了！我的心有一种说不出的难受！

当初是他提出结婚的，婚前他对我的态度已不是恋爱时那般热情了，有时也会争吵，但我相信他。回忆当年为何与他确立恋爱关系，为何相信他说的每一句话，为何他提出离婚，现在一切已明朗了。不过，当我们这边开始办离婚时，当他和另一个女生的名字共同注册的邮箱出现在眼前时，我还是抑制不住地心绪波动。

感情不再，我也不好说。没想到更可怕的是，他竟把我的存款全部据为已有。我要求返还，否则我不同意签字，而他知道证据都在他手里，只要他不拿出来，我便拿他没办法。他提出离婚后，我还觉得有机会挽留他，但当他连我的存款都据为己有时，我常常会睡不着，想想，自己认识多年的男人，怎么突然变得这样陌生，这样让我难以接受？我现在该怎样面对？

素黑 剖析

女人有自虐倾向，这是习惯性的感情依赖，也有性别文化上的集体影响，觉得女人要忍忍忍忍，以为这就是答案，问题会过去，只要等到大家老了，问题就会解决。

自欺欺人。

See的问题是她选错了男人，明知这个男人待她不好，即使在婚前已经感受不到热情的爱，即使对方的家人以迷信的理由瞧不起她，要她承受不合理的迷信仪式，她也心甘情愿。其实她在质问丈夫为何要这样待她的同时，也应扪心自问，反问自己为什么还要忍受？就因为一个虚弱的“爱”字？她选择嫁给一个不会顾及她感受的男人，结婚是为什么？大概这个男人也不清楚和在意，反正需要结就结了，而他也一直不乏女人，他们之间又大部分时间不在一起，根本就是不健康的婚姻，关系比谈恋爱时还要疏离。他现在的立场和态度已很清楚：他不需要她，要离婚，他和其他女人在一起，随便找个借口就是了。

See正是以为可以靠自虐经营婚姻、制造爱情的女人。事情发展到这个地步，她也要负一定的责任。是她选错了结婚对象，盲目地借对方的存在满足自己也想结婚的欲望，在这点上，她和丈夫犯了相同的错：对婚姻不负责任，在缺乏感情基础的情况下完成一项世俗的仪式，向自己和家人交代。大家都要为自己的选择负责任。表面上，是丈夫先背弃她，先放弃负责，令她变成看似无辜的受害者。

See不是受害者，她只是自虐者而已。

不应再在感情纠葛上问谁是谁非了，这本来就是一场互相利用的婚姻游戏，满足各自的私欲。See若觉得她是出于爱才结婚，那是她的无知，也是借口。爱不可能在委屈的情况下发生。她应心知肚明，她在他身上不可能得到爱。

现在要做什么呢？应实际一点解决当前婚姻余孽的问题：被丈夫侵吞的她的存款。能把存款取回是最理想的，不过也要看看需要什么协助，单凭她一个人很难和他纠缠下去，不是说她不中用，而是这场战争会严重影响她的情绪。能用钱帮助自己的，就用钱聘请专业人士帮自己争取应得的财产和权益，不然，可能要考虑放弃，还自己清静可能更划算。就当是为成长付学费。

贪婪的人最终才是输家，因为他们输掉了人格。See必须自爱一点，不要再为不值得的人牺牲自己，付出一切。

原来，**没有深厚感情基础的婚姻都是虚浮的**，也不能要求什么了，诚实地问自己结婚的目的吧，别把爱推出来欺骗自己！还年轻，趁早了断负面的婚姻好了，不然就是浪费青春。See应有更美好的将来，挺过来，争取自己的幸福。他不配再负面影响自己的人生了。

也无须怀恨，让他离开就算了，他和谁在一起也不要多管，让他自己承担吧，**我们无权介入别人的生命，管好自己的已经很安慰了。**

男人的退步令女人承担不起

支持另一半是需要很大的心理能量和客观条件的，更重要的是互相谅解和明白对方的心意和能力，需要很大的信任，和双方很成熟且独立的情绪状态。

Case 11. 我老公不愿意工作

| 王枚 | 32岁 | 市场总监 |

女强人的选择

我一直以为，寻求安定是女人一生的梦想。能找到一个让自己安定下来、有安全感的男人，是女人一生的成就。

而我又是那么重视个人成就的女人。

我自小在优越的家庭中成长，无论学历、身份、相貌，都在众人之上。小时候即被认定是个出色的女强人。我没有沾沾自喜，反而感到有点压力。我常质疑自己的意愿。尽管拥有无上的条件，但毕竟是个女生，我也有属于女孩的梦想。在校成绩出众，已经惹来不少男生的“歧视”，觉得我是“女生男相”，还被笑过将来肯定嫁不出去，心里实在不好受。

但我没有退缩，虽然也不怎么自以为是。我的家教很严，父母虽开放但不对我放任。我不敢遐想什么，虽然眼看着同龄女同学开始谈恋爱，我却不敢多想。结果考进知名大学，然后一帆风顺地升入博士班，入谁都羡慕的清华大学。说真的，我也不知为何要念博士班，我的同学都嫁人生孩子了，我还在念书，像长不大的女生，或者难听一点就是嫁不出去的老女人。

毕业后，我幸运地进了一家知名的国际大公司做市场总监。从那时起，我便开始了奔波的生活。经常要出差，离开北京到各个城市做宣传推广的工作。以前我以为追求社会身份很重要，所以宁愿牺牲最宝贵的青春，不搞男女感情关系，专心念书，找份好差事，便是最有保证的生活。也许是受我母亲影响，她总是说靠男人没保障，靠自己才有保证。她也是个女强人，不过她和爸爸的感情并不很和谐。

我也明白，有了事业，很难兼顾家庭幸福，但我已不能回头了。

岁月不留人，我已快30岁了，我对目前不安定的生活感到有点无奈和不满。我希望有安定的生活，能有个家庭，有属于女人本分的生活。

最后，我找了一个军人。他是驻北京的，他的安定和性情上的简单吸引了我。我知道只要我回家，他总会在我身边。这样已经足够。我们就在三年前结了婚。

丈夫很照顾我，我也觉得自己很幸福。

两年后，我有了一个可爱的儿子，我放心让丈夫带孩子，而他也照顾得很好。原来女人是可以当一个空中飞人的。我感到自己真是个幸福的女人，事业、爱情和家庭三赢。

丈夫突然不愿工作

可是，儿子一岁的时候，丈夫转业回家了。

安定的生活在这个时候发生了变化。我不明白丈夫转业的原因，可能是我的收入比较稳定，而他也有些厌倦军官的生活了吧！这个也无所谓，反正他还年轻，他可以转战其他职业。可是，转业回家的丈夫不愿意再找工作了，因为他害怕面对社会的复杂，他说："老婆走到哪里，我可以带着孩子跟到哪里啊，以老婆为家就是了。"

我想起母亲的话："靠男人没保障，靠自己才有保证。"但现在是丈夫想靠妻子过活，他比我更渴求安定，像个女人一样。我重新审视我的丈夫，发现原来我不怎么认识他。但我们的感情其实很好，我也不好说什么，好像很小气一样。就这样我让他不找工作，心想也许他往后带孩子累了，就会想独立。

可我还是太天真了。

我们家买了一辆车，他充当司机，果真是我走到哪里做市场，他就带着孩子走到哪里。有时同事以奇异的眼神看着他和我，我心里也不是味儿。哪有丈夫跟妻子出差兼带孩子和当司机的呢！刚开始时我也不以为然，有丈夫陪伴自己工作也蛮方便和贴心的，还可以常看到孩子。不过很快，我就觉得这样的生活不对劲。

有时我工作完很累回家，他就像在家待了一天的妻子一样，向我诉说很多琐碎的家事和电视剧情节，明星、网上热闻之类的事。家里要添置什么，他想买新电脑，孩子的学校要搞什么生日会要花钱，什么都是钱钱钱。这个我倒不太在意，反正我收入高，花一点钱也不算什么，而且说实话，他也不是个特爱花钱的人。只是，我感到生活的压力。家已变成以我为中心，没有我就没有家。我像失去了丈夫的单亲职场母亲一样，需要养家，成为一家人的支柱，有时感到很累。看到女朋友们都很依赖丈夫，我却是让人羡慕的女强人，成为丈夫的依赖，而他不去工作，留在家里带孩子、理家务。这就是我希望有的安定生活吗？我开始怀疑了。

丈夫变成黏人的狗

我的婚姻不对劲了。这是我近期感到非常困扰的感觉。问题到底在哪里呢？我发现丈夫开始变得很依赖我，很需要我对他的关注，像《绝望主妇》（*Desperate Housewife*）里的寂寞妇人一样需要我非常多的慰藉和爱护。他以我为生命的中心，他很需要我经常注意他的感受，和他在一起我感到很累，因为他似乎每秒钟都要我听他说话，问我意见。我稍微不在乎，或者实在太累说要先睡了明早要开会之类，他便很不高兴，甚至感到很受伤。他是个很简单直率的人，一切都可以在他脸上看清楚，他的情绪一旦改变，我便感到压抑。我觉得生活开始变得很不舒服和不轻松。

为什么丈夫变得像小孩一样需要我常常安慰，占据我的精力和能量呢？他开始变得散漫，充满惰性，每天没事做，送孩子上学后他基本上是空闲的，也不进修一下，提升自己的竞争力，就这样赖着女强人妻子过活，怎么说也不是合理的。我曾经提过不如他去找工作，他却反应很大，觉得我不再爱他，嫌弃他是包袱了，竟然看到他眼睛湿了，像真的受了委屈一样。怎么搞的，这个男人，怎么会这样！然后不到两三天，他提议不如请个保姆带孩子。我以为他是决心去找工作了，欢天喜地说好。谁知保姆请来后，他就变得更懒惰，游手好闲，等我回家他又变成狗一样缠着我，爬到我身上要得到性爱的满足，把我的精力耗光了。工作辛苦，原来也不及回家辛苦。

天，我愈来愈想逃避这个男人。

我不知道自己的婚姻接下去该怎么办。我该怎样来疏导自己的丈夫呢？或者，我应该放弃，不再让他依赖我？

素黑 剖析

这是两性独立的年代。

女人可以当家，在事业上做一番成就，养家、养孩子，甚至养老公，只要大家事先谈好，互相配合，乐于这样的安排，也可以是个蛮幸福的家。

或者，女人可以支持丈夫的理想，他若需要埋头开创新事业，要做研究，要等机会，暂时不能打工浪费时间，要靠妻子的支持的话，女人为支持老公，独力承担家庭也是伟大的付出。只要她知道丈夫是真的用心要实现他的梦想，而不是游手好闲、养活惰性和依赖心的话，女人也是会甘心支持丈夫到永远的，哪怕丈夫最终还是得不到任何成就。至少，他努力过，他认真过，他没有放弃，没有欺骗自己和妻子。成败得失，交给命运好了。夫妻俩还是可以不分你我共建一个家的。

假如导演李安没有一直努力搞他的电影创作，不事生产，游手好闲，靠能干的妻子养自己的话，那么他就是剥削。他今天的成就是他的努力，也是妻子的无私奉献。

支持另一半是需要很大的心理能量和客观条件的，更重要的是互相谅解和明白对方的心意和能力，需要很大的信任，和双方很成熟且独立的情绪状态。不然，很容易因为为了对方孤单上路，产生负面的情绪反应，结果流于埋怨和不甘心，觉得自己很不幸，对方很没用，最终还是会破坏感情，以分手收场的。

王枚的丈夫并不是个成熟的丈夫，他一心想依赖妻子，看上她高额和稳定的收入，他觉得可以依赖她，有嫁鸡随鸡的心态，以为肯带孩子已经是付出了，可是他没有理会他惰性的心态影响了妻子的心情，增添了她的精神压力。面对工作，她能应付得绰绰有余，可她承担不起丈夫的突变，徒添她作为女性对男性有所要求的压力和忧虑。原来给予她安定感的丈夫已经不再稳定了，他宁愿全心依赖她，她最初以为找个安定的丈夫可以给她安定的家庭的想法已经幻灭了。她也因为工作忙，忽略了婚后和丈夫沟通感情的重要性，她发现自己原来不懂得照顾一个像女人一样黏人的丈夫。丈夫不愿工作，表面上其实跟以前一样是安定的，不会奔波劳碌，问题是这种安定是消极的，没有出路，变相剥削了妻子。

原来，安定是不够的，她需要的是让她安心的伴侣，拥有独立生活、工作和发展的成熟男人，不是依靠她照顾的大男孩。她目前最大的困扰是忽然多了一个大儿子，需要占据她很多精力去爱护、不愿长大的儿子。吊诡的是，她同时失去了一个心理上能给她慰藉、让她安心的丈夫。

她原来比结婚前更孤独。

只能向丈夫坦白，说出自己的感受，看他能否长进一点。让他知道问题不是钱或其他物质，而是他作为男人的退步，令女人承担不了。

好男人不一定是好丈夫

婚姻是两个成年人愿意一同缔造的关系形式，但重要的不是婚约和形式，而是共同维系下去的诚意和意愿，找对方法，还有是否享受，以及一起进步。

Case 12. 难忍醋意太强的丈夫

| Fanny | 33岁 | 民营公司负责人 |

他内向，我外向

原以为女人嫁给好男人便是福气，可是，婚姻生活并未因为他的好而变得幸福。婚前眼里只看到他的好，想象婚后安乐稳定的生活，有个爱自己的丈夫，有个家，生孩子，夫复何求？

本来我也是这样想的，不过幻想是一回事，现实又是另一回事。生活毕竟是磨人的。

我和丈夫认识了八年才结婚，我们是同学。毕业后我们便走在一起了，最后合情合理地结婚。我说合情合理是当时的想法，因为虽然我觉得我和他之间存在许多不同之处，但上一辈说这是好事，那时幼稚不多想，觉得不用太过计较，况且他是个好男人，没有不良嗜好，对我虽不浪漫但专一，觉得有保障，于是便结婚了。

我和他的不同主要是我的性格比较外向，爱好社交，喜欢和朋友诉说，也有点情绪化，会触景伤情，做事我也是随性而为，想到了便努力实现，即使不能实现也高兴，觉得自己毕竟经历了。而他恰恰相反，性格内向，不喜欢社交场合，甚至是害怕，从不向朋友说出自己不愉快的心情，更别说懂得看别人的心，所以他不能理解我的心情，甚至会嘲笑我的举动幼稚。他做事喜欢十拿九稳，理性大过天，像典型的IT人士的性格。

性生活似有还无

婚后因为和婆婆一起住，所以我们的生活一直处在婆婆的眼皮底下，丧失了许多沟通的机会，也习惯了互相沉默的很传统的相处模式，一旦发生不愉快的事，我们的处理方式一般是冷下来。

最令我失望的是，我们的性生活并不如意。他是个对性没有情趣、兴趣不强，也很少主动的男人，这是我没有估计到的，也不知道原来会影响我们的感情。有了女儿以后，我再也没有和他同睡过了，直至女儿两周岁后我们才同居一室，但夫妻生活早已索然无味。我并不是性欲特别强、不知足的女人，我本来就是传统的女人，只是我也有性需要，也希望通过性和丈夫的关系更亲密，感情更好。我一直的想法是也许我应该把生活的重点放在女儿和事业上，现在想来我太幼稚了，压抑了自己的感受。因为一起工作的缘故，我们的摩擦从早到晚，无穷无尽，令我愈加难受。

我相信丈夫没有对我不忠，所以他不爱和我做爱的事，我就当是正常合理的，常常自我安慰，说服自己已经嫁得不错，起码丈夫没有出外花，是我心太野不知足而已。这样安慰自己，有时勉强接受，有时心酸难受。

婚姻就是这样的吗？能不是这样的吗？

老公醋味大过天

直至发生了一件事，我才看穿了老公的小气。事由是，我们有一个员工，是个比我小六岁的大男孩，因为在公司工作的时间比较长，我们又和他的父母关系比较好，不知道从什么时候起，他对我的关心明显多了，对公司事务的处理也明显积极，我对他的倾诉也比以前多了。终于有一天，我丈夫对我说，如果他上班，就不允许那个男孩在公司。我不明白，问了男孩。他说，如果我为难，他可以走，但想和我丈夫谈谈。可就在这天，他明确告诉我他喜欢我、爱我。我虽然听了很吃惊，但还是让他走了。

男孩对我老公说希望他多关心我，多帮我处理公司的事，因为我太累了。这是老公事后告诉我的，我听了心里很不是滋味，但这并没有改变老公，相反他变得敏感了，竟开始查我的通话记录。我知道后十分愤怒，可在朋友的劝说下我放弃了离婚的想法，关系一度处理得小心又异样地甜蜜，后来我发现他又查我了，这次我变得很伤心。其实自男孩离去后，我向男孩发短信说清楚我只能做他的姐姐和朋友，却不能成为情人或爱人，他应该和他父母给他介绍的女孩好好相处，让那个女孩幸福。但这好像不能改变他，迫于无奈，我想了一个天真的办法，每天主动给他发短信，告诉他我今天过得很幸福，我的老公很爱我。慢慢地，那个男孩不再理我了，我也以为一切都过去了。没想到老公却跑去查我的通话记录，每天的短信记录惹怒了他，他开始跑到客厅睡了，开始不去上班，永无止境地沉默。我虽然和他解释，或找朋友劝说，并告诉他我的短信说的是什么，目的是什么，可没有用。

觉得受够了

后来他上班了，却学会了人前与人后两副不同的模样：公司里、朋友前，他谈笑风生，只是漠视我。在家时他从不和我多说一句话，我们的交流只限于和女儿的交谈上，感觉就像同租一间房子的邻居。我给他打电话的铃声换成了《回心转意》……无法和他好好谈，他根本不是可以谈的男人。

我们之间没有性也没有爱，我快坚持不住了，觉得够了，不管是对他无休止的忍耐还是我的生活，我都觉得够了，我只想摆脱这一切，哪怕拿我的生命换取。但我又有许多牵挂，我的父母、我的女儿、我的好朋友，这一切又让我觉得不舍，尤其是我的女儿，她还那么小，她又那么可爱和聪明。

如果有方法能让我的婚姻回到以前的状态，我宁愿选择留下来，除了他不懂向我表达对我的爱意外，除了他不会表达对我的关心外，除了他不再需要我的身体外……他还是一个不错的好爸爸。可我受不了现在这种极度的不协调。我真的不知道该怎么去解决这件事情，不知道该怎么走出来。

素黑剖析

没有性也没有爱，只有女儿和遗憾，不被谅解，无法坦诚沟通的夫妻关系，你自己问问，有维持的意义吗？

不应该维持并不等同于应该离婚，从治疗的角度来衡量，是希望寻求改善关系的方案，看看有没有转弯的余地。婚姻是两个成年人愿意一同缔造的关系形式，但重要的不是婚约和形式，而是共同维系下去的诚意和意愿，找对方法，还有是否享受，以及一起进步。

Fanny从开始到现在一直逃避的问题有两个：性格不合，性生活不协调。若不是双方努力增进感情的话，随着时间流逝，关系没有不恶化的理由。一开始已意识到性格不合的问题，却因为家人认为可以便随从盲目结婚，那就没话说了，必须承担后果，毕竟已经是成年人了，应有主见和理性的分析力。**觉得不错，并不就是对的路**。

婚后发现丈夫在性和醋意上都有问题，却碍于一直缺乏沟通的基础，所以难以改善，更有覆水难收、每况愈下之势，事情真不好办。是的，他是个好男人、好爸爸，可是，问题的关键是：你需要一个好爸爸，还是一个好丈夫?

你的女儿需要前者，你却需要后者。你并不是丈夫的女儿啊，更何况，女儿需要的不是幽怨自困的家庭。

女人在家庭角色中的位置常常出现冲突，要做好妻子、好母亲、好媳妇，偏偏三面不讨好，而得不到丈夫的体谅时，问题便来了。Fanny的丈夫封闭，像很多守旧、自大的中国男人一样，专制且不懂温柔。他的世界是密封的，不懂适当地付出和爱，却不是坏人。那便问自己，**一个“好”字，足够继续下去吗?** 如何继续下去，是维持优质婚姻的关键。是生活在退步，所以你感到受不了，因为你不能活出真正的自己。

尝试再向他坦白吧，正视性和性格问题，说出自己的真感受，给彼此最后的机会，不要气馁，你还年轻，一生还很漫长，应为自己着想一下，也是为女儿做个勇敢、自主女性的好榜样啊。正面处理事情，是现代女性自爱、他爱的必要条件。

第二部分 贪恋

学习离开所依恋的负面欲望，才算真正成熟起来，不然难以胜任女人诸多的社会角色，也无法摆脱受控的心魔。

真正的幸福需要理智，不是命运赐予的。

贪想做圣人的虚荣

将奴性转化为博爱的幌子，因为无法突出自己，唯有替自己套上神圣的光环，讨好每一个人，享受受罪的快感，承受不了，便怨天尤人。

Case 1. 为何老是被男人剥削

| Anson | 25岁 | 人事主管 |

是我的命生得不够好

我可能是前世欠了很多人，所以今世要白白为很多人付出，这样活着很累啊。

曾经爱过一个把我当娼妓的男人，他说："你即使甘愿做我脚底的泥，容我三妻四妾，我也不会娶你的，因为你不值。"这个男人，最初曾说我是他天上的星星！

曾经被教授性骚扰，他把我叫进他房间里，在我的屁股上上下其手，说我能陪他过夜的话，他保证让我取得奖学金。我不敢反抗，和他睡了。后来告诉最好的女朋友，她一句："活该！"便和我绝交了，事后才知她一直暗恋那个教授，我却先被他看上。

曾经我以为努力工作向上爬，总会找到好前途，令母亲添面子。毕业后我马上找到不错的职位，以为她会满意，谁知她冷冷地说："又不是找到金龟婿，几千块的工资不丢脸吗？"

曾经我以为以诚待人，跟同事好好打交道，讨好他们，让大家都开心，便能工作顺利，受人爱戴，可是人心复杂，我无法满足每个人，现在跟同事的关系搞得不是很好。

我总觉得自己欠缺运气，人缘不好，无论有多努力，都得不到应有的回报。我只能相信命运，是我的命生得不够好，唉。

遇上的都是占便宜的家伙

我经历过三段感情关系，其实正确一点，应该算两段感情、一段关系，后者是我和教授那一段。和他维持了半年肉体关系，因为不懂得摆脱他，我天性太懦弱了，虽然他不算是非常讨厌的男人，却白白夺去了我的身体。我就是不明白为何每次他对我有所要求，我都不懂得反抗和说不，拉拉扯扯地便跟他回家过夜了。他待我不错，我却不喜欢他。

第一段感情发生在高中，结果被当娼妓一样地糟蹋。第二段在刚入大学时，跟一个同系的男同学恋上了。他是特别优秀的青年，是每个女生都喜欢的那种类型。和他谈了两个月便发生了关系。当我还以为沐浴在幸福的天堂时，忽然有一天他问我借钱，说急用，家里出了状况。我毫不犹豫地便把所有积蓄兼向其他朋友借的几千元钱给了他，事后才发现，原来他用我的钱狂追一个比他大一年、家世很好的学姐。我被利用了，一个月后，他跟我说分手，那个女子已经是他的囊中物。至于钱，他只字不提，我居然没有胆让他还，就这样分开了。

为什么我老是遇上占我便宜的家伙呢？真正的爱情为什么总不来临？

跟他分手后，我伤痛得要命，却没有朋友可以倾谈，然后便是那个教授的色诱。我稀里糊涂地和教授乱搞了半年。那些日子过得真如烂泥一样。

为网恋付出一切不可以吗

直至找到工作后的第一个月，我在网上认识了A。

我对A认真起来了，他是个成熟的男人，比我大六岁。我们认识了半年，和他有畅所欲言和相逢恨晚的感觉，他也一样吧，因为半年来我们已习惯每晚聊很长时间，他给我很多鼓励，所以我视他为精神的安慰。我把我的过去告诉了他，最初也预计他会放弃我的，但我不想欺骗他。不料他还安慰我，鼓励我努力向上，争取自己未来的幸福，我觉得，他是上天终于怜悯我，派来安慰我的天使。我强烈感受到他对我的关怀，我们每天都期待网上见，聊到深夜也不愿下网。我一直压抑自己已爱上他的心，我感到他可能也一样暗暗爱着我，只是不敢说出口。

后来他要出差离开一个月，其间无法上网聊，那两个月里我发现原来我已深深爱上了他，不能自拔了。没有他的日子我活得像死人一样，无精打采，非常想念他，每天在网上等待他出现，虽然明知他根本无法上网。其实我对他的背景一无所知，只知他是多情的男人，似乎有过不少恋爱经历，都是以受伤收场的。也许那时我是因为同情而特别关怀他，总觉得他需要很多爱，而我又很想为他付出我的爱。后来，他对我的关怀变成我不能自拔地爱他的理由。

他回来后再出现在网上，我无法自控地向他表达了思念之苦，他却反应不大，我感到很难受。难道他不喜欢我吗？他只说工作上的事，也不多问我的状况。三天后，我忍不住向他示爱，很想让他给我一个答案。他才说他无法爱我，因为他受过太大的伤害。我觉得自己很傻，我说我只想给他我的爱，让他幸福，这已经足够了。

我为他做了很多事，寄礼物给他，发短信鼓励他，为见他一面，请假到他公司附近徘徊，结果不遂，回家哭了一夜。我一心只想为他付出一切，不问回报，他却不领情。我后来发电邮告诉他我所做过的一切，问他是否认识了第二个女孩，所以不想和我好了。他回我说："请你不要这样幼稚地纠缠好吗？我根本没想过爱你，对你好只是出于关怀，你这样求爱，让我感到很大的压力，你愈想我爱你，我愈无法爱你，你明白吗？"

我说："我只想爱你，难道这也是错吗？你不是一直鼓励我争取自己的幸福吗？"最后他说："你太盲目了，我很累。"那是他最后的电邮了。从此他不再出现于网络上，在我的QQ上永远显示离线状态。我不甘心，发短信给他，他不再回我了。就这样，不明不白的半年网恋，都不知是否开始过。我算是失恋了吗？

我不明白，上天为何让我认识他，又不让我爱他？我是前世做错事今生要受到惩罚，要我在爱中受罪吗？我一味为人家付出，从不要求什么，也不敢要求什么。我只想人家开心，不讨厌我，接受我。我不想得罪任何人，不想惹麻烦，我已经尽我最大的忍耐和奉献，只为不想得罪任何人。为何还是得不到合理的回报，得不到爱？到底还要熬多久才有结果？

素黑剖析

世上有种人，特别喜欢服侍别人，为别人付出，殷勤奉献，不问回报。表面上，他们就像天使一样为他人服务，为别人牺牲自己，把光环套在自己的头上。理论上，这些人应是充满爱，令人舒服，事实却相反，他们的举动并不一定为人接受，甚至反而令人感到疲累、讨厌和压力。

Anson便是这种人。

表面上她想讨好每一个人，怀着慈母牺牲的本性，希望带给全世界温暖，掏尽她所有的爱心。实际上，她极可能潜意识里怀着慈母背后非常复杂的心理动机：想成为全世界的圣人。

Anson的问题在于太刻意想讨好别人，压抑自己，甚至令自己变成受害者，表面上说服自己只要让每个人开心，她便是幸福或者成功的人了，以为这便是爱和付出的美德，她不知道，其实这并不是爱，可能只是讨好自己隐藏的贪念，是她的自我在膨胀，希望在别人心目中建立观音菩萨一样叫人无法否定的神圣，让人在她面前永远是戴罪的、不够好的众生，安慰自己的幼稚，和无法承担保护与爱惜自己的责任。**她其实只是没长大的孩子，反而想当妈妈，到底是无知还是狂妄呢？**

这是圣人情结，卑微自己，也是为最后的强大，把全世界压下去。为什么要这样做呢？这是很多人由自卑演变成的自我认同负面心结，**将奴性转化为博爱的幌子，因为无法突出自己，唯有替自己套上神圣的光环，讨好每一个人，享受受罪的快感，承受不了，便怨天尤人**。总之，错永远不在自身，只是上天对自己不公平而已。

人是很奇怪的动物，当我们非常吃力地去为某人付出很多心机和爱心的时候，往往是希望得到对方的感激、认同自己的努力、肯定自己所付出的用心，多于所谓的爱。爱，总是别有用心的。像很多母亲一样，想丈夫和孩子肯定她们为他们牺牲的伟大，而非用心着眼于对方真正的需要，所以往往流于一厢情愿，吃力不讨好，能量不对劲，付出反而被对方埋怨，感到很委屈，然后循环受虐的自虐心态，继续在受苦的命运中享受圣人独享的灾难感。

这是自己种的孽，并不一定是对方不领情、没良心的表现，更与天意、命运和前世无关。在感情上遇不到理想的情人和爱情的回报，是缘分问题，跟惩罚无关。Anson负着沉重的道德看关系，却看不到自己根本没有那么大的心胸和爱的能量去满足所有人，更别说要满足更贪心的自己了。她努力做的，只是讨好自己想变成圣人的虚荣而已。上天没有惩罚她，因为她只是自我执着而已，不能怨天。未能打开自己的心，只封闭地想着负面的东西，觉得自己受罚，这样的话，爱是不会出现的，由自虐制造的不幸命运才刚开始。

爱何时出现我们不能控制，但如何爱，该爱谁，你是可以选择和控制的。

不要否定欲望，但要转化

沉闷永远是自己的事，跟别人无关。

别留恋少女时代的无知，成熟懂事才是女性真正的本钱。

Case 2. 拥着老公想着男明星

| Doris | 39岁 | 全职太太 |

一个人在家好寂寞

当身边的老公已变得没有情趣，当幻想中的他每刻都挑起我重返少女时代恋爱的欲望时，这便是进入所谓的中年婚姻危机了吗？

其实我并不算老吧。结婚十多年，待在家中十多年，没有工作。带孩子，做家务，管理家中大小的日常生活，已经够忙碌了。每天最舒服的时间是老公和孩子上班、上学后，我一个人享受自己的时光，有时会逛逛街，买杂志或者小说看，下午看电视连续剧，然后买菜，接孩子回来，跟孩子玩玩，煮饭，等老公回家，看电视，聊聊天，这样便过一天了。

我是个平凡的妇人，却很渴望追求不平凡的生活。我很羡慕几个女性朋友的生活：一个嫁了美国老公，跟他到纽约定居，偶尔打电话来，告诉我在那边去旅游和重返校园学室内设计的多姿多彩的经历。另一个和老公开广告公司，每天在一起工作，虽然有时吵架，但还算很恩爱，互相欣赏彼此的才华。还有一个跟我一样，结婚后便不再工作，专心带孩子，不过她还有时间学电脑，经常上聊天室交网上朋友，还暗暗地交了一个疑幻疑真、比她小七岁的网恋小男生，经常跟我谈那男生怎样怎样追求她，希望我羡慕她。我并不是羡慕她不规矩的偷情行为，我只是羡慕她没有压抑追求恋爱感觉的动力。

最初我以为结婚便是女人的终点，终点是幸福，现在虽然还觉得自己走对了路，找到个不错的老公，但总觉得生活太沉闷了，有时白天一个人在家里看着四面墙壁，身边想找个人聊聊也没有。

看言情小说读到男女主角情欲高涨时，我也有生理反应，那个时候最难受。说起这种事情真有点难为情，都已近中年了，还好像不知足的荡妇一样在老公不在的时候性饥渴，想被拥抱，想听男人对自己说：“我爱你。”真是desperate housewife啊！

我是从来都不会做出自慰这种行为的，觉得不正经，可是，寂寞随着婚后孤独的状况而来，我也不懂如何处理了。

迷上年轻男明星

某个下午，我在家看连续剧，看到我一直心仪的帅哥男明星，被他深深吸引着。那个下午我呆呆地看着，心里突然勾起了恋人心动的春潮，产生一股欲望，想跟像他一样的男生谈场轰轰烈烈的恋爱，或者最起码，希望现在身边的老公能像他一样有活力，给我被追求、被需要、被爱护的感觉。

对老公的表现其实我是没话说的满意，除了他分外沉闷外，其他的都是中上水平。我是个挺爱浪漫的女人，常常希望能有个情人节会送花给我、逗我开心的恋人。婚前以为那些感觉都是浮云，找个踏实可靠的男人更理性。

我曾经跟几个男生恋爱过，曾有像这个心仪的帅哥明星一样外表吸引人，会用深情眼神望着我的那种男生，我们谈了一年便散了，因为他不可靠，被其他艳丽的女生抢了。

我曾想把我的第一次交给他，庆幸没有，也没有遗憾。老公是第一个跟我有肌肤之亲的男人，在男女交欢的事情上他是个没趣的男人，不解温柔，没有前戏，来去匆匆。可床下的他又很关心我。我只能说，他是个传统大男人，给我最有保障的生活，可在精神生活方面，婚后的我还是空洞洞的。

在学生时代，我曾迷恋过一些男明星，直至婚后因为忙家事，便不像以前狂热了。可那个明星重燃了我追求浪漫春梦的记忆。

那个晚上，我居然梦到跟他拥抱，蛮有恋爱的感觉，还跟他接吻，做了很过火的动作。醒来发现原来只是绮梦一场，非常失望，竟然向老公和孩子发了小脾气。整天精神恍惚，患得患失，像恋爱初期的心情，牵着孩子的手回家途中，没听进去他一句话。

男明星的影子一直在我脑海中盘旋，有他的杂志我都买下来，有他的消息我特别关注，有他宣传的产品我会买，就像少女时代迷明星的我一样。他演的戏我必定捧场。

老公没多说什么。他不是细心的人，根本不会注意我的行为。我经常上网看遍他的网站和报道，他出现在公开场合我也会去支持，还偷偷写过信给他，希望他回信，像苦恋一样等了三个月才不得不放弃。那三个月，就像失恋一样痛苦，连老公要跟我相好我也拒绝了。一个人在家的时候，甚至像被抛弃一样自怜地哭着。

拥着老公幻想是男明星

我不是没理性地想过，我只是一个再平凡不过的中年女人，对方是红遍全国的年轻帅哥，根本没有任何跟他相恋的可能性，都是我一厢情愿、自作多情、自讨苦吃的想法啊。可是，他正是我自小梦想的情人，拥有最佳情人的外貌和性格，能讨女孩子欢心，追求浪漫，拥有出众的人生，我很想接近这样的人，为平淡的感情生活涂上色彩。

放弃了他回信的可能后，我告诉自己要接受现实，于是曾经努力压抑自己不去想他，对老公和孩子特别好。可是，跟老公相好时，我竟幻想拥着男明星做，差点叫了他在某部剧集中的名字。我为此感到相当内疚，觉得很对不起我的老公，觉得像偷情一样背叛了一直忠心于我的老公。

我跟亲密的女性朋友说了，她们都说我像以前一样未长大，想要情人不如选个实际一点的，都说我太笨了，像个17岁的丫头。她们其中一个正瞒着老公和秘密情人交往着，我觉得她做得不对，却觉得自己也不比她好多少。

我想知道像我这样迷恋明星的已婚女人是不是很坏，抑或心理不平衡？需要怎样做才能平衡自己呢？

放下○爱

剖析黑素

Doris的问题，本就是许多中年女性的寂寞小秘密。

爱看电视，追逐明星近况，迷上一两个帅哥作为恋爱幻想或狂想的对象，其实都是很多女性的生活惯性，满足她们不甘沉闷的天性，和慰藉她们沉闷生活的现实。前几年红透全国的F4（台湾男子组合）四个大男孩，为他们疯狂的女歌迷中，已婚中年妇女便占有很大比例；还有红透全亚洲的韩国男星裴勇俊和Rain（郑智薰），迷倒在他们笑靥下的影迷一半都是主妇。娱乐界最懂得利用女性暗恋偶像的心理，因此也为她们大量炮制了不同类型的男偶像，看上的是她们庞大的消费市场。

女人花钱，男人花心，其相反也正确。

Doris喜欢某男明星，本来也是很平常的事。明星偶像是传统中年妇女重要的精神寄托，也是她们建立同辈社交圈子的基础，制造共同话题，可以分享和比较。不过，也许是生活变化不大，情感关系因稳定的婚姻而停滞下来，性生活得不到满足，女人心底一直被压抑的偷情欲望容易转移到方便投射的对象身上，尤其是明星。

但须知道，电视和真实是两回事。电视的责任便是塑造永恒的完美，补赎真实生活的伤痕。偶像一旦变回真实，海市蜃楼顿时幻灭。偶像不再可爱，偶像也会爱理不理，鸡蛋里挑骨头。

了解到这点，便知道游戏的真相了。凡事适可而止。重要的是，如何改善目前沉闷的心态。

由爱戴变成绮梦，由绮梦变成精神困扰，已经是过火的影迷心理了，不过，建议不用太过否定自己的欲望，反而应学习转化欲望的能量，积极上进，开发自己潜藏的才华，别浪费在日常琐事上。Doris是因为不再进取了，世界停了下来，所以渴求蜕变。**未能改变刻板的生活才想起爱情，已经是退步**。让生活变得多样化，紧贴时代脉搏，争取时间利用网上资源自我增值，开阔视野，做个up-to-date（紧跟时代的，现代的）的都市主妇。

沉闷永远是自己的事，跟别人无关。丈夫闷，不代表妻子也要相陪。你变得开朗了，既能带动整个家庭的气氛，又能让丈夫感受到百变娇妻的乐趣，反而能促进婚姻生活。

别留恋少女时代的无知，成熟懂事才是女性真正的本钱。

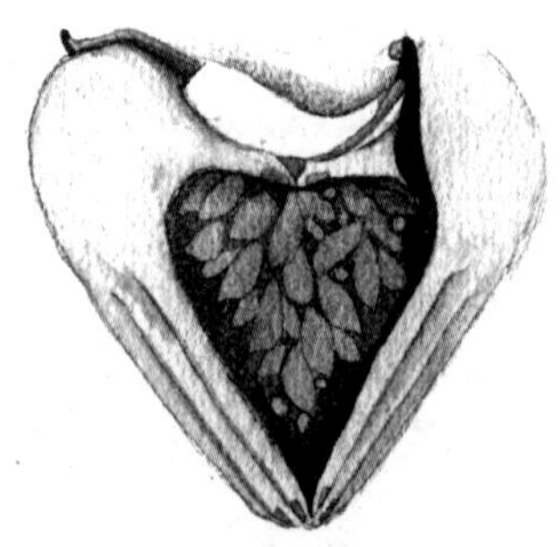

其实你想成为最后的赢家

女人表面怯弱，容易被操控，但潜意识往往正相反：很想操控操控者，成为最后的赢家。

Case 3. 难拒坏情人圣诞约会

| Echo | 29岁 | 教师 |

盲目献上第一次

那是我们十年前的约定，没想到直到今天他还记得，在我已和另一个男人结了婚的时候提起来。他，到底是什么居心呢?

他曾是伤透我的男人，我的初恋情人。一个花心、多情、不负责任却十分迷人的坏男人。我喜欢坏男人，大概因为我不够坏。那年我17岁，一看到他心便交定给他了，以为他将会是我一世的恋人。他是那么意气风发，很多女孩子喜欢他，他也喜欢很多女孩、需要很多女孩。我一直守候在他身边，等待他回来，跟我结婚，跟我约定一生一世的爱情。那时很傻，却傻得很真挚。在他之后，我已无法再这样单纯地去爱、去付出了。

"不要问我能不能只爱你，因为没有人能回答这样的问题，也不应该回答，没有人能确定明天，总之，我现在爱你、要你便行了。"他总有这种叫人无法拒绝、无法自辩的力量，叫我不能对他说不。

就这样，我把我的第一次交给了他，因为我相信他爱我，他需要我的身体，而我能给他的、我最大的本钱便是我的身体。对他来说（或者对其他男人也一样），女人最大的价值便是她们的身体。我无法失去他，只能把自己最宝贵的交给他。我享受他喜欢我的身体的感觉。

那是我们在一起三个月后的事了，他其实很快要求性，我却犹豫不决，怕他会负我，其实我早已明白和他是没有将来的，偏偏就是想把自己的第一次给他，因为觉得值。到底那是怎样算出来的价值，我不知道，**女人一旦死心塌地爱上一个坏男人，会马上变得盲目**，尽管我是一个大学毕业生，好歹也算是个有学识的女人。

累透逃到婚姻中去

这便是我和坏初恋的开始，其实讽刺的也是结束。像很多电视剧、电影情节一样，我和他上过床后，他对我的需要便淡了下来。电话由每天打变为一个星期打一两次，每次几乎都是约出来上床的。我知道他不需要我的日子，还有其他女人满足他。他在公司有几个女朋友，老同学中也有一两个欲断难断的，新欢中有年轻的高中生，还有一个纠缠很多年的初恋。这是我已知的关系谱，我不知的，可能是片大海洋。

拖拖拉拉，在他的床上起起落落，在我的床上哭哭啼啼，这样过了七年，竟然有七年。是的，因为太累了，我无法撑下去，就这样，跟一个好男人结了婚，生孩子。这是四年多前的事了。朋友和家人都感到庆幸，我不再沉沦在被坏男人折磨的世界里，用他们的话说就是我终于开窍了，理性返回。

也许是的，可是，我的感情像失去了很重要的依赖，丈夫不是我喜欢的男人，他平凡、上进，标准好男人，却没有一点吸引力，像跟一个社会标准做爱，我得不到满足。和初恋的关系虽是带着伤痕，却每一刻都让我激动。我是宁愿激动的，只是过多的激动令我无法正常活下去，只好逃到婚姻中去。

是我的错。

四年间刻意没有再联络初恋坏男人，跟丈夫搬到另一个城市，做另一个女人。我以妻子和母亲的身份提醒自己是个成熟的成年人了，不能再任性，搞没结果的感情关系。我以为我做得到，可等候孩子放学的下午，烧饭时寂寞的傍晚，播放着以前喜欢的旧歌，一幕幕旧情片段不断涌现，当下活着的我是已死去的傀儡，我经常心不在焉，疯狂想念他。有时连叫儿子的名字也错叫了他的，抚摸儿子的头错认是他的。夜里和丈夫交欢，脑海中净是和初恋做爱的情景。我活在过去和现在情感分裂的层板上，随时面临地震的破坏。

坏情人再现，重提十年性约会

半年前，我收到一封电邮，是坏情人的信。天，他怎么主动找我了？那个我无法忘掉、刻意逃避的男人又来惹我了。他问我要电话号码，说想和我谈谈。我无法抗拒地给了他，他打来，语气轻松地说他要来我的城市工作了，问我可否和他见一面。还是那种语气，还是那副魅力，还是那么诱惑。

见他的那天，我的心差点跳了出来，被他看穿了，认定我还挂念他，逃不了。他胸有成竹地抱我，温柔地说挂念我，说我当了妈妈以后更漂亮了。我无法反应，在他面前从来不懂说话，不会表达我自己。

他什么都看穿了，他要求性。这就是他想见我的目的吗？

他说："能像以前一样，跟我交往吗？我不打扰你的婚姻，我只是挂念你，想和你亲热一下，别无他求。你也一样不能忘记我吧！"他就是看穿了我的心，我不知如何回应，心里想见他、亲他，可我已是已婚主妇，有孩子、有家庭，他怎能这样要求？他太残忍了。

他说："记得我们的约定吗？十年前我们有个约定，不论我们十年后变成怎样，和谁在一起，只要还在同一个地方，我们要一起度过圣诞节的晚上，还记得吗？"

我怎会不记得？他说过的所有话我都记得。他说我不需要马上回他，他要忙工作，要走了，说会再给我打电话的。临走前他在我耳边轻轻说了一声："很想要你。"便抛下我离开了。他依然坏，我怕再次陷入迷途中。

距离圣诞只有几个星期了，他不时发短信给我，我怕丈夫知道，总是在丈夫上班时间回复那个他。我一方面告诉自己不能再任性了，我已有安稳幸福的家庭，不应破坏它；另一方面，一种声音不住地叫我快想办法，在圣诞夜逃出来，抛开丈夫和儿子，重投初恋坏透但叫人怀念的怀抱，就只是一夜，不是很坏的想法吧。

我的心快要崩溃了，正邪两边的力量不住拉扯我不放手，我不知如何应付。

素黑剖析

为什么女人都喜欢坏男人呢？

这是很有趣的现象，乖乖的男人就是魅力不够，像缺乏了什么，叫女人喜欢但不会醉生梦死地去爱？对，就是少了越轨和反叛的可能性，不能让自封的女人投射叛逆的幻想，无法释放想做坏女人的欲望。这是传统女人的死穴。

Echo希望反叛，自己无法如愿，希望借靠近坏情人的行为，假想自己也可以坏，所以她并不是被坏情人的感情捆住了，而是被想越轨的欲望擒住了，不舍得放手。

坏情人的魅力就在此，能解开懦弱女人希冀变得刚强却没胆尝试的压抑，满足她们既成好妇人角色的道德反弹。

可是，盲目假借的反叛，换来的后果可大可小。没有反叛能力的人，只能被反叛的角色拖累，像Echo投向坏情人，到头来却被他牵制，无法逃离自制陷阱的欲望，即使离开了他，也朝思暮想地想见他，平衡自己的道德偏颇。再加上**女人表面怯弱，容易被操控，但潜意识往往正相反：很想操控操控者，成为最后的赢家。**

情人愈坏愈难舍弃，甚至愈吸引她，因为假如能令坏男人对自己专心，最后选择了自己，会是多么动人心魄的感情胜利呢！

这是难以抗拒的心瘾。

Echo必须学习独立，离开向坏的执着，建立一个完整、平衡的自我，不然将很难逃离想靠近坏的心魔。她的坏情人只想剥削她，视她为性玩偶，完全不理她的感受，只有利用，没有真正的关爱，不能带给她有尊严和正面的自我认同。

学习离开所依恋的负面欲望，才算真正成熟起来，不然难以胜任女人诸多的社会角色，也无法摆脱受控的心魔。

最怕女人痴缠迂腐

性欲上离不开旧爱，那是一种心理的依赖，也不一定只是生理现象，但绝对跟爱无关。女人有时很无赖，以为无法忘记便等于还很爱对方，其实那只是惯性，甚至是惰性。

Case 4. 贪恋旧爱的身体

| CoCo | 26岁 | 广告撰稿人 |

初恋嫌我性冷感

现在想起来，可能是我的性心理根本有问题，所以把两个男友都赶走了。

我20岁和初恋在大学认识，他在我之前已有很多女朋友，在性方面的经验也不少。这点我一直有点介怀，觉得他是个很花、很色情的男人，可是，每个人的初恋都是带点盲目和不顾一切，又无所适从地走过去的吧。那时，我根本不能自已，明知他迟早会对我厌倦，还是一厢情愿地守住他，送上我的一切。可是，当他和我发生了关系后，他便开始变了。得到手的女人便不再吃香，是这样吗？我想不通。

最后，他说我性冷感，跟其他女人比，我像个小女孩一样，无法提起他的激情，于是他提出分手。其实我知道，他早已看上另一个女孩。被男人这样批自己，怎不叫人消极自卑？更何况我是一个传统的女孩，哪来的情欲的挑逗技巧满足色欲旺盛的男人？

为他，为残缺的自己，我整整哭了360天，到心开始平复下来时，已经耗过了青春岁月，出来工作了。

那个时候，我还是爱情至上，对性这回事只觉得像责任一样，也是恋爱的入场条件。既然想要男朋友，便得付出，因为男人都需要性，这是代价。我一直是这样想的，很土，是吧！

身边的女性朋友都比我强，有的同时驾驭几个男人，凭她们的身体把他们搞得欲仙欲死，怎么也逃不了；有的和爱人已发展到如鱼得水，准备结婚生孩子。而我像个没见过世面的乡下姑娘一样，毫无他们说的那种sex appeal（性感），虽然我的教育和视野并不肤浅，但就是像个土包子。

就在去年第一场春雨时，我换第二份工作一个月的某个早上，我认识了另一个男生。他影响了我对性的态度，也种下我现在失魂落魄、身心支离破碎的祸根。

欲望本能被打开了

他是我的一个客户，年轻、英俊、洋化，是看上去令任何女孩都会心动幻想的类型，尤其是他故意不直视你，却让你知道他在留意你的那副神情，我和其他女同事一样，都被他迷住了。那时我心想根本没机会和他发生什么，因为我的条件并不强，只能暗恋他。没料到他竟对我展开追求，不到两天，我便完全被俘虏了。

我以为男人都喜欢女生在性上想法单纯，所以一开始便向他剖白前男友嫌我性冷感，将我抛弃的那段。意料之中，他不介意我，反而觉得我要开放一点，于是他试着对我性挑逗，说要帮助我开放自己，打开自己的欲望和性本能。

能遇上这样帮我的男人，我是连做梦也不敢想。我也希望开放自己，因为我很爱他，希望能和他进一步发展，不想让旧有的思想和阴影影响我和他的关系。

每次见面，他都借故跟我上床，说要打开我的心，我就这样被他“教育”得很好，也开放了自己，开始慢慢享受性的乐趣。刚开始时，我对他的挑逗反应不太大，但我不抗拒，后来经过多次的亲密接触，我的身体开始变得不一样。以前是他对我的性欲很大，一旦单独见，他便想要。后来是我一见到他就想要他吻我，亲抚我的身体。被爱抚的感觉很享受。我很享受他拥抱我、抚摸我身体的感觉。我们经常做爱，一起拥着睡，已经很多个晚上了。因为这样，我更爱他爱到不得了，每天都盼望见到他，渐渐对他的占有欲也狂热起来，受不了他出差工作，受不了夜半无他在身旁抱我的寂寞。

盲目依恋他的身体

也因为这样，我开始闹情绪，密集的电话和短信，发狂一样要知道他在哪里，何时可见面。其实我和他之间一直存在问题，我们无法好好沟通，我甚至怀疑他当初只看上我的身体，而不是爱我。

我们见面就是做爱，火热过后已不再有聊天的能量和需要了。我依恋他的身体，只要他抱着我，什么也不用去想。

我承认我一直逃避，在相处时我们有很多不协调的地方。他视工作为第一位，他无意跟我结婚，他喜欢上网聊天，我的安全感便跌到零点。即使他在身边，我对他的电话也特别紧张，怕他有外遇，怕他要离开。

我还偷偷查他的通话记录，发现一些我不认识的女性名字和亲昵的留言便疯了，质问他。他说我多心，没料到他居然趁机对我说，其实这段时间他无法照顾我，我给他太大压力。

我不懂，我爱他，我没有错，只管不停地逼他确认我们的关系，到最后他受不了，觉得我烦，便提出分开，可我一直不接受，打电话烦他，最后他也不接我电话。我明白和他之间大多数问题都是由我引起的，可就是放不下他，我不想失去他，总要求见面，可见面时又心存希望，又在烦他、管他，结果不断重复我们的纠缠关系。

分手后贪恋他的温存

他说我愈想见他，他便愈不想和我见面。

我不知道他为何有这种想法，一直觉得他是故意和我作对，所以我一直觉得他还是爱我的。也许我只是在欺骗自己，可当我要放弃时，总会让他知道我的一些不开心的事，希望他关心，然后我便有希望了。

我是不是很笨呢！我和他拖拖拉拉地纠缠了好几个月，终于还是彻底分了。

现在我们已分开三个月，可是我还未习惯没有他的日子，还是不想接受，很想知道他的一切，很想他回来，更重要的是，我心里还想着和他在性爱方面的温存。

总之，一切都过去了，上个月，他向我承认原来已和另一个女人在一起大半年了，叫我死心，嫌我太管他了。天，他还是背弃了我，像我的初恋一样，这就是我的命运？和他在一起已一年多，怎能说分就分、说变就变？

我伤痛不已，却还是很依恋和他之间的性关系，甚至想过call（打电话叫）他出来只做爱不求其他，男人都不会抗拒送上门的性邀请吧。我是不是很下贱？

虽然他已不在，可是我的身体会不自觉地想要性。一到夜里就会想起两个人在一起温存时的那种感觉，十分怀念。生理出现的这种渴求，却不知道该如何处理。

素黑剖析

其实和自己作对的，是CoCo自己，而不是她的男朋友。

她是个自卑、被动、保守、自我认同意识低、否定自己的传统女性，只想到守住爱情关系，不重视感情的提升，所以，她觉得性只是恋爱的入场条件，是男人才需要的价值观，可性压抑的道德一旦被开发了，她便陷入身心适应不了的矛盾状态中，生理上追求性爱的欢愉，纵容欲望，可心理上传统男女道德关系的观念还未进化，于是紧张、焦虑、多疑、缺乏安全感，最后歇斯底里，压迫自己和爱人。缺裂感便一发不可收拾。

她还未装备好自己的心，哪有能力从容地享受性和爱？只能活在不安中，苦了自己和别人。

她不肯面对男友不能以她希望的方式去爱她，更不肯相信原来是她自己不懂得爱，而不是他。一厢情愿地觉得他还是爱自己的，却看不到他已受够的压力。**痴缠的女人最叫人难受，不一定是她们的相处方法有问题，而是她们迂腐封闭的心。**

CoCo不肯独立，非常依赖，占有欲强，不容男友离开她半步，即使分手也不让他不见她，总想占有他的时空，**这是恋人最暴力的心态：不懂**

得和自己相处，害怕独立而外求慰藉，宁愿押上人家的自由陪她受罪，也不愿意一个人承担自己的生命，却穿上“受害者”的衣裳自我怜悯。

爱人永远不属于自己，向对方施虐，也是和自己作对，搞不好，一拍两散，利用人家的存在满足和自己作对的欲望。

性欲上离不开旧爱，那是一种心理的依赖，也不一定只是生理现象，但绝对跟爱无关。**女人有时很无赖，以为无法忘记便等于还很爱对方，其实那只是惯性，甚至是惰性。因为她不愿意一个人，要人家承担自己不想长大的生命。**

很多人分手后还依恋肉体的记忆，因为身体记忆承载了很多感官和情绪的信息，比智性的记忆深刻，这本无可厚非，可CoCo不愿意接受分手的事实，多半因为舍不得离开男友这个打开自己性趣的重要源泉，却无法靠自己继续提升，只想依赖对方的性能量，渴求跟他灵欲结合，借性需要逃避面对感情障碍的现实。

这除了反映出她独立不起、性得虚弱的盲点外，还反映出一件事：他们的关系在肉体上虽然美好难忘，可在实际相处上大家合不来，谈不上爱，所以分开是必然的。

另外，由于她曾压抑性需要，在性的表达方式上未能与爱人沟通得很好，第一次恋爱失败也是这个原因，所以她不希望第二次重蹈覆辙。跟第二个男友在一起，她在性表现方面成熟了，所以她更不舍得成功后失败的讽刺，心有不甘。宁愿跟旧男友一夜情，也不想让自己变得坚强，结果只会纵容小女人的弱者心态，借痴缠旧爱、贪恋肉体欢愉否定自己。

CoCo应该从这段关系中汲取教训，学习自爱，转化欲望能量为正面独立的力量，面对自己的问题，别再沉溺于施虐、浪费青春了。爱，不是这样的。

情欲可以跟爱无关

千万不要把问题转到是否已爱上他这个蠢问题上去。问对方是否爱上自己，或者自己是否爱上对方，从来是女人最不适时的假问题。

Case 5. 出差女人的秘密

| Lillian | 30岁 | 高级私人助理 |

从前我是这样的

不知哪部电影说过，守在家的女人都不能原谅丈夫有婚外恋；偷食过的女人，才开始体谅男人要野的心态。

我一直以为这只不过是淫妇花心的借口，好女人永远不会出轨。可是遇上P后，我才明白情欲是多么复杂的自然反应。

天知道，我从来是个爱情专一的女人，和初恋拍拖七年、结婚三年，十年的关系非常稳固。丈夫是个老实人，脚踏实地，不爱花，有点笨，信得过。我念的是英文专业，在外企谋得好职位，条件好，有很多出差的机会。我出差的次数最初是每年一两次，中国加入世贸组织后变得愈来愈多，这两年间，几乎每个月都要出门。老公很放心，因为我的老板是个女强人，他笑说不怕秘书和上司搞出事，除非我是个同性恋。

出差遇上调情高手

P的出现是始料不及的。他是美籍华人，大概40岁，钻石王老五，看起来却像30岁出头，非常有权威性，是我们公司重要的合作伙伴。听说是个企业天才，25岁已经在美国当CEO。第一次见他本来没有好感，因为他的外表太cool（帅气）了，不可一世。他对我也不太礼貌，像差遣我工作一样的那副德行最讨厌。

我是个性强的女子，人家对我硬，我便还以“硬”色，表现加倍好，不要让男人小看我。可能因为这样，他忽然对我另眼相看，特别喜欢坐在我旁边，老是不客气地盯着我。老板笑说他可能看上我了，这么一说我居然脸红起来，他算老几？觉得有点讨厌。但被公认的才子看上总有点沾沾自喜的感觉吧。唉，我是搞什么的？第二天见他，不由自主地加强了自我保护和反抗意识。他大概觉得我很有趣，一次，故意用迷惑的眼神看着我突然问：“你该不会是爱上我了吧？”我顿时目瞪口呆，不知如何反应，觉得被他占了便宜。他马上笑笑说：“东方女孩都没有幽默感吗？”我气得马上离开，为此被不知情的老板教训了一顿。

愈是讨厌愈想念

奇怪的是，我愈讨厌他，愈是想着他。是不是女人被男人调情一次便觉得有人追自己，尤其是对一个只谈过一次恋爱的已婚女人而言？还有人追啊！这种心态，多么要不得的吸引。

我还打长途告诉丈夫P很讨厌，丈夫说：“还是觉得我最好吧？”他这么一说，我才真的下意识把他俩比较起来。坦白说，论学识、外表、地位、财富、成就，我丈夫全都被比下去了。论性格，丈夫是老实型，自有他的好处和闷处，P却幽默风趣，工于心计，和他在一起总有说不出的刺激，每刻都是挑战和期待。他是魅力男人，这是无可置疑的。他能一语牵动人心，这也是他调情的深厚功力。不多说，不多做，你就是一下子无法招架地被俘虏了。啊，想到这里我不禁脸红，怎么想到这里呢？人家什么也没表示过，一直只是我无中生有的幻想而已。我到底在干吗？

第二次出差只和他开过一次会，他没有坐在我旁边，会后匆匆离开了，好像要赶飞机。我居然有点失落。我到底想怎样？想让他对我继续调情吗？想多见他，等待被他戏弄，暗自满足吗？生平首次发现自己不了解的情欲。我不断提醒自己是个已婚的女人，家里有个爱自己、会煮饭给自己吃的丈夫，向来讨厌不守妇道的女人。最困扰我的其实并不是老想着他，而是他根本没有做过什么足以让我有这种反常的敏感反应的事情。我在没有被挑逗的情况下私密地淫乱了，多么可怕的思想！我到酒店用冷水洗个脸，镜中的自己多么陌生，巴不得马上回家抱住丈夫，逃避这一切。

正式被他性诱惑

第三次出差见P是两个月后。出发前居然莫名期待，不否认我想见他，听他的声音，看他的表情，被他“折磨”。一股欲望驱使我往他那边靠过去。

他到底是否向我施了咒？见到他，像被他一眼看穿一样浑身不自在，他适时向我抛下一句：“刚才打冷战是因为我吗？”又是那副笑容，稳操胜券一样的眼神多么讨厌地吸引人。这次老板没有同行，增添了我的野性幻想和不安。我像念平安经一样不断细吟：“我爱老公，我爱老公……”

蓦然转身，发现他就在我背后靠得很近地倾听，然后笑得很可恶地离开了。尴尬死了。为何他总有办法令我无地自容呢？

第二天，他在会后严肃地叫我和同行的经理到他的酒店套房再谈一下。无可否认，他工作时是非常认真的，我一直默默欣赏他，尤其是，因为他在工作时穿着白衬衣相当好看，非常性感。一想到这里我又脸红了。

他是注意到的，我太笨了。他到底还想怎样折磨我？可以推断他是情场老手，目的不形于色，我被他搞得团团转。会后，经理还有另一个会，P却叫我留下多谈一些细节。我已心跳加速了。

剩下我们俩，他很有风度地问我要不要喝酒，还播了音乐。

“你一直是这么拘谨的吗？”我假装不以为然，大方留下，表示没有歪想。他却初露了本色，居然走过来低声说：“有没有人告诉过你，你的眼睛有多漂亮？”我还来不及反应，他已飞快地在我脸颊上吻了一下，补充说：“在国外，这是礼貌的吻，表示对女人的尊敬和欣赏，你不会介意吧？”

我已被他搞得乱七八糟了，怎弄得清他葫芦里到底卖的什么药？我慌张地说要离开，没等他说下去便东倒西歪地走出房门。天，到底发生了什么？将会发生什么？整夜睡不着，他半夜来电，问我是不是睡不着，说忽然想起我，问我可否到他房间一会儿，有东西要给我看。我笨，但也明白他的目的，他想要我。Oh， My God（哦，我的上帝）！我不能正常呼吸，怕被他发现，便说不舒服要睡，挂了电话。幸而第二天我便回国了。

犹豫不决，心野本质

我知道他的目的了，距离下次出差还有一个月，我心乱如麻。诚实地问自己，是否爱上了他？我答不出。不能否认，他的出现摄住了我的心神，经常想念他，虽摸不清他的底蕴，却有股强大的情欲力量把我吸进去。我经常重温被他吻脸颊的片段，不敢问自己是否想进一步，和性感男人做不该做的事。他的性邀请居然吸引着我，为此我十分讨厌自己水性杨花，原来我骨子里那么坏，我也是坏女人。女人一旦确认了拥有坏的本质，便会放肆坏下去的，会是这样吗？

剖析 素黑

Lillian根本不用问“到底是否爱上他”的假问题，正如她也意识到，**情欲这东西是很自然的生理和心理反应，重点不是否定它，而是控制它，面对和管理，转化能量循环利用，强化自己**，这样才算是成熟的自疗手法。而不是压抑自己，结果正中下怀，愈压抑愈被它引诱得要死，挥不去，理还乱，把自己搞得一塌糊涂。

Lillian的恋爱经历少，极少面对男人的调情，早年一心一意可能不是因为感情坚定，而是还没有遇上对手而已。女人在被男人情欲挑逗的情况下，无论是谁都会有矛盾的心理反应，理智上抗拒和厌恶，同时又遮掩潜意识被撩动的欲望。

其实因被追求而兴奋是女性正常的身心反应，察觉到，处理好便行了。问题是，她可能在长期单向的感情关系中不自觉地压抑了越轨的欲望，情场玩家一旦突然出现，情欲被勾起时突如其来的虚荣和快感，让她无法招架，又心动又自责，一下子道德崩溃，左摇右摆，更容易跌倒。

Lillian应接受自己拥有情欲的正常反应，并认清对方的目的，以免意乱情迷，失去理性玩出火。

他是玩家，他只要性，问自己是否玩得起？千万不要把问题转到是否

已爱上他这个蠢问题上去。问对方是否爱上自己，或者自己是否爱上对方，从来是女人最不适时的假问题。因为**情欲可以跟爱无关，**乱的是自己的心和想越轨的欲望，离爱的距离比万里长城还要长。

事实是，他需要出差的性刺激，他没有爱的打算；她“初出茅庐”不能自控，堕下去容易玩火自焚，最终被假感情折磨死，无法面对丈夫和自己，结果陷入自我否定和自责的长期噩梦中，多么可惜。

及早看清楚，冷静得体地处理，向不该发生的说不。这不是为了道德，而是为了保护自己。

真正的幸福不是命运赐予的

那所谓很爱对方的感觉，当遇上另一个代替品时又会马上忘记了。原来我们的感觉很脆弱，却可以欺骗自己爱得很深，可以为爱牺牲。

Case 6. 只爱星座配对的恋人

| Lily | 30岁 | 单身OL（女白领） |

天秤座不能爱天秤座

没有人会相信，像我这样拥有不错外表和职业的女人，至今还是单身一人。

人家说我是单身贵族，不断替我找条件好的男友，还建议我去参加那些“六分钟相亲派对”。我是赶时髦的女人，却还没有胆量和颜面玩那种公然觅偶的尴尬游戏。

但青春已经走到尽头了。女人30岁，真的非常沮丧。

我是个拥有典型天秤座性格特征的女人，对于太多事情没有把握，摇摆不定，爱逃避，抵不住孤独。是命不错吧，令我在学业和事业上一帆风顺，可是，爱情方面一直没出路，总在寻寻觅觅，左右徘徊。现实是残酷的，当我拥有令人羡慕的工作和外表时，我便失去了拥有幸福爱情的权利。

命运叫我所爱的人不爱我，爱我的人不是我的理想伴侣。试过爱一个已婚汉，就因为他的星座跟我的很配，可惜他是个负心汉，骗了我的身体和金钱，还有我纯真的感情。那是五年前的感情创伤，到现在也无法忘记。

我不再相信自己，只能把爱情交给命运。我很信缘分，我信星座，信相士，信一切能告诉我命运的信息。所以我特别喜欢读杂志上的星座运程，我拜神信佛，也相信西方的上帝，曾经到过西藏找喇嘛问迷津。

朋友都觉得我是个怪人，身边那个喜欢我的男人其实不错，外表好，事业好，偏偏也是个天秤座的，性格跟我差不多，无法弥补我的不足，常常让我感到很痴缠，爱他会很吃力。我理想中的伴侣是个会照顾我和保护我的大男人，他却比我更优柔寡断。找一个和自己一样的男人干吗！

大家都不明白我。

我喜欢他是金牛座

两年前，因缘际会，我遇上了现在的最爱。我和他在同一个地方工作。他是个有老婆的男人，还有一个八个月大的女儿。他是金牛座，个性很沉稳，不喜欢说话，可我就是爱上了他的眼神和他的强大，是我喜欢的个性。

坦白说，我不了解他，只能通过生肖和星座试图了解他，通过星座运势预测我和他之间的恋爱运数。我非常爱他，觉得他就是我的Mr. Right（真命天子）了。我相信他也很爱我，因为他瞒着老婆为我做过很多事，非常照顾我。他说过假如他早一步认识我，他便非我不娶，可惜他已有老婆了，他没资格爱我了。我很感动，却也很无奈。这就是我的命吗？

我非常清楚我们是没有可能的，上次爱上有妇之夫已令我伤得死去活来，没有结果地终结。你可能会觉得我是自作自受、很贱的女人，我也觉得自己是个贱女人，专门爱上已婚男人，但我从没有想过叫他离婚和我在一起。我是替他的女儿着想，因为我也是单亲家庭长大的，不想下一代无辜受害。我是真心这样想，没有半点虚情假意。他说过如果我不介意的话，他愿意照顾我一世。不管他说的是否是真心话，我听在心里总是甜蜜蜜的。

他一个月会到我家过两三晚，他骗老婆说是出差去了。我们的性生活很美满，他每次都做得很好，也会送我诱人的名牌内衣，要我穿着跟他做爱。他是个好色的男人，我却不介意，因为他能满足我的性欲。

曾经问过他，除了我以外还有没有其他女人，他没有正面回答我，只吻了我。我知道了，我痛在心里，却不能多问了。男人都是这样的，这也是我的命。

害怕相士的预言

我很怕失去他，但也怕这样继续跟他地下情。最终我还是希望有个家，有个爱我的老公，为他生孩子，做个幸福的主妇。我不是事业型女人，也不是个强者，我很怕做决定，所以我希望出现一个强者替我做主，让我感到被爱的幸福。

我很想知道这样跟他发展下去会不会有将来。我是希望有奇迹的，所以听朋友的朋友介绍，我专程去了一趟上海，见一个传说中算命很准的高人。他说，我会在半年内遇到我未来的老公。

我很心急，问算命的高人，这个未来的老公是不是我现在爱着的已婚男人。他却摇头说不，还说这个男人是骗我的，我们很快便会分手。不知怎的，我听后居然很不安，虽然一直希望有个好老公，过好的日子。但为什么他要骗我呢？

半年很快便来临，我很害怕，怕失去他，我不舍得他。如果我可以和他在一起，我愿意用十年的性命去交换。我很不理智吗？也许是的，老实说，他从来不向我承诺什么，只说过想照顾我一世，但直到现在，他没有在我身上花过什么钱，除了那些供他娱乐的亵衣之外。他也可能如相士所说是骗我的，他只想要我的身体……不过我还是很爱他，舍不得他离开我。

我不想相信相士的预言，但又不敢不相信。这就是我的命吗？我很清楚我要的是一个名分、一个老公，我知道我不会跟他一世，而且他也可能不是认真的，但我不知道我想要什么，我不想失去他，我很爱他，我快疯了……

我该怎么办呢？

素黑 剖析

对于从来没有得到过的，何来失去？

Lily心里害怕的，是身边少了一个人，而不是怕失去。她从来没有得到过他，便无所谓失去。她知道她想要安定的婚姻生活，现在这个和过去那个都不是理想人选，可她害怕寂寞，所以和他们搭上了，说服自己现在很幸福的凄凉，丧失理智，宁愿用十年性命换来的又是什么呢？想清楚。

我们到底能有多少个十年？她又要相信相士，又怕面对现实，“知道”未来老公将出现，她还怕什么呢？怕真正的幸福出现了，她便失去现在的不幸吗？Lily真是矛盾和欠缺自信得没话说！

真正的幸福需要理智，不是命运赐予的。找到不对的男人，只会令人苦一世，却是自己的选择。

那所谓很爱对方的感觉，当遇上另一个代替品时又会马上忘记了。**原来我们的感觉很脆弱，却可以欺骗自己爱得很深，**可以为爱牺牲。这是非常幼稚的想法！

十年内肯定会有很大的变化，要让变量出现，不能回避，这也是每个人成长的必经路。**星座、问卜并不是爱的明灯，**是真不是真、可信不可信并不是重点，重点是迷信的心态令人退步，甚至堕落，丧失自主的能力，这才是迷信的危险。

很多迷失的女人都借星座寻找性格定型和运程去向。要知道，一般低水平刊物上的星座数据多半是乱写的东西，导人迷失多于指点迷津。女人偏偏笃信不疑，喜欢被定型，也被它们恶性催眠了，认为某个星座的人是某种性格。天秤座的人就一定摇摆不定吗？金牛座的男人就一定可靠吗？只不过是你愿意被星座定型，给自己迷恋他的借口吧。

你其实想依赖。

你到底希望堕落还是进步？是迷恋也是迷信，也是迷失了自己，结果输掉的还是你自己。

不是凡看上的都可以去爱，也许是缘分未到，也许是自己太盲目。爱是很现实的，不能太感情用事或冒险，尤其是自己不是能随便和坚强的人，那就踏实一点好。返回自主的理性才是爱的明灯。

不应未老先衰怕失去

女人真正的幸福并不能靠一个家、一个男人、一张婚纸带入心的。说带入心，是指从内心感受平静喜乐的福气，而非众所周知的刹那光辉的表面虚荣。

Case 7. 嫁入豪门的荣与辱

| Eva | 29岁 | 电视编导 |

受宠若惊，被富商看上

我本来是个不起眼的女人。电影学院毕业后便开始在电视台工作。我喜欢幕后工作，对幕前没野心。眼看漂亮的明星或新闻主播，我会羡慕但不妒忌。一心等真命天子出现，25岁前可以出嫁，日后生活无忧，让农村的爷爷奶奶过得幸福丰足，父母有面子能安享晚年。以前谈过两个男生，最后都为了比我更美、更夺目的女子抛弃了我。从此我得到一个教训：男人都只往夺目的女生靠过去，甘于平凡的，大有可能变成剩女。

我不希望这样，但只能随缘。

别搞错，其实我不丑，甚至说有点刘亦非般的美貌和气质，身材算是蛮好的，只是行为低调，不爱花枝招展，也不八卦。我的优点是平实、勤勉、细心。像我这样的女子，做梦也没想过竟然会有富豪垂青。

真是大惑不解。

经历过去五年的婚姻，我开始明白，原来每个人都有命数，逃也逃不了。

五年前的一次名人对谈摄录中，我认识了A。他改变了我的一生。

A是我们城内十大富豪企业家，不到50岁，离过一次婚，有点幽默，对女人很贴心。摄录完后，他特别上前感谢我，令我感到愕然，还说改天要请我吃饭。他风度翩翩，我感到有点脸红。他为何不答谢访问他的漂亮女主持而选中我呢？一星期后，我收到他助手的电话，他开始正式约会我。这是我和他的第一次单独约会。出于好奇，也出于礼貌，我赴了约，到那私人会所的高级意大利餐厅，第一次跟非常有钱的男人吃烛光晚餐，身边还有小提琴手现场演奏浪漫韩剧的主题曲。

单刀直入，要我陪他过夜

他单刀直入，说第一次看见我便有很特别的感觉，让他想起以前一个他很爱的女朋友。我不介意他因为我想起谁，心里早已有了高攀的感觉。能和城中富商共进晚餐，应是很多女生的梦想吧。

他很健谈，没有想象中的架子，大概是喝了一点酒吧，他跟我谈他过往的情史。第一任太太离弃他，然后他遇上最爱的女人，不过她最后选了另一个她更爱的男人，而那个男人却是个穷光蛋，把他气坏了。自此他一直单身，身边出现不少女伴，但他说，只是商场上用来点缀的工具，这点我应该明白吧。

我点点头，默不作声地啜着面前那杯Mojito（莫吉托，鸡尾酒的一种），差点把薄荷叶不慎吃掉而出洋相。

他突然说："我对你很有感觉，失礼问一下，今夜你可以陪我吗？"

随后他从口袋里取出一张支票，说："别误会，我不是买你。我明白白白叫你陪我是很冒失的要求，也许你会嫌弃我，其实活到今天，我除了钱外一无所有，你能明白像我这样寂寞的中年男人吗？我是真心的，你能相信我吗？"

本来我是有点反感的，因为我还算是个自重的女生。有钱不是万能的。可是，他眼中的那份落寞打动了我。面前这个知名的成功男人，居然软弱地求我这个小女生。"你或者不相信，看着你，让我有返回爱情的纯真感觉。"我没有试过跟富翁交往，我不知他是个欺骗女生的高手，还是确实真情流露。出于母性，也出于好奇，我居然没有说不，就这样跟他到他郊外的别墅过夜。

像小说的剧情，说出来不会有人相信的。所以，我一直没有告诉任何人。

嫁入豪门的下场

事情的发展相信也不难估到吧。我们发生了关系，他对我很温柔，之后我们持续约会。然后某天，他提议我们结婚。

由相识到求婚，不过短短三个月。我还没有看清楚整个故事，他便要我加入他的世界，"嫁入豪门"四个字真真实实放在眼前。我不敢问自己，我问母亲，她高兴得不得了，说是我们家门有福，谢天谢地。两个月后，我便嫁给他了，由一个平凡的女人摇身变成名门望族的少奶奶。

媒体对我和他的婚姻甚多揣测，我谢绝一切访问，媒体便把我跟默多克（鲁伯特·默多克，世界报业大亨，帝国新闻集团的主要股东，董事长兼行政总裁）的年轻太太比较。最初我感到难受，他说没关系，可是他忘了我是吃这行饭的，事前也没预计到娶我会惹上那么多媒体关注。婚后两个月，他开始嫌烦，一看到报道就闹脾气，甚至给我脸色看，我第一次感到事情不妙。这个男人的真面目终于浮现。

说他待我不好是假的，可是，绝不能说我很幸福。正如他所说，他除了钱以外一无所有。工作上他有很多烦恼，最初他还带我出席他圈子的宴会，可媒体写多了，他便索性不让我亮相，从此我像人间蒸发一样，除了极有限的活动外，他都不愿意我外出，连我去见朋友也不喜欢。婚后便开始过被囚禁的生活了。他脾气不好，当初的温柔早已不再，大概他发现我还是我，不能代替他无法得到手的最爱的女人，只把我看成是有钱男人家里应该有的摆设吧。半年不到，他已开始不返家，身边不乏名模、小明星。

老公暴力，网恋怕被骗

我不明白，他为何要娶我？我只是个普通的女人。我忍受了三年的孤独，一次吵架后，我终于鼓起勇气问他，他答得很爽快："选你，因为你没有那些小明星复杂，你什么都不用管，要花钱随便花，像周润发的老婆一样走出来只懂笑就行了，知道吗？"

我跌坐在地上痛哭。这便是嫁入豪门的代价吗？

没沟通、没性爱、受气、受困，五年的豪门生活写照。我很想离开，但做不到。物质诱惑是不能抵挡的。我的家人活得很丰足，我也享受到前所未有的优越生活。不能突然停止一切回到原来的样子，我怎样向家人和自己交代呢？

面前仿佛是个死局。每天在偌大的房子里，我甚至想过自杀了断自己，可是怕对不起家人，也怕太丢脸。所有抑郁病征我都有，怕自己无法挨下去。我是应把心一横跟他离婚，还是乖乖把剩余的日子过下去呢？实际上，我怕他不同意离婚，甚至知道后会折磨我。

更糟的是，多年来苦闷的我一直悄悄在网上交友，跟一个男生网恋了。他说等我离婚娶我。我见过他几次，有过越轨的行为，感情上无法放下，可我很害怕被老公发现，更害怕那个男生只不过是想利用我。他连自己也养活不起，怎能给我幸福？我该怎么办？

素黑剖析

嫁入豪门不是每个女人都能享受的福气，是福是祸还言之尚早，在于你是否有本事游戏一场。**富裕的实相是：你要学会跟物质、名望恋爱，代价是，你不能跟人相爱**。只有具备恋爱的心理心态，才能建立稳定而满足的自信，在复杂多变的富豪世界站稳脚跟，不怕失去。要做到这点，你得先压抑情感，学习麻木不仁，适者生存。这是一种生活方式的选择，有它的游戏规则。

Eva一开始便自觉高攀对方，自贬身份，在没有认真了解这个男人和自己对富豪生活的承担能力前，便追随世俗价值观，梦一样埋没理性和判断，先嫁再检讨。最初以为男人便是丰足的生计供给者，很功能性的角色，她甚至觉得会敬畏、脸红便是爱，人家说yes（是）永远不敢说no（不是），否定自我价值，也出于一个贪字。

表面上她不是有计划地贪财的女人，只是像一般无知平凡的女人一样，遇上有钱男人不想错过好机会。可是，面对后来老公的暴力，才发现原来一直不了解他，感情幻灭，剩下的是生怕失去物质虚荣，输掉了自尊和生存意义。原来人不是单有丰足的物质便能满足的，光是饱暖无法平衡精神需要慰藉的渴求。若跟定网上穷男友，她觉得无法生活，不会幸福；跟有钱老公，她又觉得寂寞难耐不幸福。到底怎样才能真正幸福呢？习惯了物质生活的人很难返回一无所有，只能出卖自己的心，也不容易相信别人。别忘了，你只能跟钱恋爱。想偷情，想越轨，却没胆量玩大，贪生怕死。

女人常以为女人的问题和答案都是男人，这是天下最大的错误和误会。

女人真正的幸福并不能靠一个家、一个男人、一张婚纸带入心的。说带入心，是指从内心感受平静喜乐的福气，而非众所周知的刹那光辉的表面虚荣。**名利、地位、物质、财富都可以带来快乐，但并不保证安心和满足**。很多有钱人比穷人更害怕死亡，害怕失败，因为心知所拥有的不能长久，活得比一无所有压力更大。

谁是真正幸福的女人呢？答案不是我给的，应由你自己去评定。女人可能都希望找到爱情、完美的恋人、富裕的生活，可是，若同时想拥有全部，代价可大可小，甚至有点不切实际。然后，当现实和幻想的世界并不协同，无法产生幸福的感觉，心里充斥着过多负面的记忆和有关幸福和不幸的假理论，不断强化自己是个失败者、受害者、病患者的恶信号，重复循环，演变成难缠的抑郁症，这样又一生了。

真正幸福的女人，必须具备以下大部分条件：情绪稳定，拥有独立思考能力与充实的精神世界，能觉知并懂得适当地管理自己的欲望，知足常乐。最理想的是能做到经济独立，不依靠别人。能安于过少奶奶生活便没有问题，若不安于现状，那么只能从心性出发挽救自己，先在精神上自立起来，寻找自己需要什么，下半生希望怎么过，实实在在计划未来，重夺自由，跳出豪门婚姻的笼牢。还年轻，**不应未老先衰怕失去**。

前夫成了私欲祭祀品

在生育的问题上，千万别感情用事，这不只是感情的事，这里涉及双方的人权和无法补救的感受，必须在婚前先谈好，否则带来的痛苦将是大人孩子一起承担的。

Case 8. 借种生育的悲剧

| 小燕 | 31岁 | 公务员 |

我们相爱却要分手

我希望前夫不要怪我任性，多么想让他知道其实我一直想和他有个宝宝。

我知道没有人会原谅我，可能包括我自己。

跟前夫离婚已两年，也是我跟现任丈夫结婚头一年。孩子出生时，现任是多么高兴，我也一样，只是他不知道，孩子的父亲不是他。

我不知道这样做是不是错。我原来就和前夫感情很好，也可以这样说，我一生最爱的人就是他了，到现在也一样。我们结婚四年，他是个优秀的男人，我们是大学同学，也是彼此的初恋。毕业后他读研，我也找到很不错的工作。那时我们计划过结婚，生孩子。现在想起来，应该是我独自计划生孩子而已。他其实一直都不喜欢生孩子，因为他有个破碎的家，他对养育下一代的能力有保留。他喜欢自由，连宠物也不想养，怕被束缚。他自己当老板，很快便事业有成，我们的生活也富裕起来了。

年轻时我们经常去旅行，游遍西藏、新疆、东北三省，以及南方，还去过香港和欧洲。我觉得我们很幸福，也明白他为何不想要孩子，因为有了孩子，我们就不能这样随意游荡了。不过，我一直想要孩子，这是我小时候的梦想，可是我从来没有向他表白过，以前以为他像一般正常男人一样会喜欢孩子的，可是等我知道他不想要的时候，又不敢向他表白了，怕影响我们之间的感情，因为我是这么珍惜能和他在一起的时光。

只是，日子过去了，婚姻进入第三年，我觉得我们的感情和经济已经那么稳定，我看他也是个负责任的男人，我幻想男人老了是会变的。所以我便首次提出不如要个孩子，因为我已年纪大了。我以为他会认真考虑的，谁知他第一反应非常强烈，反问我："我们不是对孩子的事早已有定论了吗？为什么现在突然又想要？你不知我最讨厌孩子吗？"我很害怕，告诉他其实我一直想要，只是不想勉强他，也因为我很爱他。现在只是提出来而已，难道连讨论的余地也没有吗？他不喜欢孩子，可是他从来没有问过我的意愿啊，他太以自我为中心了，只想到自己，我是女人，我想要孩子，也很合理啊。

他无言以对，转头便出去了，剩下我一人在偌大的家里哭得断肠。

我们之间的裂痕就这样产生了。

晚上他回来，态度软化了，抱我逗我，还跟我做爱。坦白说，我们之间的性爱相当和谐，他让我享受，我也让他享受。

做完爱后，他温柔地对我说："对不起，我一直没有顾及你的意愿，原来你想生孩子。可是我不可能接受自己有孩子。这样吧，我们理性一点，我们分手吧。”

天，我没想过他会这样说。我想要孩子，但我不想跟他分手。他是我最爱的男人啊。他跟我详细分析，他是个成熟的男人，他知道我若迁就他而不生孩子的话，会后悔一生的，结果我们的感情也会被破坏。长远而言，我们也不会白头到老的。他建议我们和平分手，我们可以继续相爱，直到彼此再找到另一半为止。他强调这是最好的方法，长痛不如短痛。

我要前夫的精子、现任的名分

我挣扎了一年，最后接受他的建议，办了离婚。那是人生中最痛的日子。离婚那夜，我们还睡在同一张床上，分享彼此伤痛的身体。然后他便搬走了。那一刻我知道，我的责任便是要马上找个男人结婚去，为的只是要孩子。我知道一生最爱的人是他，但我要借另一个男人的身体成全我生育的愿望。

要找这样的男人不难，因为一直也有喜欢我的男生。我变得很有计划，在两个最喜欢我的男人中选了一个，让他知道我离婚的痛苦，要他乘虚安慰我，我假装跟他建立起感情，最后和他情到浓时上床就成了。事后他说要负责任，我们很快就结婚了。

可他不知道的是，我不爱他，和他一起时我还跟前夫过夜，和他结婚后，我和前夫顺理成章地变成秘密情人。我们一星期会见一至两次面，做爱、聊天，像谈恋爱一样。前夫说不介意我再婚，他也希望我能尽快生孩子。他笑说将来愿意当我孩子的高尔夫教练。他也不知道我的计划。我暗地里想跟他生一个孩子。我计划排卵期跟他做爱，先把他灌醉。我没想清楚后果，反正我需要的是孩子，我要前夫的精子、现任的名分，这是替孩子最好的安排。

现任对我很好，有时面对他我会感到内疚，天，他已追求我七年了，一直等我回头，即使当时我已结婚，他还在痴痴等我。现在他像得到天下最好的宝贝一样把我当成皇后，我却无法被他打动。跟他做爱我会想着前夫的身体。前夫已经有了新女友，我感到心酸，有时会哭，现任以为他不够好，所以我伤心了，对我更加好。可我的心更乱，更想快快怀有前夫的骨肉。这种日子不好受。

三个月后，我怀孕了，应该是前夫的孩子，我暗地里欣喜，心愿已偿。我必须好好珍惜，保护怀里的孩子。丈夫知道我怀孕了，开心到发疯。我告诉前夫我怀孕了，他替我高兴，我却没有告诉他这个天大的秘密。怀到六个月，我和前夫已经不再做爱了，他也说年底会和女友结婚，也许会到美国生活几年，那边的生意刚起步。老实说我很妒忌，为什么跟他去美国的不是我而是另一个女人？我问他爱他的女朋友吗，他没有回答我，却给我一个深情的吻。该死的，我哭着离开他，回到我不爱的男人身边，心很痛。

前夫出发前两个星期，我的孩子已经三个月大了。我带着孩子去见他。

他见到孩子蛮开心的，我看着孩子的脸跟他的一模一样，心情很激动，一时忍不住把原本要保密一生的事脱口告诉了他："看他多像你！"在他敏感的质问下，我承认了。他动手打了我，说："你太自私了，你凭什么这样做？"我哭着大喊："因为我爱你！"

前夫很痛苦，他不知如何面对我和孩子，还有他的未婚妻。我没有后悔，却不知如何收拾残局。现在我该怎么办？

放下·爱

素黑剖析

女人有选择生育的权利，但必须要在男方的共同意愿下进行，不然，也是剥削了对方不想生育的权利。很多事情我们可以单方面决定，但生育例外。成熟的人，必须明白这个道理。

在生育的问题上，千万别感情用事，这不只是感情的事，这里涉及双方的人权和无法补救的感受，必须在婚前先谈好，否则带来的痛苦将是大人孩子一起承担的。

夫妇在生育问题上意见分歧的话，应冷静面对，像小燕的前夫一样，虽然是那么爱妻子，可是他很明白事理，了解**爱是一回事，生育是另一回事**。当一方很希望生育而另一方很不愿意时，问题必须合情合理地解决，并且要趁早，因为青春有限，女人的生育期不能拖。若是为了感情关系而要某一方牺牲或迁就的话，结果会遗憾终生的。

孩子不是宠物，不是婚姻的附属物，是没有期限必须一生一世负责任的生命。每个人都有需要或不需要、喜欢或不喜欢生育的理由，都应该受到尊重，也不能勉强。任何一方都不能单以某种道德，如女人的天职就是生育、婚姻的大前提是生育、不想要孩子就是不爱我等等为理由，强迫另一方迁就自己的欲望。

像小燕的前夫不能接受孩子，现在却因为前妻一己私欲的关系，让自己的孩子出生了。当然我们可以谴责他在离婚后还和前妻做不设防的性行为，不过问题的重点还是小燕蓄意隐瞒受孕的阴谋，不顾这个事实足以让前夫崩溃、精神受到创伤的后果。绝对是好胜也是任性的自私行为。

对前夫，这是无法回头的悲剧。对小燕也一样，她满足了为前夫生孩子的欲望，以前夫的感受作为祭祀，这是很大的暴力，她却还未清醒，还觉得对此事无悔。现在她正是跟她曾批评过的前夫一样：过分以自我为中心，代价却太大。她的自私行为改写了五个人的一生：包括前夫、前夫未婚妻、自己、现任丈夫和孩子本身。好一场人为悲剧的诞生，**元凶原是女人的贪欲，铸成大错**。

事到如今，前夫可以有很多种反应和面对问题的方案，小燕也必须接受。至于她和现任丈夫的关系，她也要承担。孩子不是现任的，她要不要向现任剖白，现任知道后会如何？还会继续爱她、接受她和孩子吗？会提出离婚吗？还是她继续欺骗丈夫，利用这个代父男人养大孩子呢？这里没有答案，因为所有的可能性和决定都得由小燕一个人承担，这是她种下的恶果。只想提一句：一切都得承受，没有埋怨的余地。请记住，不能再以孩子作为任何维护她私人利益的筹码了，人不能一错再错。孩子是无辜的。

每段缘分都有正面意义

只有物质财富没有心灵营养的人生，很难释放因为追求欲望而承受的压力。爱是人与生俱来的本能和需要，不只是欲望的追求，更是失去了便很难健全地活下去的生命元素。

Case 9. 出差偷情的悲剧

| Annie | 32岁 | 金融市场分析师 |

拥有一切，除了爱

那天我看《周渔的火车》的DVD，一个人在家里哭成了泪人。

我没有周渔那么有艺术性，她会爱上诗人，我只是一个平庸的拜金女人。在我的世界里，作为男人的基本条件就是：钱+成就。

可是，我和周渔有同样的欲望：爱情。这是女人的死穴。

读书时代我已立志要爬到社会的高峰，我不要受穷。靠关系，我上了重点学校，从最优越的大学毕业，工作一帆风顺。我看上的男人和看上我的男人，都是非富则贵。26岁时我嫁给城中知名的金融业才子，全世界都以为我是最幸福的女人。朋友说我将是另一个杨澜，甚至比她更有钱。我实际一点，我不要名，只要利。我不接受采访，也从不写专栏或博客。我要很实际的物质生活，而我在30岁前就已拥有了。

丈夫比我大十多岁，对我也算好，除了他还有一个初恋什么的秘密女人外，他几乎是个完美的男人。他有女人我管不了，因为我明白男人总不会为一个女人专一到老的。我以为感情不及财富实用，所以年轻时我都没在感情上多花心神。现在到我这个年纪，看透了所谓成功男人的真面目，原来也不外如是：女人、名利、权力，这就是他们的一切。最优越的男人也会花，也会阳痿，也会逞强。男人到了中年，即使很有钱，也无法让女人满足。

30岁遇上多情男人，改变我的一生

30岁生日那天，出差途中，我一个人坐在飞机上流了十多年来的第一滴眼泪。原来我竟是这么个寂寞的女人。

我庆幸没有放弃自己的事业，丈夫从没有要求我留在家当幸福主妇，也没有不让我工作。我喜欢工作，让我感到自己还活着。30岁那趟旅途却改变了我的一生。

我经常要到美国西雅图开会，那边的合作伙伴其实早已是我的秘密情人。他是已婚的美国人，先是说要跟我学中文，然后说要到我住的酒店上课，最后上到床上去了。我贪恋他给我的性，因为我的丈夫早在两年前已不行了。他现在只能靠找不同的妓女证实自己还是行的。我让他去，换回更多的物质补偿。他说，我是他见过的最懂得金钱交易的女人。

我和美国人一直保持着地下情，彼此只有性关系和工作上的利益关系，一切都很顺利，但我依然感到空虚。就在30岁的那次旅程中，我在飞机上遇到一个年轻的英国男人。那次整个商务舱只有寥寥四五个乘客，他看了我很久，最后上前搭讪。最初我以为他是个商人，原来我看错了，他不是我生活圈中的那种男人。他是个艺术家，是摄影师。他要到温哥华开摄影展，并且要在那里留几年，当什么驻当地艺术家。

我的生命里从来没有艺术元素，他给我看他的一些作品，让我大开眼界：西藏的山脉、四川的竹林、内蒙古的草原、云南的云山、巴黎的街头、日本古都的艺伎、纽约同性恋者的拥吻……我从不知道世界上可以有这些。当我告诉他我的职业后，他却无邪地笑说我是个乡下姑娘，说已爱上了我，要给我看真正的世界。

他是那么纯真无邪，我本来悼念寂寞的眼泪，竟被这个小伙子治好了。他像沙漠上盛开的玫瑰，让我生平第一次感到爱的奇迹。下机时他特意留在西雅图三天，为了我。我和他发展得很快，我忘了年龄和背景的差异，让他住进我的Westin（威斯汀酒店）行政套房里，在那雪白的king size（特大号）大床上和他缠绵。他勾起我激情的欲望，他改变了我对男人的定义。三天后他必须去温哥华，我才知道他原来比我小七岁。

穿梭于两个情人之间种情种富

从此，我争取多出差，从美国过温哥华去看他，跟他做爱。美国情人还是我的性伴，因为工作上的利益，我不能甩掉他，也不能让他知道我有了另一个情人，我不想影响我的事业和财富。那段日子，我在美国人和小伙子两个男人之间膨胀自己的贪婪和激情，我需要前者的利益、后者的激情，唤醒我沉睡的感情欲望。

可是，一年后问题产生了。小伙子对我的性欲不再，感情也淡了。我很紧张，问他是不是不再爱我，他说是我多心。可是女人是很敏感的，我猜想他有了情人。结果我在他的手机上找到另一个我不敢相信的名字：

Wilson（威尔逊），原来他跟一个男人打得火热。天，这个勾起我迟来的激情的多情男人，竟然是个“断背”？我质问他，他竟动手打我，说我最好不要理他的私事，我和他之间没有什么关系。

我的心被打得粉碎，从不知他可以这么暴力。我希望这不是真实的，我希望他只是一时被利用了，或者受不住诱惑，或者被他那些艺术家病态朋友影响，所以才会搭上一个男人的。他飞走了，我只能回国，不断打电话给他，他最终说其实他一开始就是基（gay）的，只是中途想换换口味而已，叫我不要太认真，玩玩而已，反正我还有老公，我没有失去什么。

无法回头的情欲悲痛

我哭得断肠，尤其是看着《周渔的火车》时。理智上我告诉自己必须忘记他，不要再见他，只不过是露水情缘，我本来就不应相信爱情。感情上我却舍不得放手。他就像我的初恋一样，平衡了我人生平庸的物欲本性，我和他相处后才发现世界好大，人生还可以做很多事。我甚至想过和他组织一个小家庭，反正我有钱，可以跑到西藏拉萨开一家酒吧，替他生孩子，快快乐乐过一生。这些都是女人虚弱的梦，被感情累坏的幻梦。可是，我已无法返回以前有钱就有一切的人生观了。像开出的火车、升空的飞机，我已无法踏实在地上了。我该怎么办？

回家看着自己的丈夫，忽然觉得他也蛮可怜的。除了钱以外，他也一无所有，像我一样。我们是所有人艳羡的优等夫妻，却各自憔悴。

素黑剖析

拜金只是人生多种欲望中的一种，像其他欲望一样，本来就是令人向前推进的生命动力，欲望的本质是好的，正如人的其他特性一样，没有否定的理由。

可是，问题出在我们被欲望吞噬的弱点上，不能自已，最后变成盲目追求，奴役了人性。找我治疗情绪问题的人，最痛苦和不快乐的，很讽刺，都是那些富有的人，失去爱和被爱的能力，却无法脱离物质舒适的生活惯性，无法鼓起勇气放下，大胆爱，怕失去，怕受苦，谁知**最苦的不是失去，而是从未得到过**。

只有物质财富没有心灵营养的人生，很难释放因为追求欲望而承受的压力。爱是人与生俱来的本能和需要，不只是欲望的追求，更是失去了便很难健全地活下去的生命元素。

我们看Annie对感情的需求，她在年轻岁月中拥有比基本需要更多的财富，家庭和事业的成就让她压抑了感情的需要，待拥有一切后，却受不了突如其来的精神空虚，在女人30岁的关口失去生命的动力，陷入情绪的低潮。虽然早已在道德上偏离妇道，跟工作伙伴搞婚外情，但那纯粹是功利关系，有性无爱，也是服务于金钱的越轨，弥补不了心灵的缺口。

能遇上开启自己感情之门的男人，让她爆发出久压的激情，像穿过重返青春的时光隧道，激活了生命的狂热。这个男人出现的重要性，除了给Annie回归爱情的机会外，更重要的是拓宽了她的世界观，让她知道富有创造性的感情和艺术世界是偌大的天空，而她的物欲世界只是一个自转的小圈子，重复而乏味，可以养活你一世，只是你到最后宁愿选择早点死去。这正是人生的荒谬。

发现情人原来是个同性恋，令她对爱的信念顿时崩溃，却又无法回头，还想继续纠缠，可惜已不能奢望了。回头看原来的丈夫，感到夫妻俩转了一大圈还是一无所有。其实她应该感谢所发生的一切，感谢曾有机会打开自己封闭的眼睛，看到生命还可以更自由、更开放。不能回头是正面的信息，因为生命已无法再忍受贫乏了。这是Annie赚回来的宝藏。

每段缘分都有其正面意义，能重整生命能量的话，每段关系也是赚回来的，生命不枉此行。女人30岁正值能量最盛之年，好好把握，最美的生命才刚开始。对婚姻不满可以选择离去，给自己更多可能性。女人的生命可以很精彩。

第三部分 无法放下

我们没有忘记伤痛的理由，只要转化它，回到爱的观照中，所有的记忆都是安详的历史，让自己成长，更懂得抓住爱的私有财产。

最强的治疗原是靠自己的爱打动自己，让人寻找爱的最强力量。

借失忆逃避真实

爱并没有失去，失去的只是一个路人。对方注定要离开的话，他自始至终也只是一个路人。我们没理由因为一个路人的离开而耿耿于怀、不能自已吧！

Case 1. 爱得太深患失忆症

｜Lara｜33岁｜钢琴老师｜

俊男美女羡煞旁人

这已是七年前的事了。我因为一次痛彻心肺的失恋，突然患上暂时性失忆症，事后我体验到爱情的巨大影响力，可以将一个人彻底改变。

他是我爱了一个世纪的情人。我们早在大学时就认识，一见钟情，大学二年级便拍拖了。他在计算机系，我在音乐系，大家志趣并不相投，却在其他生活层面上很合拍，尤其是外表方面，我和他是公认的一对璧人，就像人气电视剧中俊男美女的搭配一样。现在细想起来，那时怎么也放不开他，某种程度上是舍不得我俩羡煞旁人的搭配。我们每每一起到饭堂，到图书馆，都惹来艳羡目光。我们心底也知道，彼此暗暗享受外表带来的荣耀。

我很爱他，我想我比他自己更爱他。我还以为，这一生便跟定了他，我视我们的爱比天还要大。我以为，他也是这样想的。

他要到上海闯天地

可是，毕业后，他的际遇并不很好，也许是他的人际关系比较差吧！辗转找过几份工作，处处碰壁，情绪也开始变坏了。我很体谅他，幸而他对我也还算不错，我们两人的感情几年来都能维持得来。而我也换过两三份工作，后来定下来了，决定自由收学生，做私人钢琴老师，收入还算不错。

一次机缘，他认识了几个朋友，疏通某些关系，可以以香港专业人才的身份安排在上海工作。这个安排令他雀跃不已，仿佛是他的重生一样。他没有和我商量。一天晚上，他对我说他已决定去上海工作，因为那里的前景肯定比香港好。我当时感到很不开心。虽然我也为他高兴，终于找到出路，对他而言是好兆头，但这么重大的事情，他连和我商量也没有便自行决定了，我觉得他并不重视我们的关系。他劝我别钻牛角尖，他也很不舍得我，他会常常回来探望我的。

我想过放弃自己的工作跟他一起去上海，可是，我的家人需要我照顾，我不能抛弃他们。就这样，我们变成手机情人，每天通电话，一个月才见一次，每次连问候的时间也不够，更不用说可以尽情亲密了。

原来他在上海街头左拥右抱

这样过了三年。这三年对我而言是很难过的日子，我无时无刻不挂念他，有时打不通他的电话会担心他出意外，或者是什么原因。可是，我们的感情基本上已经变得很淡。他有时甚至回香港也不通知我，等我知道了他已飞回上海。他会有很多解释，然后一句“要开会了，再谈吧”便挂断。我感到和他的关系是愈来愈远。

我有老同学也在上海工作，她每每向我打小报告，说看到他喜欢流连夜店，她陪老板应酬时已碰见过他好几次，每次都见他左拥右抱，喝到醉醺醺。上海街头左拥右抱的他，我连想也不敢想。他似乎很受上海姑娘的欢迎。香港来的专业人才，收入不错，年纪轻，外表像电视剧明星，谁不对他心动?

我曾想过放弃香港的一切，甚至抛下需要我照顾的家庭，不顾一切飞奔到上海找他，可是我真的无法做到，我还心存信念，他不会这样对我的。我不敢在电话中过问他，因为我知道他的性格，我不希望失去他。

他的女友怀孕了

可是，最坏的消息终于传来了。他向我提出分手，他说对不起我，而他也不想再瞒我了。他的其中一个女朋友怀孕了，他准备和她结婚，他不想伤害孩子。

我无法接受这样的事实，在接到他那个绝情的电话后，我决定力挽狂澜，马上去上海一趟，希望尽最后努力挽回我们的感情。到了上海，我跑到他的办公室找他。他见到我感到非常愕然，满脸尴尬地拉我到附近的Starbucks（星巴克）谈。他居然怪我这样做没顾及他的感受，被同事知道了会影响工作的。我反责他无情，多年来只要求我顾及他的感受，他却从不顾及我的感受。我也可以为他生孩子，我也希望能和他结婚，他怎可以这样抛弃我?我知道我很傻，我说我不介意照顾他的孩子，只要他回到我身边，放弃那个女子。他说已经太迟了，那个女子的父亲关系很好，他靠她在上海工作很有利。他不能放弃她。我说："你变了，你怎么可以这么没用，要靠女人生活？"他的脸色更难看，说："随你怎样说，回去吧！我们完了。"说罢便走，留下我一人在灯火璀璨的南京路徘徊到深夜。

突然失去和他有关的所有记忆

我有片刻要跳到黄浦江里去的冲动，但庆幸还有半分理智，不想客死异乡。爱人已经变心了，我这样寻死岂不太冤枉？我哭着回香港，没有告诉家人，没有告诉朋友，打算独自一人承担失恋的苦。我还以为哭过了，伤痛一两个月便会重新振作，从头来过。可是，我食不下咽，不能入睡，失去了一切欲望。不消一个月已瘦了十多斤，耳边不时传出怪声，眼前出现叠影，脑海中不时浮现出他和另一个女人缠绵的影像。我的身体明显出现了不寻常的变化，精神也快崩溃了！

一个下午，当我正前往学生的家准备上课时，脑海中突然闪过一道白光和一些影像，就这么一刹那，我便晕倒了。醒来已是两天后，躺在医院里，什么都记得起，唯独我和他的那段历史居然销声匿迹。我只隐约知道刚失恋了，主角是谁记不起，为什么失恋记不起。朋友和家人都不想刺激我记起。就这样，我平平静静地过了安详、没有伤痛的三个月。

宁愿从没有恢复记忆

我失去了和他有关的所有记忆。那段失忆的日子，也许是我生命中最轻松自在的日子。每天起床不用想起他，一个人的时候感到泰然自若，我还去学艺术课程、看电影，只是看到街上的情侣时会有点不对劲的感觉，觉得曾经和别人亲密过，会突然想哭。不过很快，我的记忆便逐步恢复了。尤其是有一天当他突然再次出现在我眼前，说知道我病了，要来向我

问好。他竟成功勾起我所有的回忆，就只消一分钟的光景，把我的安宁全部粉碎。当我恢复记忆的一刻，巴不得把他马上杀掉！从没有讨厌一个人像讨厌他一样。为什么他还要用这种残忍的方式继续伤害我呢？他不能从此消失在我的世界以外吗？他没有权利夺去我的自由，他却狠狠地夺走了。

对他，我怨恨万分，今生今世再也不能原谅他。我只想返回失忆的那段日子，自在逍遥，像纯洁的少女一样过着被漂白的日子，没有沾染负心人血污的伤渍。

是不是人若懂得忘记悲伤，放过伤害过自己的旧情人，会比较聪明呢？我却怎么也做不到。我注定为了这段关系要伤痛一生了。但愿我没有恢复记忆。到底有什么方法可以除去恋殇的记忆呢？

听说催眠治疗可以帮人恢复记忆或者除去不想要的记忆，是否可以帮忙呢？真的可以帮我忘记吗？

素黑剖析

失忆真是最彻底的治疗吗？有没有比失忆更有效的忘情药呢？

有的，它的名字叫作宽恕。还有，它的姓氏叫作爱。

我遇到过失忆的客户找我治疗，而失忆的读者个案也有好几个。有失恋的女性，如Lara，也有逃避现实的男性，总之，他们都非常不快乐。

像Lara，找我的第一个目的，便是要我像术士一样替她“驱邪”，把早已在思想中被暴力毁容和严打的旧爱，和跟他在一起的痛苦经历一一赶走，而不是为自己增添正面积极的动力，重新做人。这种只看到邪恶的负面心态，坦白说，并不能治愈感情的伤口。

很少有客户找我恢复他们的记忆，却有很多客户要求我帮他们忘记不愉快的记忆。失忆的人不快乐的原因有两种：第一种，因为无法记起应该很重要的事情，失去了一段很美好的回忆，所以很难过，希望时光倒流；第二种，因为无法想起令自己悲恸不已的感情伤口，无法成就忧郁痛苦的生命型格，没有沉重的借口，所以不快乐，希望时光停留。

是的，**有人总希望拥有沉重的个人历史，令自己沉郁一点，感到存在有点分量，而希望令自己受伤**。别笑这些人傻，我们绝对有可能是其中一分子，借感情的沉重养活享受忧郁的那个自我（对，我们原有无数的自我每刻在膨胀或萎缩，就像细胞新陈代谢一样自然）。

比方说，我们就是无法放下伤感的旧爱情，重新活过来，不舍得忘记，宁愿让悲伤陪伴自己。这一点，是失忆的人和想失忆的人的共同点。

人若忘记悲伤，放过伤过自己的旧情人，当然是最好的自我释放了，这不是聪明，而是自爱和懂得爱人的表现。既然不能再爱了，便应该放手，让感情流失，像排毒一样，让不需要的甚至有害的物质从身上流走，说声再见，便再上路。

当然，在我的客户当中，往往最难开口、最难过的一关，便是在治疗过程中，亲口向旧爱说声感谢和再见，尤其是感谢。**谁都无法向伤害自己的人说感谢，却不知道，宽恕了对方，就等于宽恕了自己的执着，起码是对于对方爱和恨的执着。**

爱并没有失去，失去的只是一个路人。对方注定要离开的话，他自始至终也只是一个路人。我们没理由因为一个路人的离开而耿耿于怀、不能自已吧！路还是要继续走的。

爱得太深，受不了伤害，潜意识不想再记起某人某事，最后演变成失忆，或者精神错乱。这些表面上是病征，实际上是心理上抗拒面对真实，借制造痛症收藏自己。为了避伤而短期沉沦也无可厚非，但避难的日子不应长久，我们总不能为了避免在街上碰到旧情人而足不出户，为了过去而虚度现在、放弃将来吧！

不如学习面对，当极度的痛耗过了，恨便不再有力量，换来的便是对生命、对自己的爱。

失恋令人格变丑陋

我们没有忘记伤痛的理由，只要转化它，回到爱的观照中，所有的记忆都是安详的历史，让自己成长，更懂得抓住爱的私有财产。

Case 2. 欲以死效法男友妻子

| YoYo | 23岁 | 文员 |

爱上了才知他有女友

去年我认识了K，他成为我的初恋。从来没想过爱情会发生在自己身上，恋爱的滋味原来是这样。当一切像天赐的甘露一样降临在我身上时，当我以为幸福便是恋爱中的女人的微笑时，忽然一个坏消息传来，令我生不如死。

原来K早已有女友，而且他们已经相处了很久。他们曾经分开过，又复合过，现在处于胶着状态。他说女朋友是个很痴缠的人，很难摆脱她。最差劲的是，她曾经以自杀挽留过他，在手上划出血痕，把男友吓个半死。这招果然有效，他不敢再刺激她，愿意留在她身边。

就在K满心郁结的时候，他遇到我。我成为他失意中的曙光，因为我给他无微不至的关怀和爱。他说过，世界上再没有谁能给他这份温暖的感觉了。可是，当他真的对我动情时，便忍不住要向我剖白，不希望一直隐瞒我，他希望给我选择的余地，不想欺骗我。其实，我心底是多么希望他从来没有向我剖白。女人都宁愿男人对自己善意地说谎，给自己留一点面子和余地。

甘愿做暂时的地下情人

我是个很为人着想的人，我以无限的、女性的怜爱包容这不幸的一切。我自小已经隐隐知道，自己的命总离不开波折和牺牲，不然不会得到安乐的。既然命运安排我遇到他，而他是第一个，也是我唯一爱的男人，我只能承受和接受，用我最大的耐性和度量包容他的一切。不是吗，爱一个人不是应该爱他的一切吗？我是这样想的，起码，我是这样说服自己去爱K的。

我以为时间总会解决问题，他们的恩恩怨怨、情情孽孽，总会有淡化的一天。于是我愿意暂时做他的秘密情人，还处处为他和她着想，不想他为难，因此很细心地不留下与他在一起的任何痕迹：永远不留言给他，永远不发电邮给他，永远不在假日见他，永远只会在上班时间和他偷偷出来见面和偷情。我希望他知道我的苦心，也一直以为我这样为他牺牲，他会感谢我，更舍不得我，更离不开我，更会想办法尽早获得自由，光明正大地和我在一起。

当然，我也不想她出事，不想她再次做傻事。我不敢说自己很伟大，其实我是怕她万一出了事，他将会一生内疚，那岂不是阻碍了我和他的好事？

初恋给我最大的惩罚

我以为，事情已经得到控制，我只等待他们彼此淡忘的好消息，我只要有耐性，事情一定会好起来的。谁知，我愈是为他付出，事情的真相愈是纸包不住火。他终于忍不住向我第二次剖白。

天！我的纯真和坦白令他对我更内疚，他不得已要对我说出真相。原来她不是他的女朋友，她是他结婚十年、为他自杀的痴情妻子。我现在终于明白了，为什么他要和她分手是那么困难。我还能做什么呢？我感到有点荒谬，为一个男人和他的女人做了那么多，一厢情愿地以为爱能感动天，能使我和他这对有情人终成眷属，谁知，天意弄人。我不知还能付出什么。这是我的初恋给我的最大讽刺和惩罚，虽然我不知道我到底做错了什么。

我试过提出分手，希望把事情淡忘。可是，我是初恋，那时正和他热恋的我，怎能说分便分，怎舍得一下子离开所爱？几经内心纠缠，最后，我还是愿意担起“狐狸精”的罪名，和他苦恋下去。

变成工于心计的小女人

和K在一起的时光是最甜蜜的，他对我无微不至，尤其是在和我做爱的时候，十分温柔，处处照顾我的感受。这样的男人，我愿意等他一辈子，虽然我知道自己很傻很执着。可是，日子久了，也许我只不过是个凡人，有凡人的欲望和执着。我开始变了，对他不再有耐性，脾气也变大，我开始觉得不甘心，希望他能尽快放弃妻子跟我在一起。我不相信她真的会自杀，因为几次自杀都是事先张扬和在他面前要割脉，装腔作势，根本就是吓人的伎俩而已。我向他投诉她的诡计，要他看穿妻子，不要被骗。我不想赔上被骗的时间。

原来人一旦变得自私和心胸狭窄，便会做出很多工于心计的事情来。我开始在K的衣领上故意留下唇印和头发，也在他的电话上留言，每逢周末晚上都要他陪我逛街，希望她知道真相后知难而退。我要正式让她知道对手是谁，我要站稳我的位置，我不想再做隐形情人了。当察觉到自己这些小女人的转变时，也感到有点毛骨悚然。原来女人变起来真的可以很恐怖。

记得以前未遇上他时，我常常祈祷，说假如让我遇到心爱的人，我一定会和他好好相爱。从来也没有想过自己会做出这样的事来伤害他。我在不知不觉间正式成为一个抢人丈夫的狐狸精了。

他居然还爱妻子

我就是不甘心。她可以以死缚住一个男人的心，这种手段我也看得穿，为什么我不可以这样做呢？为什么我要做个强者，要包容她，不和她明争喜欢的男人呢？人只活一生，为了所爱的，应该尽力争取，不然会后悔。我终于忍不住，寄了一封信给她，劝她不要把自己的生命重担加诸爱人身上，他爱的是我不是她。

我已做了最坏的打算，预计她又会再次装作激动，在他面前寻死，而他必然会回到她身边，以留住她的生命。这样的话我便完了。不过，我就是无法再忍受下去。我想过了，即使我们最终无缘要分开，我和他拥有过的都是最美好的回忆，因为我们由开始至完结都是深爱对方。我们的爱最真挚、最尊贵。他不能离开她，我理解，我只好退出，不想勉强他。我要发泄的事也做完了，算是做了心理弥补吧！

我却估计错误了，她看过那封信后并没有做傻事，这次是他舍不得她，真心舍不得她，主动向我提出分手。

我开始不想相信事实，她以前可以以死留住他，我也可以。我就是不甘心，她那时要死，他便以温柔留住她，现在我要死，他却只要我冷静下来。他到底最爱谁？我还以为我们的爱才是真的，原来他在经历这么多后，居然还对我说他对妻子还有感情，还爱着她。我感到很受伤。一切就像个笑话，我却为这个笑话付出了很大代价。

其实我心里明白，我们是没结果的，我要的可能只是得到他最后一次肯定对我的爱，我需要最后的面子。可是，一句肯定又能换回什么补偿呢？我竟是最后的输家。

素黑剖析

很多人在失恋时会变成自己以往最鄙视的人，做以往最不屑的事情，不是因为自己本来便是这样丑陋，只是因为一时失掉爱的力量，没法平衡自己而已，助长了分裂的自我中最不稳定、最希望越轨发泄自己的一面。

YoYo无法平衡原来便承受不起的第三者命格，一时忘记了爱，以恨取代了一直最珍重的爱。这样的她变得狰狞可厌，已经不再是自己了。

她来找我的时候，还是死执着不甘心的命运，埋怨老天对她太不公平。她哭得厉害，每天哭上很多遍。我告诉她，她的身体在控诉，以最容易触动她的方法，譬如哭，令她醒觉潜意识在跟她说话，希望她看到失掉爱的她有多狰狞。她说："啊，哭不是因为被他伤害而发泄的情绪吗？我才不知道原来是自己内心跟自己说话和控诉呢！是真的吗？"

很多失恋的人哭得断肠，以为是为了那个伤害自己的男人流泪，却不知道，原来是潜意识和自己沟通，想教自己如何修补伤痕，于是通过最容

易打动自己的情绪表现提醒自己，和自己通话。可是，我们总不以为意，让内心更寂寞、更受伤。

最强的治疗原是靠自己的爱打动自己，让人寻找爱的最强力量。YoYo后来给我寄来一封令我很感动的信。信里说："你说得对，我差点忘了什么是爱。我差点变成他的妻子，令他成为一只被紧握着的小鸟。妒忌和怨恨令我变质，这样下去我是没有好下场的，只会令自己活在痛苦的回忆中。

"这次的爱让我知道，妒忌、多疑只会令爱情变质，令自己变得丑陋。不过，我还是个平凡的人，需要时间适应分手。我要求他在这段分开的日子中，每天仍用电话及电邮和我联络，好让我慢慢复原，不会一下子完完全全失去他，这样我才能再次追寻我的新生活。分手后，和他的'藕断丝连'令我觉得自己又变回原来的我，不再时时刻刻想着如何才能完全拥有他，只会感谢每天的微微关怀，更珍惜我们剩余的、逐渐消逝的爱。现在对他的所有回忆都是美好的。

"我想，**我们应该学习感谢所得到的东西，而不是怨恨我们所失去的**。如果没有认识他，我可能只会平平淡淡过日子，到老也没有这样的甜蜜回忆。"

是的，就是这样，返回自己，不放弃爱，虽然恋爱的对象已经改变了，但爱没有跑掉，爱还在。这样的爱情，才不枉此生。**很多人错过了爱，不是因为爱不在了，而是不知道如何抓住它而已**。抓得住的爱，回忆便是美好，因为爱过，还爱着。

我们没有忘记伤痛的理由，只要转化它，回到爱的观照中，所有的记忆都是安详的历史，让自己成长，更懂得抓住爱的私有财产。

失去爱的人，忘记爱的人，不妨以YoYo为镜，找回爱和生命的尊严与价值。

学习感情放生的道理

不懂得让感情放生，占有对方的私人空间，只是为了自己感到安全，怕对方出现感情上的变量而自己招架不住。

Case 3. 强迫分手还要做朋友

| KK | 24岁 | 秘书 |

讨厌男友向朋友吹嘘

我刚和恋爱三年的男友分了手，原因是他给我的，我并不同意。他说，他受不了我对他的处处管制，说我比他妈妈和上司还要专制，他希望有个安慰他的女朋友，而不是处处为难他、要他解释和交代的警官。

坦白说，我并不同意他对我这样的批评。我觉得他对我很不公平。我自问也算是个宽容的女人，明白男人有自由和面子的需要。我其实也不算管他，我只是关心他，想知道他的生活而已。身为女朋友，连自己的男朋友在哪儿、跟谁在一起也不知道的话，也说不过去吧！

我反而觉得，是他身在福中不知福，不懂得珍惜我对他的好。

我自问已经给他很大的自由，例如假日也让他和朋友聚会。其实我并不喜欢他的朋友，都是粗鲁的人，喜欢信口开河，吹嘘一番。又喜欢讲荤话，我最讨厌男友也跟他们讲，不懂得分青红皂白，也不晓得尊重我。人家要谈女朋友的身材，逐项器官拿来比较和讨论，他居然奉陪，甚至谈我和他之间的隐私，喋喋不休，好像很光荣似的。我庆幸他处处以我为荣，因为我各方面都比一般女性高出一筹，不过，我不是货物，不能货比货。

我曾经跟他抗议，他却说这是男人之间沟通的方法，志在过瘾，要我不要太介意，女人不会明白男人的需要。

放他一马，他还不知足

因为他在朋友面前放肆，又不喜欢我在场，所以他要和朋友聚会，我每每表现得很不高兴，给他脸色，提醒他不要太过分。我对他已经很宽容了，换作别的女人，想必早已和他摊牌。我甚至放他一马，让他出差而不跟随。他每星期都要出差一两天，虽然只是到附近的城市，我也不放心。不过，我觉得我已经很大方了，有很多女朋友都不容男朋友离开自己的视线范围，不准他们独自上街，随便爽约，和其他人约会一定要事前申报获批准，比公安局的规定还要严格苛刻。我只是要求男朋友让我知道他在哪里、去干吗、什么时候回家，回家后给我打电话而已。有什么不对吗？

可是，他说我太专制，令他感到处处受制，到哪儿都感到我的绳子在捆着他，令他窒息，让他失去私人空间，任何事情都要向我交代，叫他感到很疲累。上个月，因为他临时要出差，来不及通知我，后来我发现了，质问他为什么鬼鬼祟祟。他却突然发脾气，发很大的脾气，说已经受够了，为什么去哪里都要向我汇报呢？他大声地向我发怒：“我又不是你的仆人，为什么不能自由自在地做喜欢做的事呢？你要知道我在哪儿干吗？

我平安回来找你不就行了吗？你令我感到很局促！我们分手吧！”

他说我不明白他

天！我没想过他会用这种眼神和脾气向我提出分手。我做错了什么吗？我感到很委屈。我说：“我没有要求什么，也不是要管你到哪儿去，我只是想你，想知道你在哪儿，又不是不让你去，干吗把自己说得像坐牢一样呢！这样对我很不公平。人家还不准男朋友单独出差呢，要去一起去，我已经很有度量了，对你很有信心，可是你居然这样对我，不觉得很不对吗？”我哭了，不明白为何还要爱这个男人，跑掉不理他不是更好吗？他却大声反驳：“你根本不明白自己的霸道，也不明白我需要什么。我不能活在压力里，够了，我不能再忍下去。我们干脆分手吧！以后不要再管我了。”

没想到他是认真的。我开始心慌。我求他别这样，我很爱他，不想失去他，过不了没有他在左右的日子，我怕寂寞！

可是，我的央求没有改变事实，他不再找我了，尽管我每天都打电话给他，在他公司楼下等他，他却不理我，彻彻底底地逃避我，不想再见我了。我像讨厌鬼一样希望和他复合，他却硬着心肠。没想到，男人一变会变得如此彻底。我开始怀疑，他和我分手另有原因。

他居然玩失踪逃避我

可是，即使还有其他分手理由，他已离开了我的事实也无法改变。分手后，我才发现没有他在一旁的日子是多么恐怖。我还是每天给他打电话、发短信和等他。他不耐烦了，和我再次摊牌，要我放过他。我感到绝望了，这个男人是不会回头的，不过，为保障自己的利益，我向他说：

“分手要有条件，就是我们还要做朋友，我不舍得三年的感情一下子丢掉。你不能不回我电话，不能马上不见我，要给我时间适应。在我还未适应以前，你不得不顾我而去。最起码，你不要不接我的电话，可以吗？你不应承的话，我不会就此罢休的。”

老实说，我其实没有想过不罢休是什么意思，我并没有打扰他的打算和计划，我也没想过要报复，或找人教训他，我只是想以最后的霸气迫使他不要马上离开我，给我一点面子和缓冲期而已。他点了头，没有正面应承便离开了。

可是，他离开后，竟连电话号码也换掉了，原来他早已请了长假去旅行。我找不到他，也不知他何时回来。我以为他会像从前一样，舍不得顶撞我、逆我意，会给我一点面子，会听我的话。谁知，他真的很绝情。我还天真地准备带他一起去见一个很久没见的老友呢！虽然是分了手，我还希望带他去见我的好朋友。我对他还未忘情，他却失踪了，以行动抗议我的苦缠。

希望和他做回朋友

为什么他那么抗拒我呢？分手也应该可以做朋友嘛！我的要求很过分吗？很不合理吗？我觉得他很小气，我还视他为生命中很重要的人，可是他已经当我是陌路人，甚至是讨厌鬼，还要逃避我。他怎么不想想这样做是很伤害我的呢？我又不是魔鬼，我又没有负了他、伤害他，是他太任性了，他以不想被我管束为借口，一心想抛弃我。他没有理会我的感受，我恨他以前对我说爱我的话全是假的。假如真的爱我，怎会怕被我管，讨厌我问他行踪呢？是他变了，原来这才是分手的真相。

但毕竟相识了三年，我仍然希望能和他做回朋友，我还很想打电话给他，知道他的近况、他的去向。我也想让他知道我的近况，我不希望他从此在我的生命中消失。我已习惯了介入他的生活，和他在一起的感觉。我习惯性地一旦感到郁闷便打电话给他，听他的声音，知道他的事。我已放下面子，拜托他的同事等他一回来便通知我。我感到很委屈，但我还是希望他能回心转意，不要离弃我，我怕我不习惯，没有他的日子我将怎么过？

我不想失去他，请教我该怎么办！

素黑剖析

坦白说，假如我是KK的前男友，我也会跟他一样，逃得远远的，给自己透气的机会。

KK的眼睁得更大，没想到我会这样说，好像偏向她的前男友一样，有点不服气。“你有没有搞错，你也是女人，怎么不了解我的心情？怎么不清楚我没有管他的意图？怎么还以为他是因为我管他而离开的呢！”

和KK谈的最初30分钟，她还是瞪着不服气的眼睛，手指不断在撕毁为准备这次治疗所写下的笔记，全都是大数男友的“罪状”。

她还是不明白男友要离开她的原因。她并不是魔鬼，她可能是个很可爱、很关心爱人的女朋友，不过，她不知道自己的关心和爱，给对方造成很大的压力，像蜘蛛吐丝一样，轻柔地捆缚她的猎物，最后被她缚死，在最温柔的假象下窒息而死。

她最大的问题是以为不干涉但要知道对方的一切是很开放的行为，以为已经很体谅了，起码相较她其他的女朋友对男朋友的霸道已经很文明。

放下

爱

不过，其实她已经让男朋友感到没有一刻能释放自己，自己的每一步都在女朋友的掌握之中，就像走进厕所还被摄像头监视一样扫兴和绝望。

她，其实爱上了把爱人纳入自己的生活里所享受的充实感，并非真正爱上对方，关心对方的生命。她很寂寞，却不懂得处理独自生活的迷惘，唯有像养宠物一样，监视对方的举动，让自己变得不再是一个人。

喜欢饲养宠物的人，或多或少需要通过操控另一个生命来展露爱心，却从不舍得放生，不知让生命回归自由的道理。

不懂得让感情放生，占有对方的私人空间，只是为了让自己感到安全，怕对方出现感情上的变量而自己招架不住，从头到尾都不是为了对方、关心对方。**爱最令人窒息的地方，就是这种以关心之名扼杀对方的自由。最大的体贴不是像强力胶水一样紧贴对方，而是留有余地和虚位，让对方透气和换气，才有新力量和感觉去爱。**

人需要流动，而流动需要空间。处处要向人交代自己的行踪是囚徒的生活，不论感情有多深，没有空间便是感情自杀。KK要反省一下，自己粗心大意、一厢情愿的做法，其实是出自无能力孤独地接受自己，借黏附在另一个人的感情和空间上找到存在的安全感。

KK在治疗过程中，在打开了潜意识的清澈状态下，首次成功代入了男朋友的角色，向自己说出被夺去自由的痛苦。她向我剖白："我从来不知道原来他是这样想的，他有这样的苦衷，我还以为他需要我的关怀，没想到原来他反而觉得窒息。我开始明白他的感受了。换作我，也许同样会想分手。那现在的我还是让他先透透气，日后再说复合的可能。对吗？"

从分手中成长，让爱人离开自己，才有回头的可能性。

问题是，你没有改变

生命原是独立的，虽然跟其他人有关联，却不构成必然被人分享的理由。生命是孤独的，但并不一定寂寞。

Case 4. 老公突变，无从适应

| Michelle | 27岁 | 教师 |

经历风雨，婚姻得来不易

他曾是我的一切。

我们是大学的同班同学。开课第一天，他主动上前搭讪，我以为他是个小混混，起初不喜欢他，后来发现他只是贪玩一点，人品其实很好，做事非常认真，对人很好，这样，我开始接受他。拍拖六年终于可以结婚。这段婚姻得来不易，因为一来大家没有钱，二来双方家长原来早年有点生意上的纠葛，足以造成我们交往中极大的障碍，就像老套电影、电视剧的桥段一样，活在其中，连自我嘲笑也不忍。幸而，最后总算排除万难，成功领了结婚证。

我现在常常想：也许是年轻的时候为爱付出了太多，好不容易停下来时才发现已经太疲倦了，所以，婚后不足一年，我们的关系便出现危机。婚姻生活由甜蜜到平淡，由平淡到闹脾气，由闹脾气到极不愉快，我不知道为何会变成这样。我们不是曾经深爱过吗？哪有变得走了样的理由？

从此，我们的生活只有埋怨声、吵架声和近乎可怖的沉默。大家真的感到累了，却不知命运安排我们的下一步棋该怎样走。

婚后的他判若两人

或许，当初和他恋爱是一个错误：不顾一切，不理会家人、朋友的反对，好胜的我一步一步将自己推向无底的深渊。他也和我一样好胜吗？不服输，誓要赢取我的坚持，也许是为了争一口气，而不是真的很爱我，没有我活不下去，让他发疯一样非我不娶。

现在想起来可真讽刺。原来我们可能从没有深爱过，只是因为游戏太好玩，舍不得放弃，才让大家凑在一起。直到今天，我才明白两个人的感情关系，可以认真得那么儿戏，尽责得那么不负责任。倘若时间可以倒流，我宁愿从来没有认识过他。

他变得很厉害，叫我受不了。婚前的他处处迁就我，为我设想，凡事以我为先。我感到被尊重，才相信这个男人真心对我。可惜，经历了风风雨雨，我还以为我们的关系比岩石更坚固，比任何人都要长久相爱。可是，婚后的他判若两人，最初半年还好端端的，其后便开始暴躁了。我好像看到了他的真面目一样，感到心寒。每天他会为一些小事而争执，拿家猫出气，试过毒打它。幸而我们没有孩子，不然，我可以想象他会是个迁怒于亲生孩子的父亲，那会是更恐怖的噩梦。

他以沉默拒绝沟通

我在短短两年的婚姻生活中，感到自己老了一大截，实在难以置信。我无法说清楚和这个曾经深爱、出生入死的恋人每天生活在一起的折磨。我无法接受为什么我们的关系会弄至这个地步。我深深感到他已不爱我了。他也许认识了另一个女子，也许对婚姻的担子感到太大的压力，也许还承受着家庭无形的压迫。我全都不知道。他已不再和我沟通了。我们从昔日的恋爱战友，变成战场上的敌人。

他不但不再和我说话，近期甚至开始完全沉默，拒绝沟通。他的工作际遇并不理想，处处碰壁，感到怀才不遇，回家黑着脸，像世界末日一样不可理喻。他没有朋友和他分担困扰，他的同事都是事业上的竞争对手，他的家庭不用说一直让他感到很大的遗憾和压力，即使我们已经结婚了，他还是无时无刻不遭受家庭的冷眼，叫他成为家族罪人。他活得不好，但我细想过，这并不是我的问题。我没有得罪他，我也有我的烦恼，也有无法和人分担的烦恼。我并不是不爱他，毕竟他是我的第一个男人，我只是感到已无力再去爱了，就像负担不了太重的担子，有心无力。

以前，我会不住质问他，逼他对我坦白，把话说清楚，我不喜欢他把问题憋在心里。我是个开诚布公的人，喜欢坦白，可是，我已经投降了，他是个固执的家伙。现在连吵架也只能带给我出乎意料的平静，一点泪也挤不出来。终于明白“欲哭无泪”的残忍真相。

他以最大的沉默向我制造最大的伤害。

他开始追寻灵性修行

我哭了很多次，在他面前哭，在学校里哭，躲在厕所里哭，在回家途中哭。可是，哭不是解决问题的方法，而我已经厌倦终日以泪洗面的日子，我已不懂得去爱一个同床异梦、有口没话说的怪人。

而他，尽管我哭成泪人，他却非常喜欢停留在自己的空间里，我无法打开他的心窗，他亦无意让我进入，把我拒之门外，视若陌路人。他真的可以一天不作声，不闻不问，只对着电视和报纸，像打坐和禅修一样，完完全全沉醉在他自己的国度里，不需要我。最近，他好像开始沉迷钻研佛经和打坐，终日把自己困在房间里，播放禅呀佛呀灵修的音乐，独自享受心灵旅行的乐趣。他曾一度说过简单的一句话："原来，人的内心是多么深不可测，有太多未走过的路。"

他是否信了邪教我不知道，他是否在寻求灵性修行我也不晓得，他和什么人交往，正在盘算什么，我根本一无所知。我只相信，即使我在家里跌倒、受伤、遇到意外，只要他沉醉在自己的世界里，他真的可以什么也听不到，像灵魂出窍一样有形地消失，十分可怕。从没想过两个人生活在一起，可以疏离得如此恐怖！我开始觉得和他一起住没有半点安全感，更别说可以依赖和互相照应了。

陌生关系却不舍得分开

不知从何时开始，他完完全全变成陌生人，在我们得来不易的两年的婚姻基础上留下永不磨灭的烙印。

既然缘分已尽，我还继续这种关系干吗？何必再浪费光阴呢？分开似乎是大家都不愿意接受的事实，却可能是唯一的出路。与其再拖拖拉拉，何不洒脱地分开？或许，我应主动离去，对他是一种解脱，而他的离去对我也是一个重生的机会。

可是，就这样结束我俩的故事，岂不太可惜？我怕接受不了。我把最青春、最宝贵的人生为他奉献了，我让他参与了我人生中最美好的记忆。

我为了可以和他一起，努力工作和储蓄，没有运动，没有娱乐，没有朋友。我的生活变得沉闷无比，却可悲地无法从最爱的伴侣身上找到半点慰藉。生命如此，到底为何？我发现我的人生不知从何时起早已停顿了，一点意义也没有。镜子里是个不起眼、不快乐、脸色不好的平凡女人，我不知道我是谁，该往哪里去。

和他分开的话，他肯定会赞成，我想他大抵怕我太受伤，所以一直不敢开口吧！他已找到他的新天地，我是多余的。这样想来更心酸。我该怎样做，才能从容面对这样的关系，找回生命的归依呢？

素黑剖析

他变了，他不再是以前的他了。我对他依然没变，是我很蠢吗？

失恋的时候，我们或多或少都说过类似的话：一切都在于他变了，不在我。是他导致这段关系的破裂。这样对自己说了，会好过一点！

Michelle要求做治疗，我为她做，条件是要求她不要为了忘记他，让他从生命中、记忆里消失。“治疗不是谋杀，而是寻回失落的快乐。偏偏强行忘记却带来更大的痛苦。”她最初不明白，却因为信任我，也急于抓住“寻找治疗”的强烈需要，便一口应承了：“顾不了那么多，你教我如何好过便行了。”

她的问题是觉得自己付出太多，为了这段情，背弃了朋友和家人，而他最终却讽刺地变了。她视自己为牺牲者，孤独且无力地爱着一个独善其身、不再关心自己、只顾寻找自己灵性新世界的绝情人。可是，关系的终结单单源于他变了吗？有没有想过，是自己没有改变的对比下，才凸显了对方的大变?

丈夫只爱活在自己的空间里，无意让她进入他的孤独世界。关于这点，我想多说一点。我虽然并不认识她的丈夫，不过也许明白他的处境。先不要从道德上判断他是不是好男人，我们没有资格判断其他人，即使对方是自己的另一半。**生命原是独立的，虽然跟其他人有关联，却不构成必然被人分享的理由。生命是孤独的，但并不一定寂寞。**孤独是自足的，寂寞却是难为自己！人需要独立的空间面对自己，这是人性，不是自闭或自私。关系一直和这个本性抵触，所以，我们总以为有权进入别人的世界，甚至以一个配偶的霸权身份要求对方打开心窗，让自己闯入，当作落脚点。从来只是自己空虚，想找个依赖而已，跟爱没有关系。

进入别人的国度这个要求，其实也可以是一种暴力。

沟通并不必然等同于可以对话和理解，或者分享思想、感觉、空间或财产。沟通只是一种生活模式，还有其他。Michelle一心以为只有进入爱人的世界才觉得不再孤独，却讽刺地为自己制造最难耐的寂寞。为所爱保留空间，便是为这段关系留有余地。分手也许不坏，更重要的是开放自己的迷执，才算是重生。

爱人为何歇斯底里地要洗心革面、改变自己呢？是他对停下来的自己感到无奈，也看不到二人关系有出路，宁愿勇敢狠心豁出去，牺牲的可能是一段得来不易的恋情，赚回来的是活着的力量和方向。Michelle看不到这个扭转命运的重点，只着眼于埋怨和要求，感到更寂寞孤独。

Michelle在治疗过程中，安然感受到孤独和内在的力量，看到爱人的真心，多年来再次尝试为爱人设想一下，代入对方的际遇想一想。从此她变得谦逊了，擦了泪，终于肯说句：“明白了，他有他的路。不要勉强。”

爱应该悠然自得

观照自己的感情，有多少是豁达的、纯粹的、不问得失、悠然自得的爱，又有多少是自我迷执、不肯放过自己的孽缘？放得下，爱才真正活出来。

Case 5. 分手不一定是坏事

| Jean | 29岁 | 翻译员 |

以为抵达恋爱终点

T是我第N个男朋友，也是我最爱的一个。

不过，命运总有捉弄人的恶习。我们最爱的人，未必就是自己最后的归宿。虽然以前我也谈过几次恋爱，有用过情的、动过情的、迷糊恋上的、好胜恋上的，组都没有认真费神、沁心入髓地付出和伤痛过。直至T，我开始相信缘分，感到人原来是多么无助和渺小。

T不是俊男，没有吸引人的外表，但有颗用情的心，很重感情，很认真，对爱情从不儿戏。我喜欢这样的男人，因为我也是这样的人，容易动情，融在爱情的怀抱里可以忘记时间，完全享受。他从一开始和我恋爱时，便向我坦白过去的恋爱历史，和谁谈过，和谁有过亲密关系，为什么会分手，现在没有女朋友。他的坦白令我更爱他，觉得这个男人就是我等了二十多年，辗转爱情路上的终点。

从没有一刻那么冲动，希望和这个男人结婚，生孩子。他是我的灵魂，牵动着我的思绪。他的方向就是我的方向。我没有这样爱过一个男人，我分不清楚这是盲目还是正常的想法。我只知道，没有他，我的世界会变回灰暗，我将不可能再爱。

和他在一起的日子，是我一生获得的最美好的恩赐。他对我体贴入微，连我不以为然的生活细节，他也会照顾周到，比女性更细腻、更温柔，比母亲更懂得爱和包容。啊！这样的男人，我哪生修到能遇上并拥有?

从没有珍惜过哪个男人像珍惜他一样不顾一切、义无反顾。我几乎每一刻都是感谢。我没有宗教信仰，但是因为他的存在，我感到神在眷顾我，我会走进教堂祈祷，感谢神的恩赐。他笑我傻，把我怜爱地拥进怀里。我们就在神圣的教堂里神圣地热吻。

他的初恋回来了

没有人有能力预测到我和T的因缘会是这样结束的。我无法接受，换作任何人，我相信也无法接受。我们相爱，可是，我们之间居然还有更深刻、更伟大、更惊心动魄的爱情，把我们的关系反转。这点，我连想也没想过。也许是我粗心大意，也许是我被爱冲昏了头脑，低估了他之前一段似了未了的恋爱史。我以为，时间是最好的治疗，他已经从过去痊愈，他的伤口已经被我们的爱缝合上。谁知，不，他的弱点偏偏是多情和留情。鬼使神差，我最不想看到的命运竟然向我们的热恋下毒手。天！原来，天没有天理，神并不存在。

T因为不能再回避对初恋的钟爱，在她重现眼前要求复合的刹那，他已经沦陷了。他的恋爱城堡居然能这么容易失守，在我最信任他和我之间牢不可破的感情时。我对他是多么失望。当初他和初恋分开是因为对方要冷静一下，在与另一个女人的三角关系中抉择不了。他的初恋是个双性恋者，她同时爱上他和另一个她。他们的故事，据T的描述，是那么曲折离奇和哀怨缠绵。我没有兴趣听故事，尤其是在这种时候听这种不知所谓的变态故事！总之，她最后一个人去了巴黎念书，留下他和那个女人互斗等待她归来。

这样残忍的故事，他在最初坦白时没有交代清楚，所以我没料到他到今天还在守候她，暗暗苦恋她。我怪他欺骗我，我怪他没良心，他一一承认，也是对我最残忍的坦白。我宁愿他不承认，那么我还有痛恨他、向他讨价还价的余地。现在，他的去意是那么明确和决绝，他连一点商讨的空间也不给我留。我的处境是多么无助和绝望！我本来有很美好的一切，现在被最爱的人一手捏碎，顿时变得无依无靠，生不如死。

他居然能如此决绝

他最终决定返回自己的初恋那里去，前后不到一星期。我为此感到很讶异。我以为的我们深刻的感情基础，竟然是如此脆弱，可以在一星期被完全否定和摧毁！到底，我们的过去是否虚梦一场？他对我的爱是否只是骗局？他能这样狠心地抛弃我，迫不及待地扑回等了一个世纪的初恋的身边，我可以想象，他们当初的爱情，可能远比我现在以为和他已经倾国倾城的爱更轰轰烈烈。坦白讲，我无法想象到底可以是怎样的爱，怎样的关系。我没有经验，我感到很讽刺。我无法了解他们的爱情，所以，我无法明白为什么会输。

T终于抛弃了我。没有人可以想象，当时我的心是何等破碎，何等受伤。

和他分手的一刻，我还在想，既然这一生不能与他一起，生不如死，那就干脆寻死算了。想过死，但没有多余的气力认真计划怎样死、何时死。我完完全全失落在被抛弃的黑洞里，什么也不能做、不能想。那是一个一切都停顿的时空，我在里面丧失了所有的细胞。

那个时候，我一直在想，我对他的心永远不变，他是我不能失去的爱人。除了他以外，我不可能再爱，我已经把所有的爱献给他了。而他的离去，把我全部的爱也掏走了。

我动用剩余的、唯一能蠕动的气力去恳求他不要这样对我，我甚至连尊严也不顾，对他说不介意做他的第二位情人，只求他给我时间，别把我马上甩掉，我受不了，我会活不下去。我只求他不要对我这样狠，就念在我们曾经非常亲密的关系上。

他的反应，你也可以想象！他是何等坚决地和我分手，连一点余地和面子也不给我留。我看到他对我无助的眼神，他也有他的绝境。他说："我和你一样，没有她我也会死掉。难道我们应该这样一起牺牲吗？请帮帮我，让我离开。"

是我把爱爱坏了

我还能怎样呢？相识三年，深爱一世，叫我怎能放下？为此我的精神几乎崩溃，不能工作，不能吃喝，脑海里每秒钟都是他的影子。结果，我需要看精神科医生，吃抗抑郁药，学习放松。可是，我还是继续沉沦，一蹶不振，活像行尸走肉，什么治疗都是徒然的。他回来才是最有效的治疗。

我的情况他是知道的，他居然无动于衷。我在想：假如我是他，我也会这样不闻不问、决绝地分手吗？我能这样残忍吗？直到那天，我把我的过去写给你，请你给我意见和治疗，我才顿悟，真的峰回路转。我读了你向我建议的书，实在有点惊讶。我开始发现，和他分手并不一定是坏事，原来，我所谓的爱，是多么局促和令人窒息。是我把爱爱坏了。

我的爱里忽略了最重要的东西：自由。我是多么感谢，生命里有爱是多么幸福，也是你教我，爱是要感谢的。我尝试了很久，才能向T说句感谢。没有他，我相信我还没有体验到生命真正的意义和爱的真正价值。我不该用我的爱捆缚T，让他离开，才是我和他真正恋爱的开始。

素黑剖析

Jean三个月前写了很长很长的信给我，向我求助。那时她说要崩溃了，想自杀，不想再吃药，也无法救活自己了，生命已无法挤出任何意义来。

她不肯见任何人，甚至不想让我见到她。她说：“我宁愿躲起来死掉，但是，假如还有别的可能的话，我还是愿意听你的，请你给我一点指示。”

曾经也试过遥距做情绪治疗，只要有爱和创意，见面不一定是最有效的治疗方法。就这样，我没有见她，只通电话和电邮，在话筒里催眠客户还是第一次。也该感谢我对情绪和感情天生的敏锐触觉，掌握她的致命伤，抓住她最大的执着，就在那儿无声无形地“开刀”，把“毒瘤”徐徐送走。

这次疗程并不容易，但比我预期的成功。情绪最恶劣的客户，自我保护机制反而最软弱，最没有反抗能力，最愿意接受指示，开发自己已经一无所有的内心，毫无保留。她最大的问题是看不到自己痴爱的盲点，只看到由自我中心出发的所谓真正的爱情。

假如爱只是从自我中心出发，那很多时候都只是一种假象，一种由自己虚构出来的感觉，和诸多要求的关系。我们都喜欢做爱情的建筑师，却忘记了建筑物里住客的感受和真正需要。

Jean最放不下的不是她的男友，而是宣称自己毕生最爱的信念，和不能失去的执着。大部分失恋者的疼痛，便是患上这种惊世内伤，痛不欲生。

原来，**我们容易借爱人的存在，养活一个不想失去爱的信念，借此以为可以拥有永恒的爱，缔造生命的永恒**。所以，不能承受对方出卖自己这份信念的感觉，一时走不出自己设下的思想陷阱，宁愿以死逃避，便是这种爱的命运和收场。

依靠过，领悟到，便要放弃，独自上路，转化领悟为爱的智慧，能悟出爱的真谛，把它的力量发放出来，感染自己和别人。这样的话，还要向曾经开启过自己心灵的尊者、治疗师、神灵、导师等说："再见，我一个人上路便行了。"这样才算是真正悟道，瞥见光。

离不开的，还没有看见。

观照自己的感情，有多少是豁达的、纯粹的、不问得失、悠然自得的爱，又有多少是自我迷执、不肯放过自己的孽缘？**放得下，爱才真正活出来。**

你能放得下我这本书，才算读懂我。

从悲伤中瞥见爱

遇到过最伤的痛，对爱会更敏感。当最痛的感觉也经历过了，蓦然发现，什么也不需要再害怕。

Case 6. 被男友强迫堕胎

| 利亚 | 26岁 | 行政主任 |

男友未准备好做爸爸

我是个传统的女性，自小受父母影响，认为女人要结婚生子，这样才算是幸福，人生才算完整。我以这点为大前提恋爱，初恋失败，因为对方并不想结婚，甚至已计划移民。第二次恋爱便是和现在的E。

E最初给我的印象是个好男人，照顾女朋友很周到，我估计他会是个很好的丈夫，将来也应该是个好爸爸。可是，原来我想错了。他在追求我时很认真和专一，一旦追到手后便原形毕露，原来他是个花心汉，到处拈花惹草，可是，我已经动了情，覆水难收。这也是我最大的弱点，也许是因为他看中了我的弱点，所以才和我在一起吧！我对他的了解还不足够。

是我太单纯吧！

E一直不想结婚，我只有迁就他，因为经济不景气，我也不想在这些繁文缛节上太勉强他。不过我一直很想生孩子，一想到这里，便感到不安，真不想孩子没有名分。我的年纪已经不小了，不想将来和孩子有太大的代沟。可惜，当我和E商量的时候，他竟然态度坚决地说不想要孩子，因为他还未准备好做爸爸。

我的心很沉重，不知该怎么办，不明白他说未准备好是什么意思。他到底是否喜欢孩子呢？我开始很担心，万一他一直坚持不愿意生孩子的话，那我该怎么办？原来我所拣选的男人根本不想要孩子。

如果我坚持生孩子的话，他必定会反对，我也不想生一个没有爸爸的孩子。况且，假如我发誓要生育的话，除了和他分手外，似乎没有其他办法了。但这样的话，我又不舍得。毕竟他是我的最爱，我和他已经恋爱六年了。恋爱初期我们都没有谈论过此事，大概是我们的感情一直没有稳定下来吧！他一直有很多女朋友，我守了六年，才算把他固定下来。他也答应我不会再去找其他女子的。不幸的是，我们在生孩子的问题上一直不能谈拢。

意外怀孕，心情七上八下

可是，更不幸的事发生了。我们一直有正常的性生活，虽然我们都有避孕措施，不过他心情不好时会粗暴地要和我做，我见状也不方便要求他戴套，结果去年年底我发现竟意外怀孕了。

知道怀孕后我高兴得要命！多少次梦回，便是看到这个好消息的惊喜时刻。我多么希望自己快点成为妈妈，成为可爱小孩的好妈妈，为他们付出我的一切爱和关怀。不过，兴奋过后，我顿时感到很害怕。我怕E知道后会反目，他不是一直不希望我怀孕吗？现在事成了，他会不会以为我故意瞒着他受孕来威胁他要求结婚呢？他是个会这样想的男人，他永远不会反省是自己没有戴套造成的后果，他会将所有责任推到我身上的。

我不敢告诉他，也没有告诉任何人。我的心情七上八下，不告诉他，我更不知如何处理。我想过很多解决办法，可就是没有最理想的结论。结果，我迫不得已告诉了他，谁知他马上大发雷霆，说无论如何不能要孩子，要不干脆分手，也不会认孩子。

天，这个男人到底知不知道他正在说什么？没想到他是这么不负责任、残忍的魔鬼。他不想要孩子我可以理解，但他宁愿分手也不会认孩子这点，我接受不了。有情有义的人绝不会说出这样的话。我感到很受伤。为什么他会这样痛恨自己的亲生骨肉呢？难道他根本就不爱我？

他竟强迫我做人流

更没想到还发生了更可怖的事情。一天，E竟然强迫我把孩子打掉，说不然的话他将马上离开我。他还骗我说生孩子的事再过一两年吧，因为他现在还没有充足的经济能力，他也不想孩子成长中有什么不足。

可是，我开始不再相信他了。自从他说出那些绝情的话后，我算是看透了这个男人。不是已怀了孩子的话，我甚至想过是不是应该和他分手。但是，为了孩子，为了我们在一起的六年感情，我求他不要太绝情，我说钱不是最大的问题，我自己的收入也足以养活孩子。

他反目了，说无论怎样也不准我生下流着他血液的孩子。他到底是怎么了？我和这个男人相处了六年，竟没有发现他真正的为人。他到底为什么这么抗拒留住自己的骨肉呢？是有什么不可告人的秘密，还是他老早有某些不正常的童年阴影，令他无法接受生孩子这回事呢？

我也疯了，没有余力发掘他的心理问题。我只想保住孩子，我甚至说宁愿自己生下自己养，没有爸爸就算了。不过他还是坚决不许，说孩子他有份，不能让我独自决定生下来。他有权，我没话说。我就是不够强硬，后来才知道我有权决定生或不生，孩子在我的肚子里。我没有女权意识，我只是个平凡的、喜欢孩子的女子。

他开始用软功，向我解释独自承担抚养孩子的不智。他问我如何面对将来做单亲妈妈的压力，这个社会对单亲家庭很歧视，孩子将来上学会被同学取笑没有爸爸宠。而现在经济形势那么差，万一我被裁掉了，本来一个人挨饿便会变成双份，怎样算也是亏待了孩子。一想到孩子将可能因为我而受苦，我便忍不住哭了，无助到极点。他说得对，我没有能力养大孩子。

该死的应该是我

E就是太了解我的个性了，三言两语便说服了我，安排我到医院做人流手术。他表现得出奇地殷勤，我以为他最终是为我们好，我以为他还有人性和爱心。我想，好吧！生孩子的事他说过等一两年，那就等吧！最后，我被他送到医院去，他在外边等我做手术，因为他在外边，我很安心。手术做完后，他马上冲进来确定手术是否成功了，我看到他舒了一口气的样子，这一刹那我才知道被骗了。他说出外买东西给我吃，还未问我身体怎样、痛不痛，便转头跑掉了。这是我最后一次见到他。

我躺在床上哭了很久，为刚才医生把孩子的胚胎拿给我看而难过。我感到自己是个罪人，我将永远饱受杀掉孩子受诅咒的痛苦。“是妈妈不好，孩子，对不起，我不该听你爸爸的话。我真不该。”我的情绪很不稳定，医生给我打镇静剂，我才沉沉睡了。

我真想一睡不醒。出院时我知道E已走了，连医药费也没有分担便走了。我痛苦地结了账，走到阳光灿烂的街上，感到该被杀掉的是我，而不应是无辜的孩子。早知道他骗我，我就是拼了命也要保住孩子。他是存心抛弃我，不想再为我希望生孩子的事而烦恼。他根本不想要孩子。那他为什么不让我生孩子呢?

打掉孩子后，我一直饱受人流后遗症的折磨，失去了生命的支柱。而他，居然离开了我，连一句对不起也省掉，仿佛整件事都是我自讨苦吃，他才是受害者一样。请教我如何活下去，为这致命的不幸做一点补赎。

素黑剖析

利亚确实不幸，被男友强迫人流后，在没有得到半点安慰的情况下，竟被狠狠地抛弃，身心受到极大煎熬。过往也有过一些类似经历的治疗客户，她们因为无法接受自己打掉过孩子的事实，有些经常做梦梦到自己的孩子在哭，有些常常觉得自己杀了人，几乎寻短见，有些导致严重的精神困扰，被家人送到精神病院去。

幸好，利亚还算懂得照顾自己，没有为此伤害自己，还可理性面对，虽然情绪也不可避免地受到极大的困扰。她问我应该如何重振自信，重新做人，要我教她如何忘记这段关系和这个绝情的男人。

绝情的是人家，留情的是自己。这样的恋爱很悲哀。

不过，**我们可以做的，是从悲伤中瞥见爱**。

很难啊，是的，很难。不过，不这样的话，会更难受啊!

正面一点面对，化难为从容，不是不可能的。**遇到过最伤的痛，对爱会更敏感。当最痛的感觉也经历过了，蓦然发现，什么也不需要再害怕。生命变得前所未有地安静，这一刻，最易瞥见爱的曙光**。有些受过战火或者沉重伤害的人，到头来，反而更热爱生命，更懂得爱情，更积极热衷于帮助同病相怜的人。经历过人流，更觉生命可贵，原来人有机会长大，已经是福。

我让利亚在潜意识启动下看到一个情景：她回到小孩子的年代，开开心心地向母亲说再见，是她上学的第一天。她后来告诉我，她和一般孩子很不一样，别的孩子上幼儿园的第一天总是哭得死去活来，不舍得离开爸妈，她却怀着兴奋的心情，高高兴兴地向校门外的妈妈挥手说再见。而她的第一天学校生涯，记忆中也是很快乐很快乐的。

若不是接受了催眠治疗，她也早已忘记了这段童年往事。她不明白为什么重伤的今天，在生死攸关的治疗中，无故见到那个时候的自己。我说：**“你的孩子就是你自己。”**

潜意识有为自己修补伤口的能力，我们却总是忽略这点。在极度的悲恸中，潜意识找到最好的治疗，提醒利亚她向母亲高兴地说再见的往事。孩子对母亲原来最温柔，也最善解人意。孩子不想让妈妈担心，所以高兴地挥手说再见，要妈妈珍重，他在自己的世界里会过得很快乐。

原来，孩子比母亲还懂得用爱体谅。

不要为孩子的离去而难过。他有自己要去的地方，这世界并不适合他。理性地想想：父亲是个无情汉，抛弃自己和母亲，而母亲又终日负着伤口，内疚于没有让孩子拥有幸福温暖，没有在父母宠爱的家庭中成长，孩子没有感到快乐，家庭对孩子太沉重了。

学会放开自己，才有力量施与爱。利亚的男友是可怜的，他在逃避自己的责任和感情，还有那压抑多年、对生命怀着抗拒的心理阴影。能够这样决绝地抛弃自己的孩子，连商量的余地也没有，想必他的内心世界和经年遭遇，一定也有不少受伤的历史。当然，利亚没有必要设想他可能也是受害者而同情他。值得同情的人自会得到同情，你是明白我的意思的。

重振自己，是转化悲伤为生命力量的钥匙。不要放弃。

爱情是假，依赖才是真

爱情并不是牺牲和臣服，这是很多女人犯的错误。为了爱情愿意付出一切，连最珍贵的尊严也愿意放弃，然后，她们得到的通常不是对方的爱，而是一无所有。

Case 7. 怀了失踪男友的孩子

| 小美 | 28岁 | 行政经理 |

男友早有失踪记录

我真的不知怎么办了，男朋友在两个月前突然失踪，而我不幸发现已有两个月身孕。

他到底会不会回来呢？以前他也做过类似这样一声不响玩失踪的事，那次我们为了很小的事吵起来，第二天他便跑掉了。那是半年前的事。而这次，老实说我也不知道为什么他会跑掉，是因为我不好吗？上次以后我已经特别迁就他，小心地不再触怒他，为什么他还是要离开呢？真急得要命！

我和他已经在一起两年，他的条件比我优越，事业很有前途。职位好，收入好，我很羡慕他，也很仰慕他。他之前也有过不少女朋友，我想我算是他条件最差的女朋友吧！为此我感到颇自卑，也因此常常担心他最终有一天会离开我。

我和他同居已经一年多，房子是他出钱租的，他有的是钱，有的是对女人的兴趣。自从和他在一起后，我的生活品质提升了。我的收入也不算少，却不足以让我租得起万元的房子，也没有私家车接送。现在他让我享受到中上生活水平的舒适，我也养成了富裕人家的惰性。

我是个实际的女人，我也希望能找个有钱的男人嫁给他，希望下半生衣食无忧，最理想的是不用工作，平日逛街扮靓过日子。你可以瞧不起我，但我只是说出很多女人的心底话罢了！其实我早知道他除了我之外还有一个很亲密的女朋友，大概也租了房子给她，每星期到那里一两天吧！我知道这些，因为他是个不擅于保密，也不懂得隐藏的男人。不懂得说谎的男人，对女人的毁灭性却大得很。我觉得是他不重视我俩的关系，所以他才肆无忌惮地让我知道，没有觉得应有保护我感受的需要。

我没有被他包养

他虽然有钱，但和他在一起后，他除了房租外，什么也不供给我。我开始觉得后悔，原来他并非慷慨的男人，也非我下半生的唯一依靠。但事到如今，我也没话说。虽说我是个实际的女人，但对他已培养出了感情，又不是可以决绝地说分便分，就因为他没有给我家用，不肯养我。况且，我也有不错的收入，只要他还对我好，我是不便计较那么多的。

习惯可以改变一个女人，而我就是这种女人。和他在一起后，我的生活安稳，他没有常常在家，我反而感到更自由，更享受生活。他虽花心，但只要回家，便很宠我，对我很细心，百依百顺。我明白他这种男人，为什么会有那么多女人肯为他死心塌地。他肯听我说话，不嫌我烦，又听我絮叨家中大小事务，和在单位里受气的详情。他没有很用心听，但男人肯听，已经是女人的奢侈了。我习惯了见面时依赖他，向他献殷勤。知道他会来的日子，我主动打扮，刻意要给他留下美好的印象，送上熏香的身体。女人最懂得利用自己的身体，留住不羁的男人。这点，我自问也算是成功女人。

很多朋友对我说，以我的条件，根本犯不着要依靠男人，或和其他女人分享一个男人，我没有必要过着情妇式的日子。但她们都不明白，有这样的男朋友反而能享受更自由的生活。我付生活费，他付租金，也不算是被他包养，我还拥有独立自主的尊严。

他又搭上另一个女子

我以为日子一直这样过下去，已感到满足了。我不一定需要婚姻，既然还没有遇上有钱男人肯养我一世，我也不介意以这样半被照顾的形式活下去。

可是，他始终是个心野的男人，他能搭上不同的女人，他对女人的欲望没完没了。我常想，即使他没有钱，他也有办法把很多女人弄到手。这是他的命。而我，也许是太被动了，守而不攻，最后还是失去整个城堡。

半年前，他回家开始少了。他说工作变忙了，经常要出差，又要熬夜，不想回来吵醒已睡的我。表面上是为我好，可是我懂得阅读他说的话。他的言外之意是：以后我不再常常来了，因为搭上了另一个女人，也租了房子，太多住家住不完啊！我的心情沉了下来，他看穿我在想什么，不住逗我开心，又送上很好很温柔的热吻，是那种会让女人觉得自己是全世界最幸福的女人的吻。

我开始搜集那个新女人的资料，可是，出奇地少，看来他对这个女人真是另眼相看，保护有加。为此我感到很不开心，曾经想过两个解决方案：一是自动离场，自力更生，积极寻找更合适的男人；二是努力挽回他对我的爱，从众多女人手中夺回他，让自己成为不败的女人。

可是，天生不擅于玩手段的我，怎能把他夺回来呢？更何况，他看上的女人都是出色的女人，我只是微小的经理角色，满街俯拾即是的OL，他的女人起码是女强人级别，我望尘莫及。

我知道，自卑是我的死症。我最后输给了自己自卑的性格。

太迟怀孕，已失去他

我想过另一个方法留住他，就是让自己怀孕。他是喜欢孩子的男人，我知道他起码已有一个私生女儿。我也要为他生孩子，那他便有责任照顾我一世。可是，我就是一直怕他怪我不避孕，他说过在他决定结婚时，才肯让孩子出生。我太单纯了，以为一切依他的心意便会令他更宠我，更喜欢我。结果，我的如意算盘打错了。

半年前，他突然失踪了一个月，没有任何方法能找到他。事后他再次出现，马马虎虎解释去出差了，我却觉得他是被另一个女人俘虏后又抛弃了，才肯回来的。那个女人，我知道是个厉害的角色。

可是，此次他无故又失踪，已经两个月了，公司找不到他，是他刻意保密吧！而我的房租已经欠了两个月，迫于无奈，我硬着头皮交了一个月，开始感到危机：他若再不回来，那我便要被迫搬迁。我不想沦落到如此地步，更何况，我是个已怀孕的女人。

他真的不见了，我很担心，希望他会回来，最大的问题是我不知如何处理腹中的胎儿。没有他的话，我要孩子干吗？更讽刺的是，我原本打算用孩子做筹码缚住他的心，谁知，偏偏在他失踪后我才发现有了孩子，真是人算不如天算。

这次出走，大概是跟女人旅行去了，或者是因为我两个月前稍稍埋怨过他回家吃饭太少？真的很后悔说了那番话。我只是想多和他在一起罢了！

他会回来吗？他还爱我吗？我很害怕最后变得一无所有。最不想发生的事情是怀着肚里的“包袱”，连同大小包袱搬离豪宅。我不想做落难的女人。

他还不出现的话，胎儿是等不了了，我也得为打掉孩子打算一下。我不能把孩子生下来，然后待他长大后对他说对不起，我不知你的父亲到哪里去了。我也不能对朋友说，不知道孩子的父亲是生是死。

请给我指示，我该怎么办才好？

素黑剖析

小美活得不像人，只能形容是像奴隶一样的微生物，在根本不尊重她的男人身上长了根。这确实是很不幸的事情。

小美已不是小女孩了，思想却像个十来岁初恋、不知如何是好的女孩子，依赖男朋友提供的方便和安逸，又自觉渺小自卑，不懂得进取，不论在事业还是爱情上皆是。他什么都是完美的，连他其他的女朋友也是完美的，自己什么都是愚蠢的，把自己无辜地比下去。

小美的世界是多么被动，像扯线娃娃一样失去了自主的骨骼，却错误地依赖一个不负责任，利用她多于照顾她的男人。这个男人根本不是小美心目中的英雄，他对她难以用爱这个字形容。小美这样为他死心塌地，只会造成很大的创伤。首先，她已经怀孕了，孩子将来有没有肯负责任的爸爸还是未知数。其次，他的消失令她感到无助，生活一下子崩溃了，还有被迫搬迁的危机。搬家并不是问题，她其实有不错的收入，养活自己绰绰有余。问题是，她要从代表光荣和幸福的豪宅搬出来的话，更强化了她是个小角色，是个随时被人抛弃的小女人。她只会肯定自己是个失败者，而看不到男朋友消失对她的生命可以产生的正面暗示。

生命不是为别人而活的，更不能为了别人而放弃自主的权利。

爱情并不是牺牲和臣服，这是很多女人犯的错误。为了爱情愿意付出一切，连最珍贵的尊严也愿意放弃，然后，她们得到的通常不是对方的爱，而是一无所有。人要活得独立和自重，才有力量和能力去爱，去付出。小美只是盲目地为不爱自己的男人付出，怕失去，让惰性战胜自己，逃避面对真实，逃避他根本不爱自己的现实。

“那我的孩子怎么办？我等不了。我怕面对他。”

对亲生骨肉没有感情，可见她对这段关系的信心已跌至零。其实，她老早就知道，这个男人并不能依赖，他不能钟情于她。当所爱的人离开了，连他的孩子也想放弃，那可以反映一件事：小美对男朋友的所谓爱，其实也不外如是。爱是假的，依赖才是真的。小美的理想男人，只是能让她感到安逸，不用让她为生活烦忧，为没有人陪伴而发愁的工具而已。爱，不要随便说出口。

“啊！我没有爱过他？我不知道，总之我害怕把孩子生出来后他不认账，那我宁愿不要他。”

醒来啊，他回不回来也没关系，应冷静想想怎样处理胎儿，和自己未来的路。学习独立，对自己的生命负责吧！她别无选择！应该先把男朋友搁在一旁，眼前重要的只有自己和腹中的孩子。生命走到这一步，眼前该有哪条路，是时候独立地解决，做回自己的主人，为自己好好打算了。现实就是摆在眼前的现实，没有害怕和退却的借口。

面对和适应比了解更重要

人的内心其实很复杂，没有人能彻底了解自己，更别说别人。正面的人会学习适应、面对和接受自己，而不是寻求百分百的了解。

Case 8. 你未经历过，怎会明白我？

| Echo | 29岁 | 自由职业者 |

我到底做错了什么？为何天要跟我作对呢？我没有害过人，爱过的倒有不少，可他们总是以怨报德。

我常记起前男友对我狠狠说过的话："别以为你还年轻有点身材，我便会爱你！"他骗财骗色，然后把我一脚踢走，却不时打电话要求做爱，说我很美丽。我已尽心尽力去爱他，结果还是这样。

离开他以后我便患了抑郁症，到心理健康中心医了一阵子，钱花了很多，治疗师只冷冷地说："你有点蠢吧，很难医得好。"看到她脸像警官一样严肃，没感情，心就沉下来了，觉得自己很可怜，连医师也是铁石心肠，世上还有好人吗？我还有什么希望呢？

在恶劣情绪的影响下，我的工作表现大不如前。刚好碰上新来的领导，她是那种过了40岁还未嫁出去的变态婆，尖酸刻薄，对我说：“你不觉得这样下去迟早会被调职吗？”然后，是我所谓的最好朋友的话：“真不明白你，为什么还没有找到男朋友，又不愿意相亲，你是想一辈子孤单一人过吗？我可不能陪你一辈子啊，有时有你这种朋友也挺累的。”

还有比我际遇更差的人吗？

我自小便相信一件事：我是个不受欢迎的人，我的生命是多余的。很多朋友都好心劝我说，其实我的际遇并不很差，是我自己想多了。唉，我只能说，你不是我，怎会明白我呢？针没刺中你，你怎知痛？回看跟我同龄的同学们，都各自组成了家庭，有了孩子，生活无忧，而我却一个人在痛苦的边缘打滚。我每天都反复思考自己到底做错了什么，回忆那些令自己痛心的往事。不是我不想放下，而是不能放下，那是生命中不能磨灭的阴影，它将陪伴我终老，夺走我的青春。每天上班前看到镜子里的自己，心会打冷战。这就是我吗？为何我这么丑？不断重复的日子，生命还有意义吗？

剖析素黑

我们或多或少都说过或想过类似的话：你未经历过，怎会明白我？

不少女性容易合理化自己的不幸：情感受伤害，家庭矛盾没解决，工作得不到平衡，容易陷入自怜倾向，觉得自己好累，没人理解，活得真惨，没出路，不是没试过自救，就是欠运气，永远是人家求医会得救，轮到自己便不幸没效果。

她们甚至积极寻求治疗，却只是暗地里希望证实自己是不治的可怜虫，医师的话什么也听不进去，反过来不住地自言自语，替自己判症，自认为无可救药。

其实是过度以自我为中心的后果。临床经验告诉我，这是最难医的人，因为不是一般医术或心理医生能处理的，问题在于她们拒绝面对自己。

人的内心其实很复杂，没有人能彻底了解自己，更别说别人。正面的人会学习适应、面对和接受自己，而不是寻求百分百的了解。负面的人无能力面对复杂多变的内心世界，选择逃避，表面上却执着于了解和被了解。矛盾得可以。

加上偏爱重复坏记忆，惯性的负面思想令人迷失自己。这是典型的悲观心理，总觉得自己不行。你不明白我，因为你比我幸运，没受过我的苦。对，因为这是你的苦，抱住它你就是天下最孤独的可怜人。你甚至会合理化自己的想法和感受，逻辑在你脑袋里，没有沟通的余地。

人最大的敌人，便是自创私房逻辑和真理，你就是真相，你编写命运，你就是你。自圆其说之余又不忘找听众，借无人明白你的事实炮制孤独的宿

命。痛苦而满足，这样又一生了。舞台是你的，自编自导兼自演，抓一撮观众可怜自己，无人明白便是好戏。难怪成功的演员并不一定快乐。

现代文化好像很鼓励女性多自我发现，独立思考，关爱自己，但从心理、心性的角度来看，女性还没进化，常误解自己的内心。正因为知性水平高了，惯于过分思考，把问题理性化，用脑不用心，偏离了女性特有的原始阴性直觉，自我分裂，不同的自我各自寻找各自的需要：物质、感情、身材、名誉、家庭、快乐、减压，甚至鲜为人察觉和承认的痛苦。现代女性受经济变迁的巨大冲击，在学历、地位、财富上虽已踏出独立自主的第一步，可情感（emotion）上还停留在传统的被动方位，处于被爱、被照顾、被了解、被安排的次等位置，期待得到所谓女性的幸福。自信没有同时强大情感和自爱的力量，骨子里还是希望依赖，逃避需要面对自己的责任。结果，表面蛮自信，内里却脆弱。

我们总被无辜否定，被判断，不知还活下去干吗。但你并不可怜，最卑微的人也有活着的价值，没有人真正认识你、了解你，你无须认同别人，成为帮凶否定自己。连你也在自己身上找错处的话，你也中了自己思想的圈套。当人自信不足时，便会迷信自己的思想，介意别人的评价。拥有自信的人不在乎是否被了解或误解，只会先解除自己的固执。了解自己比等待人家明白你更重要。

学习自爱的第一步，便是懂得在适当的时候过滤负面的思想，巩固正面的想法。人生是个学习筛选所要和不要、更新自己的旅程。你才是自己的主人。

没有人能百分百了解自己真正想要什么，但我们需要看到自己的盲点，恰当地反省，而不盲目沉溺于自我否定的惯性。

你只想嫁给婚姻而非爱人

婚姻可以是女人的成就，在于你是否懂得选择对象，管理感情、爱情和事业，独立而依赖，相爱也自爱。

Case 9. 女人始终还是需要婚姻？

| Eve | 33岁 | 外企秘书 |

我是一个备受爱情折磨的女人，今年33岁，和老公认识十年，感情一直不好，六年前因为觉得女人27岁没结婚很丢脸和失败，即使已经感到不再爱他了，可是好歹也谈了几年，无法向亲友交代，背负食之无味、弃之可惜的心情登记结了婚。

房子我们合供，我要买的吊灯他不肯出钱买，结婚当天我们便大闹了一场。就这样一直吵吵闹闹到儿子一周岁，他对家务和孩子完全不管，我忍无可忍之下决定离婚。那是非常难过的日子，单身女人带着孩子怎么过活？人家会怎样看自己？他感到内疚，建议复婚，说是为了儿子，其实是为了自己的面子，受不住亲友指责他不负责任的压力。想了很久，决定

为了儿子复婚，可感情还是不好，一直分居，继续吵闹，重复一切，孽一场。准是前世欠了他。在复婚的日子里，和他一直没有沟通和交流，后悔复婚，却于事无补。

最近半年我爱上了一个老同学，我们交流得很深刻，而且有了亲密关系，在我以为可以再离婚跟他结婚开展新生活时，他却说我愈来愈像他的前妻，我不是他所需要的人，于是分手，我伤透了心。我知道我在精神和肉体上背叛了丈夫，感到很内疚，可我还是渴求美满的婚姻，我需要一个男人、一个家。我的年纪已不容许再等待爱情和奇迹了，我想再离婚，但看到儿子又心如刀绞。

生命中两个男人最后带给我的全是泪水和伤害，女人但求一段安稳的婚姻，偏偏他们无法成全我。我的身体也慢慢变差，想到可能无法为将来的男人生孩子，便更绝望。

我很羡慕拥有美满婚姻的女人，假如我再遇上一个愿意娶我的男人，我已不强求爱情和条件了，像我这样经历的女人还能谈条件吗？我想出走，重获自由，但这又不能解决问题，毕竟我没有勇气做超越世俗的事。

剖析 素黑

婚姻对女人来说到底意味着什么呢？不少三十多岁的单身“剩女”心里还是希望能拥有一段婚姻，只要男人的条件不是太差，不管有没有爱情，有没有感觉，还是想一偿心愿结婚生子，好歹也能向自己和亲友做个交代，做个“总算结过婚”的“完整”女人。

很多读者甚至写信给我，为了迟迟未婚的问题否定自己的存在价值，觉得女人没有经历过被求婚很丢脸，怕被指是问题女人、不祥女人。还有经历过婚姻失败，好不容易翻身重获自由的，却没有从旧关系中得到教训，使自己增值，又马上心痒痒的，跟岁月竞赛，要在还不至于太老前赶快再跳进婚姻里，为结而结，根本不计较感情和条件，失去方向，明知对象不理想还盲目再婚，结果愈来愈不安，被年月追赶到透不过气来，逆来顺受，暗自怨天。

像Eve的女人有很多，虽然学历不错，拥有独立条件，可以追求更优质的生活，偏偏委身于男人，迷信婚姻，放弃理性，在感情关系中纠缠多年，还是没找到出口，只是重复过往的感情要求，希望找个精神支柱，却没有先从自爱开始调整自己。结果再次碰钉子，再度受伤。所谓为了儿子而复婚，是逃避面对问题的借口而已，双方都是懦夫，借儿子遮掩自己的懦弱，和无法经营感情关系的无能，所以复婚只是表面的仪式，欠缺具体的改善关系的方案和行动，**以为付出自由便是对下一代负责任的补偿，这是幼稚和荒谬的尝试，一错再错的婚姻令全家都受罪。**

家庭成员若怀着负面的情绪和心态挤在一起，不可能建立幸福，这样的

婚姻关系只会自伤伤人，没有任何人获益。再加上对婚外情的蠢动，建立新情欲关系，一心只想找个新婚姻对象，没有自我进步，当然无法为新关系带来新刺激。重复依赖，重复盲目，造就重复的悲剧。只想依赖一个男人给你安全感，放弃独立面对生活、面对儿子、面对自己的将来，这样的女人绝对不讨好、不可爱，丧失魅力，只想嫁给婚姻，甚至不是男人或爱人。

女人到底是应该迷信婚姻还是需要婚姻呢？前者让女人流失精力，愈活愈衰老，失去一切养活婚姻和感情的营养，让人失去继续跟她相处的兴趣。后者让女人愈活愈年轻，为自己美丽，为爱情努力。**婚姻可以是女人的成就，在于你是否懂得选择对象，管理感情、爱情和事业，独立而依赖，相爱也自爱**。感情是培育幸福婚姻的关键基础，必须不断培养，不断更新，互动成长，这样的婚姻才叫人羡慕和嘉许，其他的，只是委曲求全的婚姻奴隶而已，得到一张纸，失去你一生。

婚姻是感性的开垦和理性的投资，不能怀着人买你买怕理亏的小女人跟风心态，结果变成大输家，怪得了谁？**自爱的女人会学习安排、计划和管理婚姻**。为了得到别人的认同而去结婚生子，是你的选择，不过后果自负，尤其是要向下一代负责任。

人只能活一世，别被岁月出卖自己，或许在50岁时遇到值得去爱的人，到时结婚也不迟。**一个女人是否幸福不取决于年龄和婚姻状况，而在于是否心态轻松，关爱自己**。不要再重复过往的路，**需要感情没有错，过分寄望于从恋人身上找到安定才是女人的困局。心安理得，永远靠自己达到，不靠别人**。

放下〇爱

男女都有隐瞒的基因

情欲面前两性是没有分别的。男人和女人在道德、欲望方面都喜欢隐瞒，逃避责任，延迟解决问题。

Case 10. 讨厌男友隐瞒出轨

| Sarah | 27岁 | 空姐 |

我不相信男人。

因为职业的关系，我需要长时间在空中工作，平时很难见到男朋友，只能靠电话和短信联络，每个月只能见面三四次，所以我不在他身边的日子，他到底背着我做了什么，我是不知道的。

他对我很好，我也很爱他，但是因为他的情史不光彩，所以我会查看他的邮箱和电话，却发现很难找到他完整的通讯记录。这令我更怀疑他，好端端的记录，他为什么那么谨慎，要细心地把记录删掉呢？我觉得他对我不忠。女人的直觉是很强的，最后我真的在他的包里搜到女人送他的礼物，发现了他跟以前的女友暗地交往。他却一直否认，还怨我多心小气，说那礼物是要送给我的，还反问我是否偷偷和其他男人在一起，所以先发制人。我大声说：“我光明正大，你却没种承认！”每次见面就这样没来由地大吵，真的没意思，很沮丧。

可是，我们的误会并没有证实他的清白。一次，我因航班改期提早回家，一推开门，不该看到的都看到了：他和她在我们的床上赤裸相拥。我气得把他们连人带衣赶出房子，永远让他不再回来。他出轨是我早就猜到的，就是不甘心他不承认。我马上找一直追求我的男人B，他是唯一能让我诉苦的男人，无可否认，我对他有一点好感。他也是空中服务员，我们经常在一起，他对我日久生情，我对他有情但不敢乱来，因为觉得他年轻，比我小，我们不会有乐观的将来。可是他能给我最好的安慰，会逗我、宠我，让我感到像公主。我告诉他，我恨男友的不忠，他有了我为何还要对其他女人存幻想，甚至瞒着我偷情呢？

B每次都在我伤心时抱住我，让我尽情哭，我幻想过他能成为我最方便的感情中转站，一想到男友那样对我，我甚至有报复的心理，想跟宠爱我的B上床。他能花，为什么我不能？其实我不一定受不了男友花心，但我希望他对我坦白，尊重我作为他的女人的感受。他事后还有脸来找我，我却不能原谅他，无法接受这个不诚实的低等男人。

素黑剖析

女人讨厌男人隐瞒自己有外遇。女人到底为何那么讨厌隐瞒不忠的男人呢?

因为，隐瞒是破坏爱情诚信的背叛，比不忠本身更难接受。女人执着于完美的爱，受不了男人还像孩童一样贪玩兼说谎。**男人最惹女人讨厌的不是花心，而是花心却没种承认，还要合理化自己的欲望，把女人的失望病态化。**

女人不满男人欲望太强，不肯承担责任，只想享齐人之福。其实最无法容忍的是两人之间的忠诚被毁了。从正面着眼的话，守诺是可贵的美德，在感情关系上，当某方无法守诺时，应交代一声，以示尊重，这是可贵的道德。**没有人能做到百分百的完美情人，但希望可以做到良性沟通，做个有承担、负责任和互相尊重的君子。**

越轨并不一定是坏事情。负面的原因可能是某方纵欲，正面的原因可能是互相了解而自然离异的结果。不论原因是什么，我们都有责任不要让对方还对自己抱存合理的信任，还继续为自己单方面付出，应让对方及早重估这段关系的可持续性，是不是应分开一下，是不是可放个感情的假。

我们能大方一点处理不忠的问题，别剥削对方吗?

其实男女都有隐瞒的坏习惯，像Sarah只责怪男友的不忠，却漠视自己同样也背着男友跟另一个男人发展暧昧关系，美其名曰光明正大的清白，但借感情脆弱贪取另一个男人的宠幸，其实也是对两个男人的瞒骗。让前者不知情，后者傻怀希望。女人工于心计从来比男人高明。

在隐瞒越轨的事情上，男女都会把问题推到对方身上，认为明知对方不接受，坦白只会惹麻烦。这可能是事实，但并不是隐瞒的借口。这是我们无能力管理感情关系的结果。选择隐瞒，选择欺骗，同时也选择贪婪，不希望让身边的对方离开自己，只怨为何不能同时拥有两段关系。

既然想花心，便得承担花心的后果。人总不能永远做一箭双雕的赢家。男人不敢面对惹怒女人的结果，不是为爱情，而是怕承担，想依赖，想扮演好人。原来男人比女人更难放弃伴侣，习惯于受女性照顾和呵护，让他们不敢轻易放走一个女人，或者说一个肉体、一点温存。女人跟男人一样贪恋不忠、多欲望。你怎样怨过男人，你也扪心自问自己是否真的不会犯，情操和人格是否真的比男人优越和高尚，还是女人心海底针，更贪恋的是你不是他?

情欲面前两性是没有分别的。男人和女人在道德、欲望方面都喜欢隐瞒，逃避责任，延迟解决问题。隐瞒是否定性的行为，也是双方沟通失误的问题。因为不愿意沟通，羞于坦白，只好逃避和隐瞒，不想面对。隐瞒助长消极的关系。

面对伴侣的不忠，假如对方肯放下面子承认所为，不妨大方一点接受，或爽快一点拒绝，选择离场，无人有权从道德上判断你的决定。**选择怨恨，死执不放，才是男女关系最大的孽障**。

生育不一定是女人的福乐

女人不要承担无法承担的，尤其是生育，必须对下一代负责任，而所谓负责任不是信口开河的道德，而是要有实力穷其一生实践的承诺。

Case 11. 留不住老公也要留胎儿

| Xiao Ling | 33岁 | 研究院助理 |

老天总在捉弄我。正当我欢天喜地地怀了宝宝时，不幸地发现先生有外遇，我陷入极度的混乱和无助中。

与先生相恋十年，其间两地分居居多，因为我好学，相信现代女人必须有高学历才有保障，说来也是为了这个家，希望能有更好的生活，所以一直在外地读博士学位。

可是，在我怀孕三个多月时，他告诉我发生了婚外情，那个女人是和他搭档做生意的，他说我现在给不了他想要的。他对我怨意很深，认为以前都是他为我牺牲，现在他只想做他想做的，他现在只觉得要追求自己想要的激情和事业。

他对我表示失望，埋怨我不体贴他，觉得我没能力处理好家庭和许多事情。我质问他感情没了也就算了，但也要对婚姻和孩子负责任啊。他说他对婚姻无法做出承诺，但认为孩子跟婚姻是两回事，所以孩子一定要生下来。

我陷入迷失的困局，不希望放弃孩子，我的年纪已大，应该生孩子，身体也不是很好，做人流对健康危害很大。但我和他的关系将如何处理？他其实已陷入困境，因这件事已被许多亲友知道，他正面临很大的压力。我不想在他烦乱时再去打扰他，但我不能不考虑孩子的将来，以及我要面对的压力。我的亲人要我拿定主意放弃孩子，多替自己考虑，但我还对婚姻抱有残存的希望。我知道我一直顾着学业没有安定下来，导致婚姻危机。现在我也无力弥补。我想孩子生下来，我们分开的可能性也很大，虽然他应该会爱孩子，却没有保证会养育他。他对我的怨意太深了，带着这样的罪感与他生活在一起，恐怕也很沉重。

他现在很自由，想回家就回家，不想回家就不回，也不愿意接我的电话。有时他还会发短信表示对我和孩子的关心，但他的心不在这里。虽然我极力想挽回这个家，但我真的没信心。他偶尔回来时也会显得很温存，但对家庭并未承担实际的责任，使我更加烦乱。我该怎么办？

素黑剖析

Xiao Ling的先生心已变，虽然他表面上爱孩子，但那并不是真心的爱，他只是良心上不希望因为贪欲和越轨的关系杀掉一条生命罢了。他不想做罪人，只能令妻子背负所有的罪。他不可能再爱妻子，却把搞坏了关系的罪名全推到妻子身上，自私的人是他不是她。她追求学问和理想而忽视了婚姻，这可能是破坏婚姻的原因，但这并不是破坏婚姻的唯一源头，他们之间缺乏沟通和深层的爱才是问题的元凶。

他丝毫不为妻子和下一代打算，只想把生育和养育的责任留给她，自己安享为人父亲的虚荣和尊重生命的虚伪，所以要她把孩子生下来，将来怎样以后再打算，或者他根本不想承担，或者他只想看事业是否如意，如意的话也不介意给她一点钱养孩子，不如意的话她便得承担一切。这个男人不值得她再去守候或存有幻想。他还厚着脸皮回家显温存，也只是他性欲的本能生理反应，别误会他还有爱和责任。

先生是个怎样的人是他的盲点和孽障，重要的是Xiao Ling要看到自己也有盲点，不要错下去。她在精神迷乱、爱无定向的状况下执意还要留住胎儿，其实非常不明智。虽然表面上选择流产的话也会影响身体，但要提醒她得想清楚：坏了身体是她一个人要负的责任，孩子生下来便是多一条生命的责任。生命一出来便不能回头，她将终生为其付出，负责任，提供爱和照顾。孩子是无辜的，她却无法保证一个幸福的家让他成长。有了孩子，她的将来要承担更多，她有能力承担吗？

强行生下孩子不只是Xiao Ling的盲点，也是很多女人的盲点：总觉得女人不生孩子会有缺陷，所以宁愿生育，不顾感情基础不稳固对孩子的负面影响。连自己都对爱和前景没信心，还要勉强把孩子生下来，这并非出于爱，只不过是为成全女人私自潜藏的欲望，日后难免因已付出很多之名，对孩子怀有不明智的过分期望，让孩子承受压力和痛苦。

女人不要承担无法承担的，尤其是生育，必须对下一代负责任，而所谓负责任不是信口开河的道德，而是要有实力穷其一生实践的承诺。这是真正的爱的承诺，不能儿戏，也不能一时冲动、感情用事。爱，从来都需要冷静和实力才能实现，不然，只不过是虚浮无力的口号。

反观国内一些博客，总有女孩执着生下前男友的孩子，可怕的是，赞成的网民还不少，认为这是女性独立和有勇气的表现。这些留言很不负责任，只求满足怂恿他人做出突破行动的快感，没有反观自身也有心理残缺，借故发泄多于有能力帮助别人看破迷执。

甚至也听闻有名女人说过自己给自己生个孩子，应是女人最该做的一件事情，是所有女人的梦想。假如她有财政能力和正面能量的话，这理想倒没问题，但对一般还对依靠男人存有幻想、无法独立自处的女生而言，这种说法容易误导她们只为好胜、满足自己才生育，这是非常幼稚且不负责任的思想。

女人能生育是有福的，但生育不一定是女人的福乐。年龄是女人的财产而非绊脚石。**先做个成熟自爱的女人，才有能力做个负责任的母亲。**

切勿否定自己的价值

面对丈夫因自卑而逞强地离开，女人可以做的不是希望他为你改变，重新专一对你，而是要找回自己的尊严。

Case 12. “三高”女人为何打不过小女人

| Sally | 35岁 | 公司高管 |

君子也有男人的弱点

15年恋情，10年婚姻，一生的承诺，没想到会在短短三个月间破灭。

和M结婚时，他说我们一定能一生一世在一起，他会照顾我，直到我嫌弃他为止，他会把他的所有和我分享。

很漂亮的话，我一生最大的错误，便是相信了这个从来不会说谎的男人。我一直以为他是个君子。

说他是小人的话是不诚实的，因为，他的确曾经是个君子，只是，君子也是男人，男人便有男人的弱点，尤其是，当男人自觉不如身边的女人时，便会变成心病男人，突然变成大男人。大男人很难回头做个踏实的君子，面子比君子更重要。

这是我的男人的蜕变。他，由最初对我的体贴和温柔，变成指责我的不是、不再回家的伪君子。

我一直在反省，到底是什么原因令一个好男人一下子改变了？是不是我做错了什么？我知道我的性格太刚强，有时会粗心一点，不懂温柔，但我一直以为，他的柔性本质正好平衡我的硬朗，我和他不是很匹配吗？认识他是在大学时代，他和我同系同班，常常依赖我，因为我的成绩比他好，他也乐于接受我的刚强。我替他做功课，替他准备考试，甚至后来他考研，也是我陪伴他一起读书的。他说为了让我感到舒服，他希望学历能比我强，这样才配得上我，于是念完硕士后他继续念博士班。我以优等硕士生毕业，马上被大公司看中，得到高薪职位。M那时替我高兴，而且因为我的收入不错，我们过着很优越的同居生活。我等他，等毕业后我们便马上结婚。他的际遇不及我，我的收入一直比他高。我以为他不会介意，直到女儿出生，我还以为我们将一生过得很幸福。

女儿出生后我离职专心带孩子，那段日子他好像对我特别好，现在我才明白，那时大概是他最有安全感、最有面子的时期，因为不用再与我比较，他不用在我的优越下抬不起头来。

暗度陈仓，恋上小女人

女儿三周岁时，我被老同学开的大公司高薪招聘，再战江湖，任职高层管理者。这是意想不到的变差，我感到很兴奋。我是事业型女性，虽对家庭看重，但要选择的话，我还是宁愿选择事业的，因为喜欢挑战自己，发挥自己的强项。可是，我没料到的是原来M很介意，他希望他能在朋友面前逞强，可惜谁都知道我比他强。他压抑多年的自卑最后演变成自大。结果，在一次他出差时，我无意中发现了他的秘密，上他的电脑，看到不应看到的信息：他在QQ上和另一个女生网恋了、他对她说感到我不理他，他很孤独，说我只爱工作不爱他，他很想得到女人的体谅和温柔。于是那个女生说很仰慕他的才华，他应有更懂得爱他、崇拜他的女人在身边。天，分明是存心勾引他，拆散我们这个家的坏女人。

片片断断之间，隐约得知他们已有性关系，他们经常见面，甚至借出差之名一起偷情。再看清楚，天，原来是他们公司的前台小姐。那个女人我也认识，是个其貌不扬，只有25岁的年轻女生。我感到很愕然。我以为丈夫的品位应该很高，我以为他喜欢我正是因为我的品位很高，是高学历、高收入、高要求的女子。细想，他要出轨也应出轨得有品位一点啊，居然找个再平凡不过的女生，还是自己公司里的，不怕被人说闲话吗？他们公司的同事我也认识，他就不顾及我的感受和面子吗？这个在我脑海里一直是个君子的男人，怎么突然变得这么陌生？他是我的丈夫、我女儿的慈祥爸爸吗？

他回来，我跟他摊牌，我不想隐瞒，这是我的率直性格。他直认了，还有点理直气壮的味道，我低估了他的改变。他说，对我的不满已经酝酿了很多年，大概一开始他压抑着自己，其实他一直喜欢温柔单纯的女生，只是因为我们那时已发展了性关系，他觉得应对我负责任，所以才一直没有离开我。啊，说得很好，原来他多年来只是怜悯我，为了负责任而娶我的，他算是施舍吗？我怨他找的借口比跟我分手更不负责任，因为他出卖了我的感情和青春，我的性格刚强一开始就是不争的事实，没有骗他，他的解释很虚伪。

在她面前他是神

他承认那个女生不美丽，可是她很温柔，当他是神。他在她面前，尤其是在床上，他永远是神，她永远为他奉献，不像我老是要求多，不够投入，也不会爱抚他的身体。他在我面前感受不到男人的威严。

结婚十年，现在有了外遇，才历数我的不是，这样对我公平吗？自问我有时真的为了工作忽略了他和女儿，但他一直忍着我，不说一句话，这算是沟通吗？他说事到如今，也希望我明白他，让他离开，他想离婚。我没想到他那么决绝，居然不给我们的婚姻一点余地，便硬说要离，还希望我不要因为嫉妒或想占有他而为难他。我不明白那个女人有什么魔力，能让一个男人变成魔鬼！就因为她愿意成为男人的奴隶的感觉让他神魂颠倒，不顾一切，甚至要毁灭家庭的幸福吗？不明白自己何以会败在这样一个小女子手里。

我不甘心，因为我连向他证明自己还可以温柔的余地也没有了，他没有给我任何机会，也不认为他自己有错。他觉得他已受够了，他在我面前感受不到被崇拜，他觉得我根本不需要他。他要挽回男性的尊严。我觉得他在推卸责任，他只是受不住色欲所迷而已。我很难原谅他，却又不想失去这个家。我该怎么办？

素黑剖析

Sally的个案让我想起我的一位好朋友的经历。她与丈夫结婚十多年，丈夫开始对这段婚姻感到厌烦，认识了另一个女人，不久便搬走了。她虽然不开心，但只能无奈地接受。两人育有一个小孩。丈夫向妻子表示，离开的原因，是因为另一个“她”在性情上比较温柔，能让他感到自己是个男人。而且，或许因为新鲜感的关系，在性爱上得到更大的满足和享受。

表面上，这是一个丈夫有外遇的道德背叛问题，但看清楚就里，便会发现原来是两性关系中难以共融的自我问题。

男性在权力和地位受到女性的挑战和威胁时，自然流露出自我保护机制，希望找到向自己卑屈、崇拜自己的女性，让他强大自我，重夺男女关系的主导性，肯定自己的社会及性别价值。最后丈夫因为妻子是“三高”女性而因妒成疾，感到压力，希望得到其他女性温柔的安慰，重建自己的威严和雄风，结果发展成婚外情。再加上优越的女伴令他无法立足，于是，平凡甚至没身材、没外貌、没学历但崇拜他的小女人便是最适合的人选，因为在这样的女人面前，他没有被挑战的可能，他的权威得以保存和推崇。他在这样的女人面前不只是个大男人，甚至是神。

“三高”女人为什么打不过小女人，理由正在于此。

在我处理过的像Sally这样的个案中，女人在面对感情被背叛的问题上，令她们愤慨和不甘心的往往不是伴侣背叛了自己的道德问题，这点很多男人都误会了，指责女人妒忌、小气和想占有才不想离婚，或者不了解他们真正的需要。其实，女人最受不了的是她一直信任的男人为何隐瞒和出卖自己，没有照顾她的感受，不能接受被最信任、最爱的人欺骗。被隐瞒和出卖的感觉甚至比知道真相更难受。而当知道情敌是个比自己弱一万倍的平凡女人时，更感到荒谬和痛心，挫败感比丈夫找个美若天仙的情人尤高一亿倍。

“三高”女人最痛心的是自己不是不讲道理的普通女人，面对逆境的应变方法较冷静和开放，身边的男人却保守、不思进取，令自己的成就变成他的负累，变相地间接制造他另觅新欢的借口。是自己的错，还是他的错？应怪自己比他上进和成功吗？女人不能有自己的成就，不能比男伴成功吗？是得不偿失，还是不应稀罕失去品格的伴侣呢？

想到要牺牲家庭幸福当然心酸，但**面对丈夫因自卑而逞强地离开，女人可以做的不是希望他为你改变，重新专一对你，而是要找回自己的尊严**。能进一步改善关系，改善彼此的缺点当然很好，假如对方的心已封闭，决心离开，你便只能坚强到底，接受他已不再适合你的事实，重整自己和孩子的生活，切勿否定自己的价值。

放下。爱

第四部分
情感错觉

在心绪不宁、摇摆不定的时候，千万别轻举妄动，强迫自己做决定，选定一个，假如你已承受不了后悔和错误的话。

爱没有最后答案。

女人也难过美男关吗?

女人以为男人只看重女人的外表，事实上，不少女人也会被男人所谓有型、沉郁的外表所吸引，在义无反顾地爱上对方、送上了一切后，才发现对方原是个不能专一的浪子。

Case 1. 男友喜欢勾搭女歌星

| May | 28岁 | 音乐推广人 |

恋上著名混音师

我的男朋友R是专业混音师，在行内认识很多人，当然包括不少明星和歌星。他的音乐造诣很好，我也是因为这点深深被他吸引着。

我们认识时，他已是颇有名气的混音师，当时我刚入唱片公司当市场经理助理。他没有架子，虽然是沉默了一点，反而增添了几分神秘和沉实的感觉，像难以解读的书，让我更想阅读他。

我天生热爱音乐，懂得玩很多乐器，可惜没有机会念音乐系，父母当年坚决反对，结果我念了他们都很满意的工商管理专业。我发誓念完大学后，要做自己喜欢的职业，最理想的便是和音乐有关的。结果，我算是很幸运，第二份工作便成功进入了唱片公司。

而遇到他，我居然感到世上有比音乐更吸引人的东西。

我和他有很多共同话题。他对我的音乐造诣也大感佩服。“很少有女孩子能弹得一手好电吉他。”一次，他发现我偷偷在录音室内弹吉他，静静推门进来听，等我弹完一曲后突然说了这句话。他对我刮目相看，而那个晚上，我们彼此惺惺相惜，擦出了第一束火花。

往后在工作上和工余时，他教给我很多宝贵的音乐知识。他若开课教音乐，将会是个很专业、很好的老师。因为有他，我更爱我的工作，更爱音乐。

他没有对我表白过自己的感情，但他明显对我有好感，经常等我下班，借故教我音乐，也弹奏给我听。一次，他突然拉住了我的手，把我带到他的录音室内，关上门，开着“正在录音请勿打扰”的灯。然后，他默不作声，要我坐着不要动，便徐徐开始弹keyboard（琴键），一首我从没听过但非常好听的情歌。原来那是他自己写的新歌，打算给某歌坛天皇唱的。我不知道他也懂写歌。他走到我耳边悄悄对我说：“这首歌，灵感来自你。”然后，他在我脸上轻吻了一下。我当时不知所措。一切来得太突然了，心跳得天翻地覆。从那刻开始，我确认了对他的感情。

创作灵感来自女人的身体

从那晚起，我们便相爱了。他比我大八岁，以前有过很多女朋友，这点我倒不介意。他在我眼中是低调的天才，很沉默，不爱张扬，甚至不多看明星一眼，虽然身边经常有大大小小美艳过火的明星出入，也有过不少二三线歌手对他献殷勤，可是，他从不动心，专心工作，非常专业。我很欣赏他这点，也给我打了强心针，不怕他见异思迁。

在娱乐圈打滚多年，人一定变得相当复杂。我一直担心他到底是个多复杂的男人。我希望他是我想象中的会独善其身、不染污点的纯粹的音乐人。也许是我的想法太单纯了，他总对我说：“在这个圈子里，不要太相信别人，每个人都有一套腹稿，和你说的永远是另一回事。”我问他：“那我可以相信你吗？”他笑了一下，没有正面回答。我感到有点不安。他会不会最终也出卖我、欺骗我呢？

我在工作上和他没有利益冲突，所以我不担心在工作上我们会化友为敌。可是，感情上，他一直是个情场浪子，没有女人曾经成功地缚住这匹野马。我怕他很快便厌倦，我怕自己只不过是他偶尔作情歌娱乐自己的模特儿而已。

“女人最美丽的地方不在外表，而在纤细精巧的创造力。”他说。

其实我并不懂得他的意思，后来才体会到，他所指的创造力，其实是指自己借女人找到的创造力。女人令他的灵感更纤细，音域更细致精巧。他的灵感，百分百来自女人，尤其是女人的身体。

这点，不幸地，我在和他上床后才明白过来。

原来我只是他换新口味的女人

我不是个对性保守的女人，不过我感到不舒服。搞创作的男人，除了借女人的身体以外，就找不到更富爆炸性的灵感吗，还是这只是他们纵欲的借口？

曾经，我问过R有没有女歌星爱上他。他说有，不过他不喜欢女歌星，说她们太复杂了，喜欢单纯一点的女孩，如我。还说，他绝对不会被她们的美色所迷。

我以为我可以安心了，因为老实说，他身边净是美女，而不少还未上位的小歌星，要靠和乐师及其他音乐制作人搞好关系才有望上位。我也亲眼见过一两位三线歌星好亲热地搂着R，要他把曲子弄得浪漫一点，好让她们能唱红，那时什么好日子也可以一起过了。听到“一起过”三个字，我顿时嫉妒起来，那个歌星还懵然不知，真不会看眼色。R瞟了我一眼，没有说什么，继续对她低笑不作声。我看了当然不高兴，因为他没有推开这些小淫妇，还搂着她们的腰出外吃饭。事后我质问他，他如常一脸冷静沉默地说：“神经病！”我却开始不信他。这事发生在我们认识半年后。

以往我每天期待上班能见到他，和他一起谈情、玩音乐的日子，不消半年已经变样了。每天我战战兢兢地返回公司，害怕见到他和女歌星合作的样子。他们很亲热，我发现R在女人的身边，眼睛会发亮，发出错误的信息，叫女人以为他已爱上了她们。我发现这种眼神，正是我初入行时他令我心动的同一种眼神。啊！原来如此。我开始明白了。

我以为我应该相信他，事实上，我愈来愈发现他口里说一套，做的又是另一套。他受不住美色引诱，更何况人家主动献身，他怎敌得住诱惑呢！他对我特别留情，大概因为我没有主动勾搭他，在他的野性历史上是鲜有的货色吧！我到现在才知道自己可能上了他的当，他对我根本不能叫爱情，充其量只能算是玩玩单纯女孩、换换口味而已。

终于捉到他和三线明星开房

没想过事情会这么复杂。现在才想起，他要我在这个圈子里不要相信别人的真正意义。原来他早已提醒我不要太动情，不要相信他，他是不可靠的。我真笨！竟以为正在恋爱。

我不住地对他说我不喜欢他对女明星亲密的暧昧行为。他习惯于不反驳，不回应，只给我“你喜欢怎样说便怎样说”的眼神，然后醉心弄他的音乐。他和音乐的沟通，远比和我的深远自在。我感到他离我很远，这个男人已经不再是我的了。

我从热爱工作变得逃避，每天在公司见到他，由热恋到现在不理不睬，真是百般滋味。我受不了，试过要求大事化小，我宁愿不再说他的不是，只要他对我真心，我不再管他和女歌星的事。他也没说什么，把我搂在怀里，塞住我还要开口说的嘴。我彻底被这个男人征服了。

今年年初，我终于捉到他和一个三线女歌星正准备开房的丑行。我忍不住当面质问他，他竟然推开我，叫我滚开，说他不是我的。我永远忘不了那个女星嘴边胜利、不屑的微笑，和他无情的脸上仍然带笑的样子。他喝多了，他需要创作灵感，他要和这个妆化得像妖怪的明星上床。

我痛恨他。男人是不是都不能过美人关呢？

素黑剖析

“男人是不是都不能过美人关呢？”这类问题，跟“男女之间能不能有纯友谊关系”“女人是不是都善变”“男人的性欲是不是比女人强”“女人是不是比男人专一”等等两性关系的通俗问题一样。我们该知道，这些问题不是问不得，只是问了，对问者而言不会好过一点，也没有增加对男女关系的真正了解。

确实是庸人自扰！

May的症状是失眠和不断做噩梦。她经常梦到男友和不同的女人出双入对，甚至强迫她看他和其他女人做爱的情景，让她每每尖叫醒来。她已辞掉工作，留在家中，状态却更差。

她的困局是自困在模棱两可的性别定型问题上。男人能不能过美人关，根本不是一个真问题。她应该接受的，是她的男朋友其实并不清高，是她将他幻想成天上有、地下无的艺术家，低调有型的外观和迷死人的、梁朝伟式的眼神才是摄住她灵魂的杀手。男朋友在她眼中是完美的男人。她，跟男朋友一样，同样难过美人关。

R有他的弱点，他需要女歌星崇拜他的眼神和身体。不过，话说回来，May当初何尝不是因为崇拜他而为他倾心？她应该明白，女人除了在工作利益上喜欢亲近他，为什么都没有人能抵御他那天生无言的、被动的却无法抗拒的性诱惑？是的，被动的性感男人最讨女人欢心。

我只能说，这可能不是他有心负了May，而是May一直不了解这个男人的真性格。当她迷恋他时，眼里的他是纯洁无瑕、低调，不贪图名利，只醉心音乐，甚至不为女色所动，定力够的男人。他在她眼中是个典型的艺术家，清高、有才华，是完美的化身，却看不到，他原只是一个平凡的男人，有平凡男人的欲望和缺点，不过这不是他的错！只能说，他未能在处理男女感情关系上细心一点，为对方多着想一点。

May与其责怪男朋友，不如承认自己不够成熟，在感情关系上太过一厢情愿，也太盲目浪漫了。既然男友定力不够，不能抵御不断出现和更新的女色，那只好识趣离场，同时了解自己多一点。

许多时候，女人以为男人只看重女人的外表，事实上，**不少女人也会被男人所谓有型、沉郁的外表所吸引，在义无反顾地爱上对方、送上了一切后，才发现对方原是个不能专一的浪子**。难道这也须否定女人，质问女人真的难过美男关吗？

再问下去，于事无补。May被噩梦缠绕，解决的方法是让她重新进入梦境，跳出主观情绪，抽离地像看电影一样从头到尾把梦看一回，放下执着和固执的怨恨，看清楚梦只是她释放忧虑的自然表现而已。当她看破了男朋友的性格和需要，不再希望占有男朋友时，梦里出现哪个女人，他们在做什么，就已经不再重要了。

看清楚两种权力关系

酒后兴起的感情是真的，清醒落寞的感情也是真的。互相依偎的工作关系是真的，彼此无芥蒂地交换思想感受也是真的，但，这些并非必然是理想的恋爱种子。

Case 2. 对男下属存幻想

| Isabella | 29岁 | 市场推广主管 |

为他的细心动心

我是他的上司，他是我能干的下属。我欣赏他是从他的工作表现开始的。即使在人才供过于求的今天，要找这样工作态度认真而主动的年轻人，也是很不容易的。我是出名的对下属要求很高的女上司，而他是少数完全合乎我严格要求的人。

当然，工作表现以外，我渐渐发现他在其他方面似乎也颇合乎我的口味。例如，他说话时的神情，对我超乎男性细心水平极限的无微不至，还有，他非常有吸引力的声音，和偶尔有意无意给我一个若有所思的表情，叫我把手头的工作立即放下，遐想好几分钟。

很多时候，我们总是工作到最后才离开公司的两个人。他是无所谓、不计较的年轻人，没有一般年轻人的粗心大意和依赖性。我很喜欢他懂得照顾别人的性格。在我过去的男朋友中，从未有人及他百分之七十的心思。这点也是他愈来愈吸引我的地方。

和他合作一年来，我们共同经历过大大小小的风雨，通宵达旦，废寝忘食。我生病了，他会买药给我，逼我吃下才下班回家。想来，已经很久没有男人这样对我好了。

挤在小酒吧耗磨剩下的青春

下班后，我们常常一起去喝酒，谈谈明天的工作，也顺道聊聊生活的其他方面，然后各自回家休息，睡醒再搏杀。可能是工作压力大吧，我很享受这样和他在一起的短暂时光。我们喜欢走到三里屯的最里头，挤在摇滚歌和烟雾弥漫的小酒吧内耗磨剩下的青春。

我喜欢看他笑，喜欢他谈最简单的事情时都带着很细致的表情。我讨厌粗鄙的男人。他会认真地和我分析公司内搞男女关系的同事的不同心态，也会幽默地替每个公司的客户取别名，幻想他们的感情生活中滑稽的趣事。我讶异于他丰富的想象力，原来他是个武侠小说迷，学生时代投过稿，得过文学作品优异奖。

平时寡言的我，在这个迷离的小酒吧里，放任地和他胡言乱语，像个小女孩一样放下了尊严和架子。我隐隐感到，青春悄悄地返回我的生命里。

借助酒精的力量，我装作漫不经心地问他有没有女朋友。“早些日子分手了。”他眼里闪过一丝忧悒，然后笑了笑说，“现在忙得想不了这些。”

开始遐想和他发展感情

我想过是否应该和他开始一段感情。可是，我是多么害怕走出这一步。曾经有过多次感情创伤的我，面对可爱的男人竟然感到乏力和胆怯。我曾经爱过年纪比我小的男人，半年后分手，因为他介意我的年龄，真无聊得没话说。我以为不是致命伤的东西，反而倒过来插自己一刀。下属的年龄也比我小，这对我来说不是问题，但我已设了防，不想再伤一次，虽然我估计他也不介意年纪问题，况且我只是比他大两三岁而已。

可是，另一个问题是我们的工作关系。女上司不易做，和男下属恋爱的女上司更加难做，尤其是要管一群男人的女人，要爱上其中一个受管的下属，那其他下属将怎样想？男人是很麻烦的动物。要他们服一个女人已经很难，如果被他们知道拍档和女上司恋爱，大家便很难保持良好的信任合作关系。即使是地下情，我也担心两人之间的关系一旦改变了，我是否还能顺利领导他有效率地继续工作。

遐想扰乱了工作

这阵子我现迷于和他建立暧昧亲密的工作关系，他到底知不知道我对他已存有工作以外的感情呢？他是聪明人，应该不难感觉到我所感觉的。问题是，他到底对我有没有意思？还是他太聪明了，明白和我保持亲密关系对他的工作有百利而无一害？况且一直是我主动邀请他饮酒谈心，他从来没有主动邀请我做工作以外的活动。他是太聪明也太专业了。我宁愿认为他不是这样出色的员工，我宁愿他是个多情又能干的好男人。可是，我连引证这个“宁愿”的动力也没有。我不想受伤。

因为不能确定自己的感情和对方的心意，这阵子我的工作也出过岔子。心情自然更不好，情绪有时不稳定，他贴身地照顾着我心灵的需要，他真是个好心腹、好知己。然而，他开始变成我唯一的依赖。

爱情与工作，两者中我选择了后者，但没有放弃前者。只是我感到近期的感觉有点不对劲。是我太寂寞了吗？还是工作令我太麻木，有个谈心对象变成我在干涸的生活中唯一能抓住的绿洲？

实际抓紧他的狂想

我甚至想过是否应该介绍他到另一家公司，那么我们便可以名正言顺地开始。但我不愿意损失一个好的手下，尤其是在这样低迷的经济形势下，有效率和干劲的工作团队对我和公司都太重要了。我不想因为私人感情影响到事业。

当然，这些都是我一个人寂寞时的幻想。喝了一杯Whisky Lime（威士忌）后会有幻觉，激起强烈的拥抱他的冲动。天，我已经两年没有抱过男人了。冷静下来，又觉得不过是苦闷生活中的绮梦。结果，一次我和他饮酒的时候试探过他，借故要了解他的性格，问他会不会爱上像我这样的女人，他居然说："不如反问你，像你这样优越的女人，会看上我这样的男人吗？"好聪明的回答，真没看错这个小伙子。可能他知道我的心意，接着补充说："想想看，我年纪比你轻，社会阅历比你少，职位比你低，性格不及大老板狠，商场道行浅，不是你能依赖的男人。你要是爱上我，我也要好好考虑，怕负了你呢！呵呵！！"

"为我们稳定的未来干杯！"这是他送我回家前，在酒吧对我说的最后一句话。我不能确定它的真正意思。

居然害怕面对他

因为他暧昧的回应，我感到有点尴尬。我怕他已经明白我对他的意思，为了保存自己的面子，我近日变得比较严肃，甚至避开和他夜间单独饮酒。我怕自始至终是我一厢情愿和自作多情而已。不过想来忽然对他冷淡了，分明是心里有鬼，太不小心露出马脚，不像作风严谨的我。唉，说到底，我不知应该怎样面对他。再扪心问一句，到底我是否真的对他有意思，还是只是因为别无其他选择，一个人胡思乱想乱发绮梦的生理反应而已，与感情无关？

我感到很失败，无中生有的感情烦恼，对方却还以没事发生的笑容面对我。那种自作多情的混账感觉，大概比失恋更难受。我应该放假想清楚自己的真感觉，还是毅然放弃这段没结果的绮梦，回到最纯粹的工作关系上去呢？

素黑 剖析

Isabella也许真的是太寂寞了。

一向自我要求甚高的她，被工作折磨得失去了感性空间，不能发展自己的感情和感觉。这样的女人最难将息，也容易衍生感情错觉，例如朦朦胧胧以为爱上好朋友，或者产生错觉以为上司或下属对自己有意思，等等。

日久生情是千真万确的，人之常情，但也须看是属于什么感情。两个人因为工作关系靠近了，互相扶持和依赖，渡过困境，共同面对大小工作，成功和失败，同甘共苦，似乎很理想也很自然会发展出感情。能够合拍固然是恋爱关系最有利的条件，不过，我希望Isabella也能看到，爱情关系跟工作关系是不一样的缘分，感觉也不应一样。

她似乎将工作上的合拍和感情上的投缘混为一谈，错以为是完美的男女关系，在其上建立了更多超越实际又不切实际的梦想。这样的错觉无疑可以短暂治疗工作及爱情失调后遗症，却不是发展长远稳固的爱情的灵药。

不少爱侣一致以为一起努力，共同工作，可以闯出一点成绩，甚至爱，结果是，**工作关系中的权力和恋爱关系中的性别分配版图并不一样**。两者硬要拼在一起，不论两人之间的爱情有多深，都容易出事，也会闹不快。

现在Isabella的下属和她相处愉快，是因为那种上司下属关系还牢固，他对她开放自己，因为他看好形势，和她搞好关系，一起交心，饭碗可保之余，也能成为上司的心腹，对任何一方都是有百利而无一害。假如关系变化了，加入了恋爱中两性角色的和合，便容易出现角色冲突，过往只管把工作搞好的纯粹想法，或许会因为加入私人感情因素而搞歪了。

更何况，Isabella自始至终都没有想清楚自己是否真的喜欢对方。她在感情上受伤过，怕受伤而不敢面对感情的呼唤，也是导致她不肯认真细想现在的暧昧关系的重要原因。又怕又要贴近它，又想又不想实现它。**太寂寞的女人，只愿意为感情绘制抽象画，而不肯如实把它的真面目摄入镜头**。

人在干涸的感情世界里容易堕入一厢情愿的幻想中，如迷上男明星，幻想和某艺人拥着入睡。有些人在酒后乱性，容易因为一时的慰藉，和下属、好朋友甚至陌生人发生一夜情，第二天早上醒来才知闯了大祸。那时，面对的真实问题不是自己能承受得起的，可是已经一头栽进去了，面子已经收不回，问题也开始一团糟。

酒后兴起的感情是真的，清醒落寞的感情也是真的。互相依偎的工作关系是真的，彼此无芥蒂地交换思想感受也是真的，但，这些并非必然是理想的恋爱种子。

并不是要泼冷水，只想让Isabella看清楚几可乱真、似是而非的感情真相。我和她做了一个和下属对话的整合治疗，让她首次向对方坦白，也站到对方的角度向自己讲出心底的感觉。感情是真是假，她豁然领悟了。

和自己的关系搞好一点点，不要让工作过分压抑自己的感情空间，感情才能得到重生的机会。这个可爱下属的出现，正好激起重新面对自己感情需要的动力，至于最终他是不是真命天子，已经不是最重要的问题了。

保留感觉，无须唤醒梦

有些人，就是没有能力付出爱，因为代价太大，自己承担不了。保留暧昧感觉，似是而非，似远又近，可能是最理想的解决方法，让感情历久弥新。

Case 3. 分不清尊敬还是爱

| J | 32岁 | 全职太太 |

和老师闹师生恋流言

T是我念大学时的毕业论文指导老师。那时他刚留学回国，一跃而为年轻教授，在众人眼中是系内的明日之星。他谈吐温文尔雅，言辞中闪烁着机锋，对很多事物和问题都有深刻独到的见解。我对他的学识、思想固然很仰慕，但最触动我的是他悲天悯人的胸怀。他对人类的一切都看得很灰。他常常自嘲把一切都思考得过分透彻，以至于失去了行动的动力。我后来一直在想，他这样说是否暗示对我曾经动过超越师生的感情?

T当时和妻子的感情很淡薄，实际上已经分居。我常常独自到他家里谈到很晚，有时甚至会在他家过夜。我们谈很多东西，哲学、文学、电影、音乐，占卜，无所不谈，我甚至试过和他剖白我的感情世界，少年时代暗恋的男孩，和现在活着的孤独。而他，默默地凝视着我的眼睛、我的嘴巴、我的身体，让我感到莫名的兴奋和心动。在他审视的眼神下，我迷失了自己。

我不否认对他有过幻想，是不是所谓性幻想我不晓得，我会幻想最后大家拥抱，他在我耳边低声说已经暗恋我很久之类的话，然后悄悄在我脸上偷吻一下。我又幻想过将来我们成为夫妇，一起烧饭煮菜的温馨。我知道我的心太野了，不过，现实中我们没有任何越轨的关系。可是，我经常在他家待着，大家知道了，最终还是传出了我们搞师生恋的闲言碎语，他因此受到校方很大的压力。

我一直很内疚，觉得是我误了他的前程。后来我提起时，他淡然一笑："这跟你无关，是我适应不了这个制度和游戏规则。"

被父母嫁到香港避传言

之后我毕业了，离开了校园，父母也催促我的婚姻大事。他们都是知识分子，让我读书是他们的责任，但保证我嫁得出去更是他们眼下马上要解决的事情。我的年纪已经不小了。而就在那个时候，传出了T离婚的消息，轰动了全校。同学间流传着我和他还在交往的流言，这令我很不安，流言甚至传到我父亲的耳中，他更巴不得马上送走我，为他留个面子。

就这样，我被安排相亲。母亲为我物色了一个香港商人，她就是有办法把我嫁得好。我也没话说，那个香港人很爱我，他的年纪其实不大，我也弄不清楚为何他不在香港找妻子，偏偏要到内地找。后来他告诉我，他不喜欢香港的女孩，太过功利，欠人情味。他原在内地出生，喜欢内地的朴素，我对他也萌生了好感。

总之，我最后还是嫁给了这个香港人，随他移居香港。一切的安排，就此尘埃落定。我记得临上飞机的刹那，最不舍得的不是离开父母和熟悉的成长之地，而是来不及打招呼便分别的T。

他现在怎样了？单身的日子可更好过？他遇上合适的女孩子了吗？他还是抽那个牌子的香烟吗？他还喜欢喝龙井吗？

怀念他的一切，成为我来到香港后让自己不觉得孤单的唯一安慰。

发现丈夫不育，感到更轻松

我和丈夫之间没有很深厚的感情。我很感激他，他对我很好，也带给我不俗的生活条件。我从一个平淡朴素的女孩，变成习惯香港快速生活、讨价还价文化的女人。我虽然不用工作，但也喜欢学习，报读了很多兴趣班、语言班，感到自己还很年轻，还有很好的头脑。

丈夫不想让我工作，因为他想让我为他生孩子。我无所谓，反正我也喜欢孩子。不过结婚四年，还是没有孩子。丈夫心急了，怕有什么事，于是便一起去就医，结果令他很不安。原来，他的精子有问题，是导致不育的原因。

他知道后又失望又内疚。他怕我怪他连累我不能生育，我却怜悯他，告诉他能生育与否不是问题，放心好了。我愈是宽容，他便愈内疚。我们开始计划领养孩子。

自从发现丈夫不育后，我不知为何变得轻松了，好像已不拖欠他似的。当初他带我来香港是他给了我一个人情，如今他在生理上不能满足我生儿育女的愿望，是他欠我的债。这样便互相抵消了，我感到分外轻松。我的生活也改变了。以前我会留在家中等他回家，现在我会为自己安排很多节目，令自己有很多私人的活动，那么我便大可不必留在家里，自由自在，没有照顾他的担子。他也没说什么，他知道我这样做是补偿心理上的损失。

其实我真的无所谓，生育不是我最大的期望。我反而觉得，和丈夫的感情并不是很深。我一直相信，女人只对深爱的男人有生孩子的冲动。

开始频频返回内地探望他

我开始纵容自己经常返回娘家，我的借口是：反正丈夫工作太忙，没时间陪我，我返回娘家探望年事已高的父母也很合情理。回娘家只是借口，我的心始终没有忘记过T。每次回乡，脑海中满是他的影子，很多和他共度的回忆。他现在怎样了？他还记得我吗？他希望再见到我吗？

带着满脑子的记忆和兴奋，我没有预先告诉他我回来了。到他的宿舍门前，感慨良多。还是那副旧得发霉的春节对联，还是那个破烂的锁。泪水几乎已掉下来了。开门的是他，第一个反应是沉默，依然冷静。他一贯的作风，擅于隐藏自己的真感情。

我在他的小房子留到夜半才离去。我怀念在他家留宿的日子，可是现在已不行了，毕竟我已是人家的妻子，而他还是单身汉。他看起来老了不少，似乎活得并不如意。他没有问我很多有关我在香港的生活，反而静静地享受听我说很多香港的东西。我刻意不多问他的近况，怕令他不好意思，也怕揭开他的疮疤。眼前的他，失去了以往的光彩，像被磨掉了锐气和斗志、等待大学养他终老的中年汉一样。我看得心痛，又无能为力。他似乎失去了人生最大的支柱。

每次探望他，都见他头上添了银灰。我对他多了一份很深的怜悯。他是一位孤独的思想者。国内的大学生赶时髦，他的课已经不太受欢迎。国内出版业也已商业化，要出版学术著作很不容易，更何况他不是迎合市场的人。他笑说："这很好，我有更多时间慢慢修改著作。"

夜阑人静时，我感到难过

每次我都很想留在T的身边，却搞不清楚对他的感情除了敬慕和怜悯外还有没有其他。回到家里，看到眼前失掉精力，怀着遗憾照顾我、爱护我的丈夫，我又感到难过，心里有歉意。我并不爱他，现在这般任性，已经很对不起他了。说到底，他是个好丈夫，没有行差踏错，我着实不该冷淡他，终日离开他而不顾。说到底，我这样对丈夫是罔顾妇道，虽然我没有做出越轨的行为。

我的感情留在T那边，生活却在丈夫这边。我不能确定情归何处。枕边是个伴侣，乐意照顾我的男人，心里记挂的却是从没有表白过感情，若即若离地欣赏和倾慕的师长。夜阑人静时，我感到很难过。

素黑 剖析

J感到痛苦的，大概并不是不清楚自己到底是爱上老师，还是只怀有敬慕之情。

其实，她自己也很清楚，她对老师的感觉，早已超越了师生、朋友之间的友谊。敬慕和爱，很多时候很难分得清楚，尤其是感情始于对师长的崇拜。不过这也不太重要，因为很多爱情关系的基础也是出于敬慕，这只是爱情其中的一个理由。

爱总有理由，只是比没有理由的那部分弱而已。而J对老师大概早已萌生了没有理由、，只管关心和关怀的感情。是不是就是爱，问来干吗？

J要面对的问题不是确定爱还是不爱。假如没有丈夫，她或许会更从容开放自己对老师的感情。现实却是，J为了去香港，跟了对自己很好的丈夫，目前的生活又是自己梦想的自由状态，除了爱情以外，她没有太大的遗憾。

J得问自己，生命走到这一步，是追求爱情重要，还是安于平淡的生活。她当初选择的是生活，放弃了爱情，表面上是受父母的摆布，实际上也是欠缺不顾一切扑向爱情的动力。待时日流逝，在现在一切安稳、无风无浪的时刻，借丈夫的信任稍作放肆，重想爱情的可能，又感到内疚无助。明明需要爱，却没有能力圆梦，就像当初离乡背井的自己。

爱情是生命中重要的元素，不过很多人没有能力驾驭和掌握。**不少人埋怨抓不住爱情，事实上是他们最终放弃了爱情，宁愿抓紧安逸和平淡，甚至物质和名誉**，多一事不如少一事，宁愿让惰性收购感情，不想再动了，借口却是“老了，已不再是恋爱的年纪了”。

这种选择本身犯不着我们用道德判断，**追求安逸和平，抑或疯狂浪漫，只是选择的问题，并没有高低对错之分**。只是，不妨也尝试撇开浪漫、激情、爱情至上的想法，从实际的考虑分析一下：即使J对老师存有爱恋，她可以和他在一起吗？现实是她是已婚妇，他是离婚汉，她和他搭上，还是会旧事重现，影响他的名誉和仕途。他能承担得起再来一次的波动吗？或者，勇敢地让爱情浮出水面，老师所背负的无形压力，又能否承担得起今时今日去爱一个已婚的昔日女学生？而她和家人的可见冲突，是一向孝顺的她最难平息的战争。老实说，她根本负担不起。

太多难于梳理的复杂关系和现实，都让J不如保留美梦，不要把梦搞清楚。一旦醒来，已不再是梦。**有些人，就是没有能力付出爱，因为代价太大，自己承担不了。保留暧昧感觉，似是而非，似远又近，可能是最理想的解决方法，让感情历久弥新**。跟随内心的呼唤，好好把两人安放在心底适当的位置。到底情归何处，她心中有数。

先医好自己再去爱

她不是爱上医生，她只是设法令自己产生恋爱的感觉，不想连这感觉也失去，那生命便剩下虚无了，更没有值得留恋的地方。

Case 4. 怀疑爱上心理医生

| Elaine | 37岁 | 编辑 |

对年轻医生一见钟情

在同事的介绍下，我认识了一位心理医生。去见他是因为觉得自己有点心理病，身为现代女性，我觉得应该开放一点，约见心理医生并没有什么大不了的。

问题是我一生太悲观，对世界不信任，对人更是失去信心。我曾经被父母抛弃，被男友抛弃，被老师误会，被好友抢去好职位。我觉得一生都是倒霉和潦倒的，我的生辰八字生得不好，世界偏偏拣选我被遗弃。

心理医生是个很年轻的男子，30多岁，绝对不过40岁那种外表。我第一眼看到他，便被他的外表所吸引，连自己的病也忘记了。他是我喜欢的类型，斯文、典雅、温柔，带着抚慰人的微笑。我不希望那只是装出来的职业外观，因为他实在太迷人了。

我知道这样想是很不该的。自己有心病，需要专业医生替我治疗，现在却因为看上人家的外表而把病程搁置，对医生不坦白。我想我正在浪费他的时间和绝对不菲的诊金。

我太容易对男人产生幻想，但最终又不信任人，是个非常麻烦的女子。曾经恋爱过三次，每次都是太紧张，太放不下，令对方窒息，然后分手，连朋友也做不成。我怪自己情绪不够稳定，自卑内向，暗恋别人不敢剖白。我其实很需要别人的爱，很需要爱情，弥补儿时被父母遗弃的缺憾。可是，我偏偏又不信任男人，尤其是条件好的男人。我对自己的命运很悲观，不相信有条件好的男人会看上我这个平凡怕事、缺乏自信的女人。

我对这位医生的感觉，却叫我心里害怕。在我这个年纪，兼有乱七八糟的心理病，真有男人会看上我、怜悯我吗？我怕真的爱上他便麻烦了。我不想这样，我的生命已经够糟糕了，不想再节外生枝。

是真爱抑或只是角色代入？

这个医生对我很细心，很有耐性地逐步了解我的内心世界。因为他，我安心坦白自己，不顾诊金高昂，频频约见他，就是一小时也已经心满意足了。他的眼神令我感到终于有人愿意明白我，有能力明白我，并且很快便能拯救我。

虽然，旧问题有待继续坦白和治疗，但是，新问题也在逐步酝酿当中。每次见到他，我都不期然而然地心跳怦然加速，我没有向他说真话，为什么每次见他都坐立不安，心跳比平时快很多。他关心我的心跳，假定我情绪不稳定，我坚持不服药，他不勉强我。我怕他早已看穿了我的心事，为此我更加不安。

去，不去；见他，不见他。天！心里忐忑不安。我不敢让自己流露真感情，但又不能确定这种感情是真是假。我是个很孤单的女人，我需要的爱比其他女人多，这是我给别人的最大负担。

我是愈来愈糊涂了，不知道自己是真的爱上了他，还是只是借他的专业冷静和智者的条件，幻想我须在自己身上装备的东西。我喜欢的人，都是我想自己有朝一日能变成的人，希望拥有他的条件。我是多么没有自信，借别人的成就幻想套在自己身上该会是多好！认识了他，我更沉迷于胡思乱想，幻想过若他也爱上我，他是不是不够专业呢，竟爱上自己的病人？一想到这里，我便觉得他可能很有问题。不过，到底他对我是否有意思，我还是只能靠揣摩。我向他打开自己的心扉，他的心事，我却无从接近。我希望有一天能成为心理学家，走进他神秘的内心世界。

代入心理医生访问自己

不知是故意还是专业之故，有次他问我可否告诉他我的恋爱历史。我的脸顿时通红，没想到他会有此一招儿。通常去见他的前几天，我会预想他将问我的问题，对我说的各种分析。我真有点吓人，居然幻想心理医生的答案。我喜欢扮演角色，代入别人的角色去访问自己。想起来，我自小便很希望有朝一日能被人访问，我已预先准备好估计他们会问的问题，当然是那些我希望回答的问题。那么，我便可以表白自己，向所有人解释我的一切。这个游戏，我一直偷偷玩到现在。

但他这个令我尴尬的问题，是我意料范围以外的。我逃避回答，他似乎知道我害羞了，不再追问，马上转移到另外的问题上去。他给我看一些图，又说了一些道理和理论。我根本听不进去，心里还想着他问我恋爱问题的真正动机。他是看穿我了吗？他是试探我吗？他想知道自己是不是我的理想对象吗？

去见他就像一个泥沼，愈踩愈深，不能自拔。我一来希望他爱我，二来又讨厌他爱上病人不道德，真搞不清楚自己的界线。我不能告诉他这些感觉，生怕他会拒绝我，不肯再见我，真是自寻烦恼。

虚构病征，留住他的好奇

为了令他不能放弃我，我想了几种留住他好奇和关注的方法。其中我最喜欢使用的是每次见他都告诉他我发展了新的病征，例如手脚发痒、听不到心跳、一时看不见东西、经常忘记带钱包、一开始闹情绪便感到头顶有块大石头之类，无奇不有。我甚至到图书馆找心理病征的书，记下不同地方不同人的奇怪症状，稍稍加工和润饰，便变成自己的故事。我要他对我有期待，面对我时感到又刺激又有吸引力，短期内不能放弃医治我。

不过，我的把戏不出两个月便被他识破了。一次他居然不等我说，便问我是不是有尿频迹象，我说是呀，你怎么知道？他便从书架上抽出我经常借用的一本心理病书，翻到其中一章，正是我准备改写的病征。“根据我的推断，你这个星期应该读到这个病征了吧！小姐，这种事情不好玩，你让我判错症的话对你一点好处也没有。你究竟是演员，还是病人？”

我首次看到他严肃发怒的样子。我马上知错了，连说对不起，不是有意的。心里非常害怕他从此不再见我，让我自生自灭算了。自那次以后，我再也不敢对他说谎了，除了不能坦白告诉他我对他的恋爱遐想。

只想知道他是否爱过我

直到有一天，我不知道发生了什么事，他竟然对我说：“你的问题其实已经解决了，只是你没有察觉到而已。其实你可以不用再见我，试试和自己好好相处，你行的，相信我好吗？”他专业而决绝的口吻让我明白，这是我最后一次见他了。他在正式拒绝我，他好狠心。我百分百觉得他早已看穿我对他的倾慕。他在逃避我，他用他的权威否决我。我早已忘记了自己的心理障碍，在我和他最后的交谈约会中，我只想知道一件事：他到底有没有对我动过心？可是，我还是没有胆量问他，怕接受不了答案。我不一定真的希望他爱过我，我只是不能面对自己连月来对这个男人的感觉被判是彻底的失误。我喜欢自己的幻想，不想一切原只是一厢情愿的绮梦。

我到现在还是很想知道他有没有爱过我，到底有什么方法可以知道呢？

素黑剖析

自卑、悲观、失去安全感、不信任别人……不少来找我的客户也有这样的毛病，以为世界和自己作对，而自己又比沙尘还要渺小，敌不过命运，只好认命。于是，在很多生活和感情上的失意经历中，不能站起来面对。

Elaine需要很多爱和照顾，她的过去和现在没有为她带来正面的生命能量。偏偏她遇上的人都不能成全她，帮助她重组生命的动能。于是她将改变生命的希望，转化为寻找模范对象，又因为潜意识很需要男性爱护她的关系，她总是倾向于投向男性对象。于是，同一个角色，分演自己和恋人的双重身份，将感情关系变得纷繁复杂。

Elaine本来是希望我能助她看穿他到底有没有对她动过心，但她真正需要的是先看清自己的心，自然能看到别人的心。她不懂得把人和事简化，自己又未能控制复杂的人事，便经常出现情绪失控的现象。好端端的求医心态，却在抵不住将对方变成恋人对象的幻想驱使下被彻底破坏了，还把事情搞歪了。

将心理医生变成自己的幻想恋人人选，却不知道同时抵触了自己希望投射成为的专业形象：一个医生的职业守则是不能和病人恋爱的，因为占了弱势病人的便宜。Elaine一方面很清楚医生若爱上自己是不守道德，另一方面又矛盾地希望自己和医生发生不寻常的关系，满足堕入爱河的长久希冀。结果，她本来想寻求治疗的先天性自卑感，并没有得到适当的诊断，错过了治疗的机会。

Elaine得搞清楚自我修补和改善，跟寻找爱情对象或个人身份投射的次序。她想改善自己长久以来的自卑感是值得鼓励的事，想认真投入恋爱，学习关怀和付出也是值得鼓励的好事。不过，可不可以把两者先分开来处理，好让自己有能力控制和驾驭呢！她需要积极一点、实际一点分析事情，而不是角色扮演虚构别人的想法。**她希望被人访问，希望有机会剖白自己，有强烈寻求被别人肯定的欲望，是自信心不足的表现**。她要提升的是自信，而不是演技。

她不是爱上医生，她只是设法令自己产生恋爱的感觉，不想连这感觉也失去，那生命便剩下虚无了，更没有值得留恋的地方。所以，她需要不断幻想自己正在恋爱，正在被爱。她怕孤独地面对无能的、被遗弃的自己。

假如这个医生令自己心动，无法被他医治的话，不如换一名女心理医生，先解决自己的毛病，再处理自己的爱情。

Elaine不是一个可以同时处理很多关系和感情的人，就应尽量避免复杂的关系，先自强，看清楚自己，再去爱，这样对她会好一点。学习放松自己，关掉思想，和宁静的自己贴近，才是治疗对她的最大意义。先修补自己，才有能力感染爱的真正力量。

女人未必很糊涂

两性相处，有某种性能量在互相传送，本来就是人类互相吸引，走在一起交换能量的自然现象，不管他们到底是什么性取向，最终是不是有爱。

Case 5. 不想知己变情人

| Olivia | 33岁 | 记者 |

难得成为好知己

P是我的知己，在我生命最艰难的时刻给了我很大支持。我们的相识始于同事关系，后来他离职了，我还继续在报社工作。我在工作上的怨气会向他倾诉，因为他最明白我，甚至连我的男朋友也不明白我的工作压力。因为这样，我依靠P多于我的男朋友。渐渐地，我觉得和男朋友的距离愈拉愈远，他也对我很凶，我不明白还留住这样的关系干吗。分手便成为必然的命运。

而在我失恋的痛苦日子里，幸亏有P的陪伴。他甚至为了陪我冷落了女朋友。我骂他很差劲，连女朋友也不理，准不是个好男人。他笑笑，没有反驳，大概默认了。我也让他对我好，有时真的不清楚自己到底为何不疏远他一点，这个男人为了陪我可以不理女朋友，应当小心，不是吗？

说句老实话，除了许多个晚上喝酒发泄工作的闷气外，我更享受和他的心灵交流。我从他身上学到了很多珍贵的智慧。他是个很成熟的人，有见地，有立场，若没有转行，该是个很杰出的新闻从业人员。可是，他就是没有耐性，和无理的采访对象及编辑理论。他的个性太强了，得罪了很多人，学不来世故和圆滑。离职对他是好事，他现在自己搞生意，享受自由，我也有点羡慕他。

他说过："等你开心一点，和你一起去旅行。"我取笑他，问："怎么？和女朋友闹翻了吗？故意找另一个女人旅行刺激她吗？小心玩出火，把她赶走了，你才后悔莫及。"谁知，他一本正经地说："是的，她已经走了，被你赶跑的！"我以为他在说笑而已，不料一星期后，我从认识他女朋友的同事口中得知，原来他真的和女朋友分手了。我感到有点不安。他到底怎么了？

宁愿成知己，不想变情人

能拥有这样的知己，本应是我的幸运，问题是，他愈来愈不像样了。一次和他吃饭，我问他为什么和女朋友分手了也不告诉我，不当我是朋友吗？他直言不讳："我不想你是我的朋友，我爱你。"

天，这个男人疯了，是喝多了吗？我们一直不是很要好的朋友吗？怎么会变成爱？我听了有点逃避，借故避开话题，说他醉了，别乱说。可是，他乘机问我可不可以做他的女朋友，他已经暗恋我很久了，他不想隐瞒自己的真感情。"可能说出来会对你造成压力，可是我已经不能再隐瞒了，这几年我的心里也很难受。"

可能男性真的很难和一个女性发展纯友谊的亲密关系，或者他们和女性接触时，总是无法避免地联想到肉体那方面去。但是，我作为一个女性，很清楚知己跟情人的分别，起码我认为自己可以和一个男性建立亲密而纯粹的友谊关系。

虽然，我对他的感情确实有点暧昧，这点我也不想否认。不过，是不是真的爱上他，能当他是情人般看待呢？我不知道。我已经习惯了和他肆无忌惮地表达内心世界，也习惯了当他是我的哥哥或前辈一样，欣赏他的才华，喜欢听他讲道理。我常常和他开玩笑，笑他是我的神父，我每次做错事便会向他忏悔。这种开放的关系，我一直很珍惜。

我宁愿要一个亲密知己而不是情人。找一个情人蛮容易，碰到一个知己却很难。情人未必是知己，这种情况我领教过不少，以前的男朋友没有一个能成为我的知己，他们只享受身体接触刹那的欢愉，过后便皱着眉埋怨我没有替他安排这安排那，把我看成是他的免费秘书。不是说我不渴望爱情，但我颇享受现在的独身状态。P会是个好男朋友吗？我没有把握。我连自己能否成为一个好女朋友也没有把握。

和他争拗，不想做第三者

无论P怎样想，我都觉得对不起他的女朋友。说到底，她也算是我间接的朋友。男人总是这样的，总觉得同时爱多少个女人都没问题。男人对爱情的这种态度，我真是不能苟同。如是真的爱一个人，自然会全心全意，心里哪还容得下其他人？男人的博爱主义只是漂亮的借口。

是不是因为我曾经和他表白过我在这方面的立场呢？他居然和女朋友分手了。表示他对我全心全意吗？我感到担子很重。我不想承担他为我抛弃女朋友这个责任，我不想人家怨我是个第三者。我感到很无辜，所以，更不想在这时和他发展任何非友谊的关系。

这点，他却似乎不太明白，总说我太多虑了，爱就是爱，不需要向其他人解释。我和他不同，我是女人，在这种三角恋情中总是被指责的一方，男人永远不会明白女人的弱势位置。我觉得他有点大男人主义。为此，我们争拗过很多次，我们倒也很享受这种争拗，大概因为已有多年的基础，无话不谈，百无禁忌。

终于发生关系了

可是，始料不及的是，我们终于发生了肉体关系。我也不知道自己为什么会这样糊涂，只能怪气氛作祟吧！那夜我在报社受了气，约他出来借酒解愁。他又刚好遇上一点生意上的挫折。两个不开心的人，两打早已喝完的啤酒。酒吧内柔弱的灯光下，我们也许是说得太多了，冷不防突然沉默，他撩拨我的头发，我感到一阵怜爱。他开始吻我，我也没有逃避地回吻他。或者我是有点因感激他而报答的意味，也有点隐藏已久的爱意吧！那一刻，我和他沉醉在热暖的交融中，到酒店完成男女彼此奉献的原始仪式。

不过这也没有什么好后悔的。大家都是成年人，他是男我是女。我反而想知道，他会不会像其他男人一样，享受了性爱以后便会对女人变得冷淡。表面看起来他和未发生此事前一样对我很在意，眼神也没什么变化。这令我舒缓了不少，因为我正担心应以怎样的姿态和表情面对他。

他说没有觉得背叛了女朋友，反而觉得背叛了和我深厚的友情，难过的反而是他！这个男人真有点奇怪。当初说爱我，向我大胆剖白的是他，现在真的发生了男女关系，他却说感到难过。我不想分析我们从此以后的关系，脑袋太混乱了，工作又压到头上。我对他说："再谈吧，我太累了。"

以前那种友谊关系已蒙上层层阴影，很难再纯粹地去享受了。我也搞不清楚内心对他真正的感觉，到底有没有超越友谊的成分。没有的话，为何还要和他上床呢？有的话，到底又有多深？

无论如何，我很珍惜这个知己。他是一个永远可以支持我、鼓励我、给我勇气的男人。我不想对他说不，但又没准备好接受他。我感到很矛盾。

素黑剖析

Olivia对我说，她曾经梦见和P一起旅行，到哪里她不知道，只感觉到畅快和自在。“他就像平常一样，照顾我，关心我，经常哈哈大笑。在他的旁边，我感到很舒服。我和他应该是在一条船上，浪很大，他抓紧我，我在对他笑。奇怪，我一向怕海，那刻却感到安全。”

就是这个场景和感觉了。“感觉就像在急流中，但我不害怕。我记得他紧握我手心的温度。他是个手心永远热暖的男人。”

很多女人总以为在男女关系上，感觉和思想都很纯粹，可以和男人做“没有性爱歪念”的朋友。她们甚至觉得自己只会接受做知己，不想面对做情人的压力。可是，她们被自己欲拒还迎的眼神和身体语言出卖了。

不少客户或是被我访问过的女性，当某天她们“稀里糊涂”地和知己发生了性关系，一下子由知己变成情人，都感慨地对我说：“啊，以往从没想过自己会做出这种事情，现在开始明白情难自制的感受了。真的没想到会这样！真的没想到！”

女人对性的压抑很大，和男人相处时，身体其实又是那么性感和敏感，能够察觉，又或者幻想对方哪句话语带双关，哪句其实是暗示对自己的倾慕；更有女人甚至把话题和声线拉到某个水平，既保持又延迟对方把真心话说出来。说到底，女人蛮享受被对方看中、关怀、需要和追求的时刻，纵使对方根本不是自己心仪的对象。

这种游戏，是否似曾相识？问问你自己有没有投入玩过好几回

和知己上了床，不清楚那时是爱还是酒后乱性。或者，酒后容易令人迷乱，但理性上拒绝，真心却愿意的话，往往利用这不期然又刻意的环境，借酒乱性。**面对性的邀请，女人有时很糊涂，有时又是宁愿糊涂，难得糊涂、庆幸糊涂了。女人的心意，永远有七重天。**

女人糊涂，男人也糊涂。可是，糊涂不是“本来没有性欲念”的解释和借口。糊涂也不是硬性将“知己”和“情人”二分，然后最终整合的自然趋势。**两性相处，有某种性能量在互相传送，本来就是人类互相吸引，走在一起交换能量的自然现象，不管他们到底是什么性取向，最终是不是有爱。**

知己的特性加深了成为情人的感情。被道德规范了感情，反而才是令自己混淆两者，凸显抵触感情的祸根。要知道，爱容不下任何形式的抵触。

女性因为道德压抑着对异性的欲念，男性其实可能只是比较诚实罢了！

Olivia只是不敢释放自己，她对知己到底有没有非友谊的联想和期望，她心里最清楚不过了。不要把问题转移到对方或者他对前女友的道德问题上，这是对感情和性是否诚实的问题。

爱没有最后答案

既然选不了，拿不定主意，那就表示两者都不是最理想的答案。最好的解决办法便是暂时把两者搁置，两个都不选，重新看清楚自己活得这么糟糕的问题在哪里。

Case 6. 想跟幼稚男友私奔

| Janet | 32岁 | 前警察 |

另结新欢，不再爱未婚夫

我和W恋爱了四年，他有妻子，但他俩的感情已经没有火花了，他们现在处于半分居状态。我和他相识后，很快便要好起来，甚至发生了性关系。我对他的妻子没有内疚，因为感情是真挚的，我们相爱没有错，况且他的妻子根本已不再爱他，她也暗自结识了另外的男朋友。

可是，其实我也早已有个有婚约的男朋友，因为W的出现，我开始疏远他，希望他自动隐退。为此，我受到双方家长的埋怨和压力，大家都认为我太任性，还像个小女孩，应该立即悬崖勒马，回头是岸。我的未婚夫也不住给我施压，他认为我只是一时糊涂，分不清谁才是我最需要的男人。他对W的包容度可算很高，他从来没有在我面前说过他什么坏话，大概不想让我对他反感吧！他催我快点和他结婚，不想再让我行差踏错了。他很爱我，可以说，他可能比W更爱我。说到底，我和他早已积累了多年的感情。可是，遇上W后，我才恍然大悟，明白真爱是什么。那是无条件的爱，没有理由的爱，不顾一切的爱，不管对方对自己到底有多爱。我对未婚夫一直没有这种死而后已的感觉，我确定其实没有爱过他。

一旦确定了不再爱他，现在我甚至连让他牵我手也不太愿意。他感到很受伤，可是我也无能为力。我只想快点和他分手，平息两家人的不满，尽快恢复我的正常生活，好好和W发展下去。

原来男友很幼稚

我和W在一起，身边还有未婚夫，这样过着三个人的日子。最初，我以为和W的事会很顺利，他进一步和妻子决裂，而我也早已和未婚夫说清楚，没有马上离开他是想让他慢慢适应，我的离开对他的打击实在很大，我也不忍心立即抽身而去。毕竟我们在一起已经很多年了。

现实总是不理想的，我们的四角关系在拖拉一年后，我才渐渐发现W根本不懂得爱护女人。他虽然年龄比我大，但他的思想幼稚，行为也有点鲁莽，像个大孩子，有时大吵大闹，有时又会逗我开心。他很多事情都要和他的母亲商量，甚至和我在一起，他也预先征询她的意见。幸而他的母亲是个颇开放的人，不然我俩根本不会在一起。他是不会背叛母亲意见的那种儿子，在生活细节上，不是和他相处过，也不知道他原来连最基本的事也不懂得处理，凡事都问我，依赖母亲。

我希望他能独立一点，像个大男人一样。可是，人的性格和习性是很难改变的。他自小受到太大的保护，处处有母亲的照顾，父亲和他同样是等待人家服侍的人。我为此常常和他吵架，也许是我每天面对的男同事每个都很独立和强悍的缘故吧！我希望男人应该活得像个男人才对。

就是看上他的稚气

我不明白为何当初认识他时没看到他这方面的弱点，可能是我被他的另一面深深吸引着吧！他是个很可爱、像小孩子的男人，和他在一起很开心，可以忘记世间俗务，返回童年的任性，无忧无虑。相比之下，我的未婚夫和他截然不同，在严肃的家庭中长大，处处过分要求严谨，没有创意，一成不变，是个很沉闷的男人，应该也是个很没趣的丈夫。

即使W是思想幼稚的男人，一个不懂得照顾我的大孩子，我也觉得和他在一起很舒服。我不介意照顾他，当他是宝宝一样地疼爱。反正他能助我放松自己，从高压的生活中释放出来。

也许女人天生总有想照顾男人的欲望，我宁愿照顾我能够明白甚至驾驭的W，也不想卷入复杂的、充满忧虑的未婚夫家族里去。人生不是希望简简单单地过最幸福吗？

我真的不想再拖下去了，我想和W结婚，不顾一切地结婚算了。可是他还有妻子，我还有未完全摆脱的未婚夫。天，我已不能面对这个残局了。W说，他的母亲并不赞成他未离婚便和我在一起，可离婚又不是一天半天能完成的事。他喜欢和我在一起，但面对妻子他又是无奈，又是拿不定主意。“她不是我选的，是我妈替我娶回来的。”天，哪有这种推卸责任的理由？为此，我再次和他大吵了一场。

我知道W其实想拖延时间，不想短期内又要离婚又要和我结婚。这么复杂的事情，他根本处理不了。他的能力有限，我也不能太强求。可是，另一边我的未婚夫又展开了新一轮的挽救行动。

两个男人，多重困扰

未婚夫提议，假如我答应回到他的身边，他会说服家人，让他们准许我们移民到国外生活，那便可以不再理会这儿的一切了。他一直知道我不喜欢他的家人，尤其是他的妈妈。那个女人是个很厉害的角色，处处控制儿子的一举一动，我和她也合不来。我和他的感情也是因为她而渐淡的。我害怕结婚后她还要控制我，而丈夫夹在两个女人中间肯定左右为难，结果还是委屈了我。

未婚夫的新方案让我看到一线曙光。他有钱，办移民的话肯定没问题，只是，事情真的可以那么顺利吗？我知道他已对我做出最大的让步，他一向不敢违逆母亲的意思，我想假如他真的提出这个建议，他的母亲一定以为是我打的主意，一心想离间她和儿子的关系，那么，她将更痛恨我，更不会放过我。未来的日子也将不会好过。

一想到这里，我又感到绝望了。

同时，W又在为离婚的事伤脑筋。他的妻子向他要求很多赡养费，他和妈妈也不想被她要挟，所以一直纠缠着。W问我的意见，每次见面都是和我商讨离婚策略，把我当作顾问一样。我感到很厌倦。我的工作很辛苦，难得约会他，我希望能过一些正常男女恋爱的日子，而不是开会讨论他和妻子的纠葛。他到底有没有想过我的角色和感受呢？为什么我必须参与他的困难，为他解决问题，而不是他为了和我在一起，站起来承担解决问题的责任，独立和决断地把问题化解，给我一些好日子过呢？

幻想私奔的可能

W想让我再等他，可是我看不到他积极办理离婚事宜的行动。他还是那副脾性，爱理不理，不懂管理自己的事情。我真想跟他偷偷私奔算了，到没有人能找到我们的地方重新开始，由我管家，我做主好了。可是，他一定不会跟我走，他会害怕，他不敢面对私奔这么严重的大事。唉！我也承担不了，可是，我还敢梦想一下，他却想也不敢想。

为了这两个男人，我已筋疲力尽了。我毅然辞了职，但不知下一步应怎么做。心知W不是理想中的伴侣，但又舍不得放弃他，更不想回到未婚夫那里。该怎么办呢？唉！心乱如麻。

素黑剖析

一直有很多女子跑来找我，为应该在两个男人中间选择谁而痛苦。“A对我很好，B却是我真正所爱，谁都认为我应该选择A，但我又无法放弃B，我该怎么办呢？其实我一直没有勇气找你，因为我怕最后答案是A，没有勇气接受我将要回到A的身边。但B又怎样呢？跟他我会后悔吗？”

Janet也是一样，带着二选一的忧愁走来要我帮她。她怕答案会是未婚夫，而不是W。“可以替我催眠，忘记W吗？假如我可以忘记他的话，我便会安分地回到未婚夫身边，做个循规蹈矩的平凡女人，就当什么也没有发生过算了。爱，真令人痛苦。”

Janet的眼前只看到两个男人，两个都不是理想对象，却不知为何，不得不从中选一个。这到底是什么游戏呢？为什么一定要把自己逼入死胡同，容不下还有其他可能性的想法呢？

我给她的答案很简单，简单得连IQ（智商）高的小学生也懂得提出来，令她终于可以舒缓几个月来愁困得无法入睡、心慌得要死的心情。答案真的很简单：不要选A，也不要选B，选择其他，例如，自己。

原来就是自己太执着，不能怪任何人。感情不再了，却因为道德观念，不忍心向不再爱的人说分手；感情还在的，但理性告诉自己跟了他将来也不会有好日子过，因为他连自己也不懂得照顾，还是个小孩子。

路永远不只有两条，那么，为什么一定要二选一呢？退一步看看，海阔天空，感情还有一大片汪洋，为了执着两棵树放弃整片大森林，多么愚昧啊！况且，即使全世界只剩下这两个男人，别忘了，还有一个自己。

不妨想想：做个“第三者”，选择自己。

痛苦的根源原本就是要选择，有选择便有取舍。不懂得取舍的人，还未长大，还未懂得照顾自己。Janet会埋怨男朋友幼稚，不懂得照顾自己，然而反观她自己，何尝不是个小女孩，只执着于两条衬裙的取舍中，看不到长大后还有数不尽的美丽衣裳。对，别忘记人是会长大的。

既然选不了，拿不定主意，那就表示两者都不是最理想的答案。最好的解决办法便是暂时把两者搁置，两个都不选，重新看清楚自己活得这么糟糕的问题在哪里。

在心绪不宁、摇摆不定的时候，千万别轻举妄动，强迫自己做决定，选定一个，假如你已承受不了后悔和错误的话。私奔不是解决问题的方法，正如强迫自己洗脑，忘记爱不得的人。我从不替客户为忘记而治疗，因为这是最错误、最不负责任、最逃避现实的骗局，自欺欺人的疗法，根本不需要我！

爱没有最后答案。

情欲和调情不等于爱

真正可取、正面的爱情，应该是人生的修养，修来不易。相对地，情欲横流却很容易，容易到蒙蔽双眼只看到表面就以为是爱。

Case 7. 以为情欲就是爱

| MM | 27岁 | 平面设计师 |

我刚结婚不到三小时，他便留短信告诉我后悔让我嫁了人，害得我新婚夜哭得差点入医院，伤了丈夫的心。

他还首次说爱我。我泪如泉涌。和他七年的初恋关系，他只管调情，却永远保留“爱我”两个字。

就是因为他不肯说，我一气之下答应嫁给苦等我三年的男人。这个男人是天下待我最好的男人，但我不十分爱他，我还是暗暗爱着只懂向我调情搔痒、不负责任的那个大男人——我的初恋男人。我已没资格对丈夫说真话了，是我负了他，我对不起他。初恋叫我不要跟丈夫睡，他要我马上离婚，他要娶我，说这次他是认真的。

我能怎么办？一个是我最爱却不可能带给我幸福的人，一个是我不爱但早已给我幸福的人。其实，我已搞不清什么才算幸福，什么才算孽。

我的心好动摇，婚后丈夫一直战战兢兢地讨好我，送我最好的礼物，带我到欧洲蜜月旅行。他在痛苦，我知道。我走在巴黎的河边，走在意大利华丽的历史建筑里，呼吸不到新鲜的空气，窒息得要命。我知道是初恋的魔法在呼唤我，几次让我不能回应丈夫深情的吻，无法跟他好好做爱。我不想伤害面前天使一般的男人，他是那么善良，他没埋怨过我半句，初恋却总伤害我，直到今天他还是继续伤害我，即使说了那句我等了七年的情话，但我知道那并不是承诺，那只是他想把我赢回去的最后手段，他并不懂赢了以后如何待我好。

明知跟他没结果，偏偏心里还是想念他，心里空了一个洞。我很想告诉丈夫，我还爱着那个风流好胜的男人，我想离开，可是良心不容我说出口，理性不容我再任性，还有我的父母，怎么向他们交代？我无法向完美的丈夫开口说要走。

素黑剖析

爱不是这样的。

女人的心理很矛盾，令自己舒服的不爱，偏偏爱着令自己不安和委屈难受的男人，以为爱情应该是这样叫人忐忑不安，不应得来容易，愈是崎岖波折愈当作宝贝，催眠自己爱情应该是愈难得到才愈值得争取和珍惜。爱情应该是让你朝思暮想、求生不得求死不能、放不下吃不下、离开便无法过活的激情。

爱情可以演变成这样，但爱并不是这样。

爱上不该爱的，愈难得到手愈想爱，才是情欲关系中最吸引人的地方。**人其实是不是爱上自虐多一点？**我们想象的所谓的爱情，**大部分其实只是情欲失调和死执关系的结果，离爱还很遥远。**

对，我是说情欲和关系，那便是大家所谓的爱情，却不是爱。请你搞清楚：爱是情理兼备的成熟行动，不只为成全自己，还不能失去自己。除了追求快乐外，还有更多情感去开发和体味，丰富人生；除了只求大家开心外，还有更高层次的空间，提升人性。

真正可取、正面的爱情，应该是人生的修养，修来不易。相对地，情欲横流却很容易，容易到蒙蔽双眼只看到表面就以为是爱：以为随便一个眼神就是爱，礼物多一点就是爱，身体靠近一点就是爱，性爱多点花式就是爱，一枚南非钻戒就是永恒，一句“我爱你”就是三生有幸的真爱。

这些玩意，充其量只能算是不同档次的调情，可以相当浅薄轻浮，偏偏最能夺取芳心，让人牵肠挂肚，醉生梦死，最后失去自己，丧志忘形，掉进欲海溺毙理性与智慧。枉你念过那么多书，做过那么多年人，表面文明开放教养好。

这便是情欲的魔力。

不能两个都爱、都不放弃吗？MM以为要在真爱与责任之间取舍，其实真正的矛盾并不在此。真正的难题是：她不想做罪人，她害怕做了错误的决定。其实她心里很清楚：她所爱的根本只是工于心计的调情陷阱，却定力不够，摆脱不了贪欲和任性的诱惑。他只当她是情欲工具，赢回来等待抛弃的玩偶，满足好胜男人的虚荣。她的感情不是爱，只是逃不了越轨的诱惑，借不想伤害善良的丈夫，避开成为道德罪人的审判，事实上她早已自私地牺牲了丈夫，给她无法完美的情欲梦陪葬。

爱，不是这样的。

爱是假的，当你还须做出选择的时候。选择是人无法得到绝对自由，明知不能拥有无限地任性的折中方案，情愿也好，不愿也好，你也无法贪得所有，让你此生知足、没遗憾。路是你自己选择的，必须承担后果和责任。承担一纸婚书的恶果很容易，办个离婚便行了，只是法律手续而已，可感情骗局才是真正的困境，是诚信破产、违背良心、人格变质的道德承担，这个承担才是人最受不了的感情压力，也是大部分婚姻离不成、留不住的矛盾。

女人不要为一个男人变成爱的奴隶或乞丐，也不要让一个男人为你变成爱的亡魂。**真正的爱，是爱到维护彼此的自由和尊严的成熟表现，是君子之间的感情交流**，其他的只能算是情欲交叉感染的游戏，玩不起的，不要过分投入，更不要随便承诺，没有幸福只有孽。

成熟的人，是对自己的选择和情绪负责任，顾及后果，承担后果，明白人不单是为自己而活，为情而活，为欲望而活，必须先了解自己的限制，顾己及人，为自己、为别人的付出负责任。己所不欲，勿施于人，才有能力确定幸福的方位，才有条件建立爱的关系。

第五部分
任性爱

天下最深刻的爱情，只能是豁然大方的爱，无条件地享受和付出，超越生死，无惧分离。因为生比死更可恋，强壮的爱不会死。

明白未曾拥有的话，就无从谈失去，那便没有害怕的借口了。

生比死更可恋，强壮的爱不会死

因为想要永恒，反而连当下也无法抓紧，爱一出现，马上便被焦虑和欲望扼杀。谁先死已不重要，因为先死的是爱。

Case 1. 不满男友宁愿自己先死

| Cola | 26岁 | 编辑 |

我原以为我们已经爱得很深，都已经快要结为夫妻了，那天我们试完婚纱，回家途中本来只想向他撒撒娇，在挤满人的地铁车厢内靠近他的耳朵问：“不要骗我，他日我们老了，你宁愿我先死还是你先死？”

他听了皱皱眉，望了我一眼，没有回答。我再追问，他说我幼稚。我再三追问，他就不耐烦地说：“我先死最好，不用听你无理取闹。”

我非常失望，一连三天都没理睬他。这就是我要嫁的男人吗？我的好朋友告诉我，她问了她的男朋友，对方当她是宝贝，深情地说希望她可以比他先死，因为知道她不能没有他而活。听得我好羡慕啊。这样才算虔诚的爱啊，这才算是爱的承诺啊，即使他是说谎，也该对女朋友说宁愿她先死嘛。

或者他觉得我已经快嫁给他了，所以不再重视我、珍惜我，现在已表露出不再在意我，不再至死不渝地爱我了。看着镜子中的自己，脸上已有一点色斑，唇也不像以前粉红娇嫩了。这就是女人的命运吗？我怕老，也是因为这样，我希望能在25岁前结婚，赶快生宝宝，不想寂寞终老。

婚事已拖了一年，我一直担心他不情愿娶我，忽然开始害怕我和他的未来。婚事是势必要进行的，已经没有回头的余地了。就是担心，婚后他会待我好吗？看他现在已经不肯哄回我了，或者他已嫌我老，很随便就跟他同居，不再是处女。难怪他对婚事并不很积极。他老是说，他爱我，我应感到很幸福，不明白我为何无缘无故地埋怨、不开心，只关心我是不是受生理周期的影响，却不细心一点反省自己对我的爱不够，小小一个问题他已露出了嫌弃我的尾巴，他为什么老是不懂我的心意呢？多羡慕杨过和小龙女坚定不移、超越时间的爱。

素黑剖析

痛苦自寻，是Cola的心理病征。

谈到爱，很多人都会想到谁先死的老问题，尤其是女孩子。谁先死，似乎成为测试爱情坚定忠贞最诚实的关口。女孩子分外喜欢问爱侣希望谁先死，因为女孩子大都执着于爱，所以执着爱到死，其实有点傻。假如对方想自己先死，就是不爱她的证据，如此分明的陷阱，叫男生答也死不答也死。做男朋友可真不容易。

很多女人怕寂寞、怕死，把脆弱的心理转化为怕老，所以狂花钱拼命地美白、瘦身兼整容，以为留住青春就等于能留住男人。得到爱后，又演变成害怕爱人会死，但不能接受爱人说想自己比她早死，因为觉得爱人不够爱自己。可反过来问自己，爱人先死还是自己先死好，却又不敢诚实回答，甚至无赖地说要自己先死，因为不能没有他而活。好动人的虚伪理由！

这是爱最矛盾的心理。爱是很自私的，却包装得伟大无私。说到底，怕爱人先死不是因为爱，而是害怕剩下自己一个人，难怪想生孩子伴自己终老。Cola的爱很自私，像很多女人一样。

要拆穿女人爱得自私，借Cola羡慕的《神雕侠侣》中的爱情故事做反面教材也很恰当。

从前坚强独立的小龙女，在确认了和杨过的爱情后竟变得忧虑起来，害怕日后不能跟他分享天下的快乐。**这是爱情最吊诡的陷阱：因为拥有而强壮，同时变得软弱怕失去**。爱令人感到幸福，同时产生幸福不再的忧虑。因为爱，变得不再快乐。天下还有比这更吊诡的感情吗？爱情到底是福还是祸？

人太脆弱了，面对幸福，感到充实又不安。也许你我都太明白，人生无常，感情再深，也抵挡不住命运的摆布和人性的多变。人怕天，也怕自己，怕老怕死，怕怕怕。

天下最深刻的爱情，只能是豁然大方的爱，无条件地享受和付出，超越生死，无惧分离。因为生比死更可恋，强壮的爱不会死。但看刘亦菲版的小龙女，你就不会感到超越和伟大。被封死在古墓里时剖白生死与共、难舍难离的爱情，都明知要死在一起，没机会逃生了，演杨过的黄晓明道出了其实是男人对爱情最真心的话：“因为你对我最好，所以我要对你好。”男人爱的是对自己好的女人，照顾他们不想长大的心智。

这是男人的爱情。

小龙女最关心的却是杨过是否对她忠心，问女人最喜欢问的问题：“他日有其他女子对你好，你也会对她好吗？”杨过天真无邪地答：“我也会对她好。”所谓不食人间烟火的小龙女马上嫉妒，质疑他对自己的爱。生死关头，还介意他是否专一对自己，他对自己的爱会不会变心……女人的爱，都不能爱在当下。占有欲比真爱更真实、更可恃。

这是女人的爱情。

小龙女脸上已不再超然平静，换上一脸忧愁，其后因误会被杨过蒙眼肌肤相亲却不认账，马上引证他对自己不认真、不负责任的负面想法，含郁而去，这是小龙女自制的悲剧，正是Cola爱到病态的映衬。

因为想要永恒，反而连当下也无法抓紧，爱一出现，马上便被焦虑和欲望扼杀。**谁先死已不重要，因为先死的是爱。**

Cola不懂抓紧幸福，只晓得抓狂找男友错处，自讨苦吃，自命不幸，到底错在哪里？女人最大的幸福可能是拥有爱情，最大的不幸却是因怕失去而当下杀死爱。女人的吊诡爱情，实在很荒谬。Cola与其否定男友对自己的爱，不如先诚实反省自己爱的质素，是不是太不知所谓、无事生非，这样更有建设性。

婚姻需要的不是伴侣的保证，而是自己的信念。先让自己的爱坚强，才有能力感受别人的爱。

爱并不等于认同你的一切

女人搞错了，误把爱等同于对你的认同，穷一生精力希望改造一个男人，令他变成自己想要的人。整个过程被一厢情愿地误信为爱情。

Case 2. 女人天性好辩

| Sue | 25岁 | 外企副经理 |

我和男友恋爱已三年，几乎每天都有争执，都是为了小事情。我坚持，他不认账，而我喜欢推敲，推论他的表现是不紧张、不在乎我，对我不上心的结果。每次都是这样。他最初会好声好气地劝导我，可是等劝不了我后，态度便转为颇强硬，不想再理我了，做出无声的抗议。我偏偏欲罢不能，就是喜欢跟他辩论，这是性格问题，改不了，他说我像个男生一样不懂温柔。

坦白说，我觉得问题也在我这里，但我是惯于靠思考生活的人，有问题便钻到思考中去解决，老是要辩论，好胜心颇强，像个念哲学的男生一样。虽然每次事后我都知道是我自己闹的事，明白他的立场和感受，也知道他是爱我的，没有真的和我对着干，希望我能改变坏性格，可是理解归理解，惯性还是要跟他议论一番，为辩而辩，直至伤害感情为止。

这样过得久了，大家的脾气都按不住，开始反抗，甚至无理取闹。无数次的争拗，和好，再争拗，再和好，我和他已经感到很累了。这样带着点病态的恋人关系很累人。我的情绪也变得起伏不定，心情经常处于恶劣状态，到底这是怎么一回事？是不是我在自讨苦吃，虐待他和我自己呢？我总觉得男人会因为爱他的女人而认同她。我理解问题在哪儿，却无法解决，老是敌不过自己的固执，做不到放下自己，站在别人的立场想想。我很想跳出来看清楚自己到底有什么问题，到底为何这样迷执，执着于想法。

我不了解自己，明明不想这样吵下去的，却不能自拔，像吸毒一样，明知这样会影响我们的感情关系，却无法拯救自己，我这样只会让他愈来愈讨厌我，是吗？我是自恋的思想多于爱他吗？我是好胜、表现欲强的人吗？知道而做不到，改善不了，叫人难受极了。我怕最终会把他赶走。

素黑 剖析

很多女性觉得男人可被自己改造成自己想要的人，带着要驾驭男伴，一定要强迫男友认同自己的想法，以为被认同就是爱。结果变得蛮不讲理，自招讨厌。

这是女人的盲点：觉得男人会因为爱她而认同她、听从她、迁就她，不会向她说不，再累也不会关掉耳朵，假如他真的爱她的话。

最后这句“假如他真的爱她的话”，才最恐怖。女人搞错了，误把爱等同于对你的认同，穷一生精力希望改造一个男人，令他变成自己想要的人。整个过程被一厢情愿地误信为爱情。

是不是太自我中心了？只想让他配合你的意愿，成全你的欲望，才算是爱你的表现。你真是被自己的迷信宠坏了。事实上，你忘记了对方是另一个人，他是他，你是你。两个人、两个世界，你觉得合情的不一定合理，你觉得合理的又不一定合情。

女人天性好辩，因为负责语言的脑部(左右脑并用)发展得比男性的（通常只用左脑）成熟和发达，而她们的世界观也是靠语言建构而成的。于是，在男女沟通中，女人的强辩机会通常较多，却未必理所当然地反映出真理在女人那边，尤其是当女人经常情理混淆，情绪记忆比纪实记忆强时。于是，即使是理性辩论，女人的表现也是激动的比冷静的多。且看Sue的沟通能力和意愿便充满了矛盾，过度重视思考，强调理解和哲学思维，过分执着于思想、理性，表达方式却是感情用事，不懂得适当地处理情绪，压抑了感情和感受，把关爱的本能压住。所以，她无法通过语言表达心里真正的感受。她希望马上解决惹她不安、厌烦的问题，却忘了问题本身源于她内在的不安，处理的方案不一定是从思辨出发。和一个人相处，不可能把所有问题通过理性思维和讨论解决，而她也很清楚自己只是为执拗而执拗，为吵闹而吵闹，超过了正面沟通的良性本质，演变成情绪表现的坏习惯，还未及真正的冷静理智。

女人容易在得不到男人的认同和迁就时，第一个念头便想到感情，不理客观情况：他不爱我了，他以前不是这样的，他准是有了新恋人，他不再重视我了……所想的都以“我”为中心，却不想想还有一个“他”。感情用事很累人。你有你的理由，更重要的是他也有他的理由和需要。两个人相处，不能霸道地以自己为中心。不是所有问题都只反映男人对你的感情，他不听你的，不等同于他不再重视你、爱你。不能客观一点放下自我，先关心对方的想法和感受，了解他的立场和意愿吗？

将心比心。

用心了解另一种性别，才有条件跟异性相处。男人不是你改造的模型，他有他独特的生理、心理、世俗和性别认同的需要。改造他与迫使他变性没分别。**我们的想法和要求并非养活感情关系的食粮，我们的思想不是自己的全部，**发掘那个收藏感情的沉默的自己吧，学习放下自己的傲气，先感受，再理论，寻求协调。

我们其实并不如我们想象中合情合理，好好学习用心而非用脑袋去和恋人相处、相爱。

欠修补意识的快餐式两性文化

活在快餐式文化充斥的时代，因为缺乏对伴侣深入沟通和了解的耐性，恋爱关系往往快来快去，欠缺主动修补关系、反省自己的意识。

Case 3. 独生女子的快餐式两性关系

| Judy | 29岁 | 银行副经理 |

我刚和老公结婚一周年，感觉已经像老夫老妻一样平淡和沉闷，老公终日不在家，老在工作、应酬，是个标准的商人，但他人很老实，就是因为他太老实，有时让我吃不消，总是没变化，吃的、穿的永远不求变，也不像热恋时那样花心思跟我调情。

我是看重浪漫的人，很希望保持热恋的感觉，这段平凡的婚姻让我很失望，对婚姻充满浪漫和激情的幻想都幻灭了。

就在我感到寂寞难耐时，我认识了A。他是一个自由职业的艺术家，外表很英俊，是我的梦想中的男人，更令我着迷的是他那流浪的性格和深情的眼神。我和他是朋友的介绍认识的，他对我一见钟情，我事后也向他承认我很倾慕他，于是，我忘记了已婚的身份，跟他闪电相恋，做了背叛我老公的事。这个男人才是我真正需要的，他能带我走得远远的，永远有说不完的梦话，跟着他我可以到处跑，回归少女时代的不羁和任性。他让我沉睡的灵魂复活了，这个我才是真正的我。

不到三个月，我告诉老公我们完了，狠心地跟他离婚，跟A住在一起。可是，新的关系比我想象中糟糕。A对金钱没概念，常常没工作、没收入，花我的钱，除了到处吃喝游玩外，没有实际一点的人生计划。他说人生本来无一物，计算是世俗之人的陋习。我问他没计划哪有饭吃？他竟向我凶，说原来我也只是个平凡的女人，然后三天都没回家。后来才醉醺醺地回来，我知道他去找过其他女人，因为他身上还有女人的香水味和新买的避孕套。他对我不忠已不是第一次，我已忍无可忍了。这个男人浪漫得可以，却毫不实在，他并不属于任何人，他只爱他自己。

我掴了他一巴掌，说永远也不想再见到他。离家后却感到很迷茫，竟有点怀念我的前夫，离婚时他还说会等我想清楚后回去的，他一直爱着我，没改变过。可是，当我哭着打电话给他时，接电话的是个女人，话筒里还传来他们的笑声。天，他还说会等我呢！天下男人都是臭货色！这便是我任性的下场吗？我没作声便挂了线，茫然不知应往哪里走。我还挂念着A，却觉得跟着他没有安全感。没有人爱我了，没脸回家见爸妈。我需要一个属于我、能爱护我的男人。

素黑剖析

1977年后出生的独生子女，有不少生长在环境较好的家庭，万千宠爱在一身，受到的关注和爱只集中在他／她一个人身上。所以，性格上难免以自我为中心，不懂得体会别人的感受，从不需要照顾别人，甚至连自己也照顾不了。依赖，任性，以自我为世界的中心，没吃过苦，也没能力吃苦，可惜个人能力又不见得很突出，于是对际遇诸多挑剔和不满，希望别人为自己改变，迁就自己。他们的人际关系也很浮浅，除了在网上打滚外，现实中不懂得和别人相处，容易发生冲突和矛盾，没耐性解决问题，也没有长远的目标和方向。

快餐式的享受和恋爱，网络式的虚拟关系，渴求自由却不太懂得尊重别人的自由，总之，他们眼中只有自己，却对自我了解不足，无力面对自己的弱点。

在两性关系上，新生代独生女感染了一种**“野蛮女友”的集体认同后遗症。活在快餐式文化充斥的时代，因为缺乏对伴侣深入沟通和了解的耐性，恋爱关系往往快来快去，欠缺主动修补关系、反省自己的意识**。像Judy这种典型的自我中心型女人，对感情生活幻想多于实际，却并不很了解自己真正的需要，追求韩剧或日剧式的浪漫婚礼，在没有清楚了解男友是否适合作为婚姻对象之前任性地结了婚，可回到现实，蓦然发现婚姻生活沉闷，和电视剧中的浪漫情节大有出入，一旦遇到问题便嫌厌烦、失望，想马上离场不用负责任。遇上浪漫新恋人便毫不考虑其他因素堕入情网，误以为是找到了真我的激情，可激情过后必须回到现实，现实还是老样子，谈到具体生活便是沉闷和现实的俗事，她才开始擦亮眼睛，看到浪子浪漫背后的真面目。她再次以薄弱的解决意识逃避问题，一走了之，把问题推到对方身上，没有好好自我反省。迷失了才想到回头寻找前夫的怜悯。**这种翻来覆去、幼稚任性的感情，根本谈不上深度，只有要和不要、分和不分的决定，没有修补意愿，感情难以细水长流**。

这是迷失的一代，物质富裕的代价是失去对人性的关怀和尊重，两性之间很难发展深刻的爱。流行文化鼓吹的浪漫爱情全是消费主义设计的陷阱，盲目追求浪漫让女人不切实际，误把爱情等同于调情，能买你欢笑的便是爱，可浪漫是吃不饱的，如何在理想和现实方面取得平衡，是独生女性要追求爱情和婚姻的过关试题。

单有感情不足以养活爱，单有激情不能保证优质和持久的关系。逆境商数（AQ）和情绪智商（EQ）不足的独生女性还停留在原始野蛮的生物阶段，必须进化，让自己成熟起来，明白人不只是为自己而活，而单为自身而活的生物不可能进化。人是群体生物，必须学习和别人共处才能成长，学习相爱、互相尊重才能进化。先放下自我，追求男女关系以外更深的爱的层次，谦虚一点，进入爱人的内心世界，感受对方所思所感，将心比心，少一点自私，多一点关怀。

离弃不是解决问题的方案，必须正视和修补矛盾，在相处过程中学习成长、付出和承担，最后才是爱。

放下○爱

以聪明和善意的方法改善关系

要面对母亲不肯长大的病征，应避免直接回应母亲负面的态度，而要把母亲看成孩子一样，给她正面的鼓励，但不能过分纵容。

Case 4. 生命无法承受之母爱

| Kelly | 26岁 | 会计师 |

母女之间的嫉妒

我是1981年出生的独生女，母亲非常宠我，一直以来可以说没有经历过风雨。她是无微不至的母亲，细心、勤劳，全部心思都放在我的身上。我也没有让她失望，顺利考进我们所在城市的一所重点大学。在我所在的城市里，能进入这所大学算是很光荣的一件事情。在大学里，我认识了现在的老公，毕业后我便随他到他所在的城市生活。从此，我和母亲的关系便起了很大的变化。

其实在我和老公谈恋爱时，母亲知道他是外地人，已经格外紧张，她开始担心迟早有一天我会离开她。那时我哄着她说，怎么会舍得离开她呢！那时没想过真的爱男友那么深，结果到了最后，我离不开的是他，而不是我母亲。她一直耿耿于怀，大概觉得在我心里，老公的地位早已超越了她，而我也好像不孝一样欠了她。

女人都是容易嫉妒的动物，即使是母女之间，也会发生嫉妒的事情。母亲一直对我老公表现得相当冷淡，看上去就像她讨厌他把我抢走一样。有时我真的觉得没有长大的是她不是我，虽然她是我的母亲。

我和老公一年也就过年回家一次，顶多趁“五一”或者“十一”多回一次家，这也只有两次而已。母亲每每说我嫁了便不理她。我想过不如偶尔接她来我这边住，可是现在房价高，我们两口子只是普普通通的小白领而已，能力有限，刚工作不久，收入也不高，所以也只租了个一居室，我真的无法把母亲接过来住，虽然老公人还是挺好的，说不介意和我母亲住在一起。

我已结婚一年了，早已把自己当成大人一样，有很多要承担的家庭和婚姻的责任，还要努力赚钱，为将来买房子和生宝宝做准备。这些我偶尔打电话时跟母亲谈起，她便反应很大，喋喋不休地说：“都说过你，嫁到那么远，就不能让妈妈多照顾你一些。你什么也不懂。”说着便哭哭啼啼，令我有点不知所措，莫名地不安和内疚，虽然知道并不需要这样。每个母亲总要接受和面对女儿出嫁的一天嘛，而且嫁到外地在国内是很普遍的事，我不明白她为何老是放不下。

关系愈来愈紧张

我现在和母亲的关系愈来愈紧张，可我不知道怎样才是正确的方向。困扰着我的是我和她经常因为小事情发生摩擦。元宵节那天，我打电话回家，母亲还对我哭诉，说一个人在家，看着别人家一家人热热闹闹的，她觉得以后晚景很凄惨。我一时心里大乱，甚至不知道怎么安慰她比较好。爸爸不是一直在她身边吗？况且过年时我们不是刚见过吗？其实我知道她心里还有一根刺，因为过年时她跟我婆婆有过不愉快的事。我和老公都是独生子女，今年过年我们是两家子一起在老公的妈妈家过年的。我们希望两家老人能够满意，开始的时候还好，可惜临走时，我妈妈把婆婆家里的人都得罪了，只是为了菜炒得不合她胃口的一点小事，婆婆觉得自己非常委屈。我和老公夹在中间更难做，一个想做孝子，一个想做孝女，结果却两边不讨好。

本来奢望以后有可能四个老人住在一起，这个看法似乎难以实现了。

女人老了都是这样的吗

我和老公深谈过，我心里很难过，但无从改变她，我希望老公能体谅。母亲一辈子好强，把我当小孩子看，直到现在都是。操心的事情面面俱到，由买哪个牌子的洗衣粉、睡房床头应朝向哪个方位，到每月我们两口子应储多少钱，哪个月份怀孕最不辛苦等等，都要给意见。显然，好比一个强势的婆婆会影响小家庭的感情一样，我妈妈的一些做法明显会影响我和老公的感情。她要求我每隔一两天就要打电话给她，刚结婚时还觉得这样很温情，有点挂念她，可现在我已感到很大的压力，心理上有些承受不了。

女人老了都是这样的吗？还是因为她身边没有其他人让她管，她就要来管我，还要让我难过和内疚，好让她感到不会失去女儿呢？我有时真不明白母亲到底爱不爱我，还是只爱她自己。我现在都不知应如何调校心理和行为，难道为了让她心情舒畅，我就要事事顺着她吗？难道要我到30岁的时候，还听她的话，来决定要不要孩子、买不买房子吗？

和我同龄的同学也结婚了，不少也和我一样有类似的遭遇，说她们的妈妈就像活得愈来愈小一样，倒像是她们的女儿，不断找麻烦，不谅解，却处处要黏住你、依赖你，心里就是不想女儿出嫁离开自己。有个同学的母亲甚至会在电话里诈病，害得她以为她有什么急症，向领导请假，急急赶回家看她，原来只是她太挂念女儿的恶作剧。我自己也感同身受，我最怕母亲的眼泪，明明活得好端端的，就是把自己想得很凄凉，一定要给我制造很大的压力。她看穿我在乎她，像个孩子一样不断地向我撒娇，而且她的问题有愈来愈严重的倾向。

虽然心里很明白母亲对我无私的爱，可是她确实影响了我的生活。我该怎么做她的女儿呢？

素黑剖析

独生女儿步入婚姻后，或多或少还受到妈妈惯性的监管和影响，反而会破坏原来和妈妈亲密相依的关系。在母亲眼中，独生女儿永远不许长大，因为这威胁到一些已婚女人的基本安全感：**怕女儿长大后会离开，让自己顿时变成空巢老人。**

小时候，女儿对母亲无条件的爱和依赖，让母亲得到自我认同和肯定，可等女儿长大了，母亲的角色便受到难以否定的质疑和重新检验，过了哺育期，母亲的作用已慢慢淡化。身为母亲，对这种突然不再重要的角色感到害怕，这就像情侣之间的恐惧一样，当男人有了外遇，女人会觉得自己的地位便难保了，会变得一无所有。结果，女儿长大了，母亲却还未长大，反而有倒退的现象，变得像小孩子一样无理取闹，要求无条件的谅解和迁就，患上“母亲大过天”的自我膨胀心理病。

单靠母亲自己觉察问题而加以改善是不切实际的，因为人老了自然较自我保护和封闭。女儿有责任帮助过度投入的母亲平衡自己离开后的失落感，首先必须体谅母亲而非埋怨，别当母亲是负担，因为否定母亲只会让她感到更大的无助，加重她的惊恐心理，严重的话可能会让她歇斯底里、变本加厉，情绪失控，最终还是让女儿心里不好过。

要面对母亲不肯长大的病征，应避免直接回应母亲负面的态度，而要把母亲看成孩子一样，**给她正面的鼓励，但不能过分纵容**。女儿希望母亲视自己为大人，可以考虑以教育孩子的心情和态度，间接提醒她必须长大。给母亲正面的信息，让她知道她将依旧得到女儿的照顾和爱护，但不容母亲否定女儿和改变女儿。要像教孩子一样避免包庇和纵容母亲，是非黑白要分明，但态度要温柔慈爱，让母亲明白无理取闹或自怨自艾并不会博得同情，反而令人反感，让女儿真正离开她。

提醒比更正母亲能更有效地让她省悟，让她明确知道必须接受女儿长大而离去的事实，在尝过女儿会因为对自己反感而确实远离她的具体忧虑后，她将不会乱来，在利害计算中知分寸、识轻重，自然会自我检讨，收敛自己。

互相尊重比逃避或虚伪能更有效地改善关系。不妨和母亲约法三章，当母亲要管你时，让她知道这样没效果，等她拿你没法子时她自然会软化，争取协调，**这是让她变得积极的善意激将法**，别心太软中了她的苦肉计。你愈是迁就她，她愈会步步紧逼，愈觉得是受害者。记着要待她像孩子一样，过分纵容只会害了她，过分硬顶也只会破坏亲情。女儿的态度一定要诚恳和实事求是，让母亲无从逃避，必须学会正面地接受女儿长大的事实，良性地自我成长。

小心得不偿失

先问自己的心：到底希望得到什么，最怕失去什么，为什么害怕失去，到底是否拥有过？明白未曾拥有的话，就无从谈失去，那便没有害怕的借口了。

Case 5. 我为什么总抢别人的老公

| Irene | 30岁 | 职业经理人 |

不想守候一个男人

像我这个年纪的单身女人，你可以说我正身陷危机，再不出嫁便不能拥有女人最大的幸福，我却这样想：女人一生，结婚只能嫁给一个人，永远独身却可以贪恋更多。

贪是人之常情，我没有错。自从21岁跟初恋分手后，我对男人能为女人专一的想法就失去信心了。再好的男人，得到你以后，都会花心任性，不留温情。我体会到一个道理：能给你最多、最浪漫激情的男人，都不是能守在你身边的那一个，而是瞒着枕边人，偷偷外出放纵的那一个。背着老婆偷情的男人，会将最好的献给你，你永远能把他已厌倦的女人比下去，成为大赢家，你得到你想得到的，只要你不介意名分，你将是世上最富有的女人。

朋友说我自欺欺人，我觉得她们并不了解我，因为她们都已是人家的老婆，她们的想法有利益冲突。她们不希望有带着这种思想的女人存在，为害人间。我明白，假如我能找到一个永远对我有激情，永远觉得我比其他女人重要的男人，我会像普通女人一样，好好跟他结婚、生孩子。但这是不切实际的想法啊。我经历过失恋，知道男人的弱点，他们不会为一个女人守候，那女人为什么要守候花心男人呢？

女人最怕的不是没有男人，而是衰老。我怕人到中年，身边那个男人会瞒着我到外边花，或者觉得老婆与孩子都不及电脑游戏好沟通。

与其被动，不如主动，我要猎取对我最着迷的男人，然后抛弃他们。

恋过三个已婚汉

七年来，我前后恋过三个别人的老公，他们分别是A、B 和C。

A曾是我的老板，他比我大差不多30岁，儿子比我大一岁。那年我和初恋分开，换了新工作单位。因为心情差，也因为强烈的报复心理在作祟，更因为老板的老婆因为我的加入而经常回单位查老公是否出轨，经常变相给我脸色看。我于是把心一横，鼓起勇气勾引老板，存心让他迷恋我。

有这个想法其实也是我早已看穿这个男人对我起了色心，他大概本来就是因为我的美色而聘请我当他的秘书吧。他看上去比实际年龄年轻，就在一个他借故把我留下加班工作的晚上，我和他独自在单位里，他趁他老婆入医院做子宫切除手术时向我示爱，说我是天下最漂亮的女生，我就把自己的身体献上，还从此掌管了他的手机和电邮的密码，我要百分百地得到他。为了让他证明他对我有多爱，能为我付出多少，我故意要他跟老婆离婚再娶我。分明是为难他，也是给自己抛弃他留有后路。不是说他没有值得我爱上的优点，至少他是个挺浪漫和懂得照顾女人的男人，可是，他给予我的，是在青春岁月消逝后能散发的最后激情，我觉得像是夺去他贞操一样的快感。他迷恋我的身体，我迷恋得到他的胜利感，掩盖失恋的痛苦。

在他老婆气得差点要跳楼，而他已向老婆提出离婚后，我决定离开他，理由是我从不想破坏别人的家庭。他到现在还怀念着我吧。男人，真是再蠢不过的动物。

和A辗转在一起一年多，后来我辞职到了新单位。在那里遇上B，他是另一个部门的头儿，年轻、已婚、英俊，听说是单位上下女生的梦中情人，拥有像金城武那种摄住女人心灵的力量。一眼看上去，我便决心要夺去他的爱，幻想他会不顾一切追求我，后悔过早步入婚姻。想到有男人会因为我的出现而对前半生的决定后悔，便感到很幸福。这是女人最大的成就。

结果，虽然比想象中困难，但最后我还是成功勾引B到我家过夜，那天还是他老婆的生日。那种快感，前所未有。我知道我在伤害他的老婆，但问心，**若不是男人也多贪，再坏的女人也不能改变一段婚姻的所谓幸福**。

和B的恋情不久便全单位都在流传了，他的老婆不想放弃他，结果同意三个人的关系，说是可以让我分享他的老公。很伟大的女人，我瞧不起她。没种的女人，为何不能放弃这样花心的男人呢？我的目的已达到，我不想跟谁分享别人的老公，我说我厌了，一声再见便离场。因为此时我已看上另一个目标。

我不爱他们，他们太cheap（卑劣）了

C是很有钱的商人，刚结婚，妻子很美丽，但我觉得我比她美丽，我觉得我能给他更大的满足，尤其是在床上。要勾引有妇之夫是很容易的事，看中他们的弱点，给他"我不搞坏你的婚姻，我只要你的身体"的信息，没有一个男人不会上钩。男人就是男人，只是一团肉饼。不久就搞定了他，他愿意给我想要的一切。

看到男人为迷恋我而不顾一切、丧失理智是好玩的事，像心理战一样，猫捉老鼠的战术，享受快要得到手后一手破坏的心理快感。我不爱他们，他们太cheap了。

朋友说我心理变态，我即使抢得天下最优越的老公，也得不到长久的快乐。他们说得对，但我反问他们，他们得到了婚姻，他们快乐吗？别傻了，在婚姻游戏中，没有一个女人是快乐的。我宁愿走在婚姻边缘，抢夺最火热的爱，养活自己的青春。

不过这场游戏，结束在两年前。

在我享受着抢别人老公的成功感时，发现原来我在一个人的时候，从来没有快乐过，不断靠酗酒、抽烟和疯狂购物麻木自己。直至某个星期天空虚的下午，我一个人待在家里，看着满衣柜多年来买下却没穿过的新衣服，突然眼泪狂涌，失去了方向。靠抢的日子令人活得很累啊。这两年我不再抢男人，感受自己的衰老，一切都只不过是我一厢情愿的想法吗？我想得到真正的幸福，我该如何面对自己？

素黑 剖析

有人说，像Irene这种专门抢夺别人老公的女人，心理上患了典型的同性竞争依存症候群什么的，其实并不一定如此。所谓依赖同性竞争得到成就感，建立自我认同的心理分析是可以接纳的，但同性竞争只是表面的较量，问题的核心并不在“同性”，更多是在自我否定，对爱失去基本信念的问题上。

当一个人失恋，否定自己、否定存在的希望时，他会将原来留给爱的能量转化为恨，甚至更大的暴力和残忍。Irene的个案是**被恋爱的道德压抑过后的情欲反弹**，助长了贪欲。当正面能量一下子滑落时，负面能量得到合理化，因爱成恨，仇恨男人，将原来滋润人生的力量变成剥削，充满了毁灭性，于是，爱变成纯粹满足一己私欲的手段，助长更大的自我分裂，离自己更遥远。人为什么能在感情变质的关口，一下子变成另一个人，就是这个原因。由善良变成邪恶，由接受到竞争，由爱海走到战场，由追求热暖变成执着于输赢的游戏，恐怕只会带来你最害怕面对的结果：得不偿失。

这是爱坏了的病态。

好好地谈恋爱可能需要花掉不少心力，但靠抢劫的关系更花精力，因为所捕获的猎物从来不属于你，也不会属于你，你永远只能是爱情的过客，所以你宁愿在离场时花力量把它毁灭，甚至仇恨爱你的男人，又要利用他，又瞧不起他，心里怎能平衡，怎能满足自己真正的需要，看清关系的盲点？这样的女人是可怜的，因为，你不会真正感受到爱，只能享受偷回来的自我安慰。充其量，你只是一个隐形的潜在女人（sub-woman），没有真正的地位和尊严。

Irene感到累，感到衰老，确实是她对男女关系和爱欲战争一厢情愿地虚耗的结果。心灵脆弱到超乎自己的想象，结果一下子崩溃，原来身心早已无法承担，撑不住了。那如何重整自己，面对现实，继续上路呢？她最初的问题是对爱、对男人失去希望，所以不敢再投资爱情，转移到狂抢别人既有的幸福。这是爱的小偷，难成大器。她必须重建对爱的希望，但在得到这以前，她必须先重建对爱的信念，明白即使抢得天下，也会失去人格和信念，剩下的还是没出路的孤独人生。

先问自己的心：到底希望得到什么，最怕失去什么，为什么害怕失去，到底是否拥有过？**明白未曾拥有的话，就无从谈失去，那便没有害怕的借口了**。重新灌溉爱的心田，你想别人如何待你，你便先如何对待别人。你不想别人放弃你，你先不要轻易抛弃别人。你想得到真正的幸福，先要学会感谢上天给你优越的条件，以及认得出既有的幸福，欣赏别人的幸福。在贪念萌生时，想想一句话：己所不欲，勿施于人。

放弃也是负责任

聪明人最大的障碍，就是自觉聪明，变相执着，缺乏弹性，误会自己拥有很强的能力，能改变一切，赢得天下。

Case 6. 誓要他离婚娶我

| 叶子 | 29岁 | 审计师 |

欣赏张曼玉、许戈辉

已婚的男人一定会对婚外情女人说这句话：这辈子算是我欠你的，下辈子一定还你。

我就这么万劫不复地爱上一个跟我说这句话的男人。

他比我大十岁，结婚也八年了，依他说，夫妻感情早已变坏，依我看，他比我更寂寞。初遇他时就看上他的孤独，带点忧郁眼神的男人看起来很性感。

朋友都说我好胜，我不否认。天生好强，没有得不到的，也不稀罕会失去的。个性不喜欢求人，觉得我能靠自己拥有我所需要的。我是个要求很高的人，没有人有能力满足我。名牌大学高才生，美丽、有才华，追求我失败的男生都说我拒人千里，自以为是。

当女同学都紧张地寻找能供养她们的另一半时，我只热衷于追求学历和前途。这是什么时代了，女人必须拥有独立的经济，才有条件选择自己喜欢的生活方式，甚至爱情。

妈妈一生依赖爸爸，受气，我发誓不要像她。我的未来不需要一个男人照顾，那我就可以更自由地选择更多的男人，不落俗套，敢爱敢恨。

我一直仰慕独立自负的女人，像张曼玉那种我行我素、不理世俗目光的女人。还有像许戈辉那样，跟离过婚的名人结婚生女，喜欢她的话："其实白头偕老的确是很完美的，但是真正的白头偕老不是说勉强去维持一段婚姻。有时候理智地离婚也是对婚姻的一种负责态度。"欣赏她的这种自负和智慧，我觉得我也可以对自己的未来负责任。

当然，早在许未婚怀女之前，我已经无怨无悔地爱上了一个已婚男人。

人类原始感情的真实是偷情

最初本来就是抱着玩票的心态，被他的眼神和孤独感吸引过来，想解开他的结，爱上被成熟男人需要的感觉。他渴求爱，重视感情，却得不到。我跟他先是性关系，可能因为他无法从妻子那里得到满足，他特别渴求我的身体，我享受着，想过这是已婚男人才能给情人的享受。不是有人说过这样的话吗？婚姻的性不及交易的性刺激，交易的性不及偷情的性诱人。我是女人，却也认同这种说法。婚姻太闷，有价的性很快会厌，偷情的暧昧却能牵肠挂肚很久很久。这才是人类原始感情的真实。

于是，我渐渐陷进去了。与其说我爱他爱到不能自拔，不如说我享受自由偷情的快感。每次让他舍不得抛下我回到妻子身边，我便得到一个女性最大的满足感。他是我的，但我无须拥有他。

从23岁开始，一直到现在，有六年的时间了。最初一年，我一直觉得自己已擒住他的心，不一定要他的全部。原以为我能一直享受这样超凡的自由关系，不用承担责任，尽管没有人会祝福第三者，但我不在乎。

一开始他便说会离婚娶我的，我一直不在乎，他也懒得行动。可是，原来我低估了自己内在互相排斥的多重欲望。我想要自由的偷情关系，可是相处久了，我又渴望他能为我舍弃他的妻子，愈得到他的爱，愈想将他变成战利品，哪怕是成功夺得后再丢掉也是兴奋的。

发现他和妻子还有性

一年后我发现他原来瞒着我还一直有跟妻子上床时，竟压抑不住情绪，向他爆发了，觉得他在欺骗我，虽然我从来不在乎婚姻，我却决定一定要把他夺过来，我不要做输家。我开始逼他离婚，给我一个名分。其实我才不需要名分，我只要把他赢回来。我是个聪明、优秀的女人，我想要的没理由得不到。我开始跟他的妻子暗地里角力。过节时故意让他留下陪我，不回家，把他妻子气得发疯。在他的车厢里故意放饰物和私人小用品，要让她发现时给他压力。

我本来只当这些是小把戏，调剂生活。可是一场女人角力的战争开始了。有次我在车上发现他妻子的口红，气得当场把它扔出窗外，第二天，他妻子竟还以颜色，丢掉我为他买的装饰。我质问他到底要她还是要我，为什么还没有离婚，提出分手。本来只是说说而已，看穿他会挽回我。不料他竟懦弱地说：“这辈子算是我欠你的，下辈子一定还你！你要相信我，等我。”

他竟要我等他？我一生没受过这么大的耻辱，竟是他的次选。真是岂有此理！

自负的我冷静下来，不能低估这场仗，决定改变战略，以柔克刚。从此变得小鸟依人，放低自己，希望打动他，让他离婚娶我。他老是说妻子为难他，因为曾经受过我的气，没那么容易放手。明显把责任推到我身上。

作为当代职业女性，应该拥有自负、执着和不放弃的个性，我觉得还有时间，还可以继续下去，他会为我改变的。不知是否因为年纪逐渐大了，开始想安定，发现和他的关系原来很累。可是，为了面子，我不想放弃。

他却一直说请给他一点时间，一给就是五年，才发现原来我真的很执着，得不到真的不罢休，哪怕青春已快走到尽头，错过了其他很多任性的机会。我要最后的胜利，可路比预计的漫长。我也变得有点郁闷和气馁了。

非常不快乐。

朋友都劝我放弃，但我不能做失败者，开始觉得他比我更了解我自己，看穿了我好胜的弱点，所以一拖再拖，他才是最后的赢家？

上星期他对我说："我要面对财产问题，她快要了我的命，我老了，不敢再冒险了。"他心软了，减少见我的次数。他到底是弱者，还是赢家？

到头来，我得到了什么？

我还是不希望放弃，哪怕是押上一生的青春。忽然觉得，我是在跟自己过不去，我只是赌一口气，我真要得到这个男人吗？恐怕不见得，或者，我只是爱上了得不到这个男人的感觉。

素黑 剖析

叶子到底是好胜还是好败呢?

对失败的感情关系死不放手，说服自己还要等，还有胜算，还值得继续下去，哪怕是不知最终为的是什么。

最聪明、精算厉害的人，也有迷失的时候，这是我们必须接受的事实，面对现实就行了，没有维护面子的必要。强人也是人，人就是人啊。

聪明人最大的障碍，就是自觉聪明，变相执着，缺乏弹性，误会自己拥有很强的能力，能改变一切，赢得天下。

典型的固执自负的性格，自己害死自己，跟命运和别人无关。

本来叶子自觉要自立，掌握自己的快乐和生活，这是可取的正面人生观。不过，她的出发点并不正面，缺乏正气能量，因为她是从否定所有人的心态出发，对别人没信心，认为没有人能满足她超高要求的个性，而这执着的想法源于她不想像母亲一样受制于父亲，失去自主性。她要做现代自由女性，却没有孕育真正强者的心态，即拿得起，放得下。一厢情愿地以为经济独立后便可以超越婚姻的束缚，不在乎世俗道德，可以放胆放肆地去捕获爱情猎物。

现实却是，她并未如愿自由。她被固执的好胜心和野性反封了自由的门。她得到一段次等的关系，却误失宝贵的自由。

已婚男友拖延婚事是早该料及的事实，他有他的贪念和懦弱，可更多是她自己在拖，怪不了人家。真正聪明的女人不应寄予不切实际的幻想，以为他会成功离婚然后娶自己。可她的弱点正是自负过高，死执不放手，宁愿得不到，也不想放弃，放下面子。非常矛盾压抑的抗衡心理。

他软弱，她更软弱。

自以为是的她误以为空有心计、有手腕、够聪明，可以像许戈辉一样最终让目标男人离婚娶她。她看到的是胜利的一面，可她没注意更重要的启示：**理智地选择放弃，也是对自己的一种负责的态度，也是做一个自负女人的基本条件。**

叶子的心理是复杂的，一方面希望占有已婚男友，满足将男友变成猎物的野心；另一方面对整项计划错失预算，漫长的角力、等待，变软，讽刺地挫败了自己的锐气，最后为了一口气，跟自己过不去，难为了自己，变相慢性自虐，为的是顾全自己的面子，为了好胜心，牺牲了幸福。她要得到的早已不再是这个男人，而是不甘心老去还是一无所获的彻底失败。无法接受当初故作潇洒追求偷情自由的她，竟比其他守旧小女人更痛苦自困。

聪明的真正意义，便是懂得告诉自己何时坚持、何时放手。

站在人家的立场上想一想

伤害无可避免地发生了，关系决裂了，没有转机，其实大半是面子问题多于实际问题的得不到解决。

Case 7. 老公情绪反弹，因爱成恨

| Gloria | 26岁 | 主妇 |

任性出于无知

原来有很多错是不能回头的，即使我已诚心改过，尽力弥补，也不被老公原谅。

我无知，不知自己的任性会破坏关系，我以为不知者不罪，可一切已无法再挽回了。

我出身于普通的小市民家庭，祖父母是农民，我承袭了父亲的豪气和母亲的刚强，比较粗枝大叶，在家一直是个小公主，比较受宠，因此也比较任性。小时候祖父母特宠我，父母觉得我精乖可爱，一切都以我为重点，虽然家里穷，但我一直过着比一般人优越的生活。大概是因为这样，

养成了我不照顾别人，眼里只有自己的陋习吧。现在想起来才知道自己满身缺点，霸气重，像个还未长大的丫头。可现在才知道已经太迟了，老公已无法承受，放弃了我。

一切都是我以自我为中心所致。

我17岁便和现在的老公相爱了，属于早恋，那时大家都很单纯。他是个十分优秀的男生，受过良好的家教，父母是经商的，家庭条件很不错，在物质和文化水平上都跟我家有很大的差距。他比我大五岁。我们认识时，他还是个大学生，第一次见到我就说我像个土包子，傻傻的乡村姑娘，很可爱。他本性善良，喜欢简朴，我有他的生活圈子里没有的纯真土气。我对他的印象很好，像遇上白马王子一样的童话式的邂逅，我们都是初恋，一见钟情，就这样，我们便在一起谈朋友了。

恋爱生活是甜蜜而盲目的，我只看到他的好，他只看到我的好。他是那么优秀，粗枝大叶的我却没有压力，反而觉得他顺理成章要对我好，因为他喜欢我，便要为我付出他最好的一切，哪怕他的背景、出身和学历都比我优越。他身边不无女生追求，可他就是那么单纯，我就喜欢他这样，在他身边我永远是公主，这样的我感到很幸福，也认定他是我未来的老公。

我们谈了几年，等他的工作稳定了，我也毕业了，我们便结婚。双方家庭本来就不很满意这桩婚事，他爸一直给他相亲，介绍很多优秀的女生，可他一一拒绝，我的存在害得他差点和父母的关系决裂。而我觉得他既然爱我就要付出，理所当然要维护我，这是他爱我的条件，我在享受他为我付出的同时，却没有顾及他的感受。现在想起来，这是我一开始就忽略的重点。他们家嫌我家穷，没修养，我们家嫌他们家铜臭气重。反正我们终于成亲了，就这样，我成为很多女人梦想中的皇后。

恃宠生娇，弄僵关系

老公多年来一直很宠我，这点我是没话说的。我也仗着他的宠幸，有点依赖和撒娇，甚至有点任性。老公希望我婚后能和他家人修好关系，我心情好时也会卖乖说一点好话，心情不好便板着脸，还给他们脸色看。春节回去看他们，每年都过得不开心。三年后我怀孕了，生了个宝宝，老人家都开心不已，暂时放下不快，都要来抱宝宝。这个时候，老公的父母和奶奶也来到我们的城市，住在我们身边。我感到很烦，要带孩子已经很辛苦，再加上要应酬老人家，在生活细节和带孩子方面总和他们有争拗。而我老公希望我多照顾老人家，毕竟他们从很远过来，我火了，觉得他要求太多，没有理会我的感受。一次吵闹时我便说离婚算了，我又不是嫁给你家人！老公第一次发火，说我不该随便说这样的话。那次之后，他开始嫌我不够孝顺，或者说不太细心，没有照顾好他的父母，他开始经常跟我闹意见了。

我生性强悍，感到一肚子委屈，向我的娘家诉苦。本来我的父母就很宠我，听到我刚生孩子就受委屈，还要服侍夫家上下，自然替我出气做主。本来我只是想撒娇，可他们自作主张地打电话过去批评我老公。老公的意见便更大了，认为我的父母是小市民，不懂事，也不知分寸。从此，双方家庭便陷入一场战争中。

网上公开家事，乱上加乱

老公很爱上网，他大概多年来积了满肚子气吧，结果竟然把我们的家事写到网上的BBS上。我最初也不知情，后来是我的妹妹知道了这事，要替我出一口气，也在网上写文章反驳。于是双方各执一词，把事情闹得更大、更僵了。本来是一家人的事，现在竟变成公开的骂战，面子没了，矛盾因此愈来愈大。老公怒了，说我串通妹妹跟他作对，不再给我钱。我感到很委屈，干吗要这样对我？因为我经济上依赖他，所以用这种方法欺负我吗？从没有这样被欺负的，但我已不敢再向家人诉苦了。上次父母的乱闹，此次妹妹强出头，已经把我害得够了。我感到很孤立。

更不幸的是，这期间老公的奶奶去世了，老公借故向我发难。他跟着奶奶长大，很爱奶奶，他很孝顺，所以不能原谅我的不孝顺，但奶奶的死跟我无关啊，他没有时间好好照顾奶奶，为什么要把责任推在我身上呢！他认为我没有孝顺奶奶，所以奶奶被忽略了，还发怒说要和我离婚。我当然不同意，跟他理论，他不再给我一分钱花，以前很宠爱妻子的男人，现在已面目全非了。

结果，最不想发生的事发生了，我们两人分居了，我把孩子送回父母家。经过很多反思，我承认我有做错的地方，尤其是以前太过任性，也忽略了他的感受，虽然他也有错，但失去他后我才知道原来我不能没有他，感到很后悔，错也在我处，是我真的没好好照顾他的家人，也让他们家没面子，我想改过，想请求老公的原谅。可是他不肯原谅我。想了很久，真的没办法，于是在他经常上的那个论坛也发了文章，希望他能够原谅我，不提出离婚。可是他始终不回应。我不知他现在在想什么，难道多年的夫妻感情就这么完蛋了吗？

素黑剖析

问题是不会在网上得到解决的，因为你们其中一个交恶的源头正是在网络上，令他失去面子，也把事件闹大了，影响不好。希望在网上对话而不在现实中对话，是很多伴侣惯用的沟通方式，以为可以更有效，更方便坦诚。若是以单对单的电邮或MSN、QQ等工具对话会比直接对话好，可以免去面对面谈问题的情绪冲突，也可以照顾到面子问题，但现在你们采用的是公众论坛，邀请了第三者加入，把私人问题公开化，反而更麻烦。外人不知情，乱加意见，更容易混淆视听，定力不足的话容易人云亦云，大大影响客观和理智的判断力，令你们的关系更趋恶化。

大家都有错，大家都自以为是。你是任性自大，恃宠生娇，目中无人，他不擅把心事表达出来，积满屈结，也是问题所在。他要扮演好老公，想做好儿子、好孙子，包容所有亲人和爱人，可惜力有不逮，表面上很爱妻子，最初处处维护，但原来在很多价值观上未能苟同妻子的做法，那也是不够坦白的假好老公的做法。明知妻子任性，像未长大的小女孩，一下子当了妻子、儿媳和母亲，未能适应和当好这些大人的角色是意料中事，他要是对她有要求，也得和她好好提出，善意地诱导，而非一厢情愿地希望她一夜间变成世故成熟的女人。结果无力爱护亲人，奶奶死后经不起伤痛和失败感，情绪反弹，后悔对妻子付出太多，把所有的怨气发泄到妻子身上，也不够公平，并且希望借网站发布和宣泄得到他人的认同，他也是软弱无助的男人。

事情发展到这个地步，也是两个人共同要承担的责任。妻子知错想改，也应给她一个机会，她是第一次知道自己要成长，不能任性了，也是一大进步。假如真有爱情，也应体谅，重新开始，修补关系。

但你也不能光等待老公重新接受和原谅，因为他和你一样，也要经历一段人生考验，他也要成长起来，你应重新寻找出路，得到教训，收敛脾性，学习将心比心，站在人家的立场想一想，得付出，放下自我。过去的能补救，是福分也是缘分，看你们能否共同正面看关系，珍惜眼前人。然而**伤害无可避免地发生了，关系决裂了，没有转机，其实大半是面子问题多于实际问题的得不到解决**。这是很多男女关系上无法挽回的遗憾，也是成长的路。未跌过不知走错了，可现实若已不能回头，便只能向前看，积极面对从头再来的人生。

我们都是这样长大的。

第六部分 绝望主妇

生命是属于每一个人的。无法承担的，不要逞强。无能力管理好、处理好的事，便不是应背负的事，哪怕是关系和亲情。

爱没有错，但不能爱到失去自己。

果断离开，天经地义

女人要懂得适当地释放自己的压力，表达自己，假如因为害怕令伴侣不满或反感而自我压抑的话，结果绝对不会让关系好过。

Case 1. 愈是迎合便愈失败

| 余太太 | 33岁 | 全职主妇 |

以为迎合便是女人的成就

我以为我一生待人好，努力做好自己，会得到一个女人最基本的幸福回报。我不是贪心的人，我要求并不高，相夫教子，经营一个家和夫妻关系，有什么不对呢？偏偏我付出了一切，换来的却是彻底的失败。

我现在的生活没有方向，对任何事情都失去积极的态度，包括对孩子。我试图努力修正老公对我不满意的一切，可是我觉得很徒劳。因为心情和感受，我不能认真地做好自己以及和家庭有关的任何事，因为这些，现在已经影响到女儿的身心健康了。

除了自责，除了无奈，我还能有什么心情呢？

丈夫是我的初恋，由谈恋爱到结婚，我一直迁就他，他有着叫人不能反抗、永远是他对你错的气焰，我很难和他抗衡，也没有那个能力。他是大男人，我有我的想法，却不敢表达，他总有一万个理由把我压下，我只好把内心隐藏起来，心想，反正他要的我能做到，迎合他，也是我的成就啊，这不就是爱吗？

可是，当我意识到很多问题时，爱变成了一种习惯，像人们形容吸海洛因的感觉一样无法戒掉。因为爱，我一直迎合、迁就他。他不愿意我工作，我便不工作，带孩子，照顾公公婆婆；他不愿意我见朋友，我一个也不见，渐渐失去一切朋友；他不愿意我上网，怕我学坏，我便不上。他脾气很大，工作上不愉快，回来便拿我的身体发泄，几次在女儿面前就把我按倒脱衣强暴我，我不敢叫，怕吓坏女儿。他边发泄边骂女儿为何不出去玩，我被压着还要低声叫女儿到厕所便便，她很乖巧地顺我的意。我哭了，他打我，让他自己兴奋。

在丈夫身边，我得到的都是打击和不自信的东西，我经常在想自己哪里对、哪里不对，应该怎么做。在他心里，他没有错的时候，我永远是错的，在我不听话的情况下或者自我表现很强的时候，他会用武力解决。

我不知道这个问题的最大症结在哪里，因为积怨太深，希望丈夫能够和我一起交流解决问题，可是我没有得到这个结果。对于我们日益增多的矛盾，我现在没有解决的想法，想和他说时，得到的是他不理解、专制霸道和指责的态度！现在倒是自己不想因为说起这个就吵架而在回避，有时候很委曲求全！

我现在不知道是爱还是什么，我们在一起的时候争吵多于尊重地相处。现在的我不再有激情，宁愿不说话，宁愿沉默，我们都在回避问题，放在心里，继续怨怼。

想离婚又不敢

再说，我一直想迎合公公婆婆，因为出于爱，我尽量迁就他们，我不知道什么才能令他们满意。如果可以不说话，我宁愿不说话；如果可以离开，我选择离开，因为我的感觉是我做什么都不对，不做什么也不对。他们对老公太维护了，没有对错之分。我一直耿耿于怀的是当年我意外有了孩子，告诉他们要结婚的时候，他们极力反对，现在又不宠孙女，埋怨我不生个孙子。对他们，我已情至义尽了。

很多时候我想以离婚来解决问题，我知道这是最不好的方法，但这个念头总是在脑袋里浮现。考虑到孩子和很多现实问题，我不知道自己该怎么做，委屈得从心里想哭，我希望自己爱的人能帮助我，可我得到的是没有一点回应的态度，只有无视和指责。我不知道自己应该怎样才能做到他要求的那样。我只知道我得到丈夫的关爱太少，所以曾经会用各种方式希望他注意，如说病了，说孩子欺负我，让他知道我受公公婆婆气了之类。可是，我没得到我想要的任何效果，反而伤害了我们的感情，他觉得我很厌烦，不知分寸。

影响女儿的心理健康

女儿是我唯一的希望，我爱她胜过一切，她是在我没有准备的情况下来到我身边的，我为了留住她，做了很多努力，甚至勉强接受这场婚姻。我没有后悔，虽然我的母亲会说假如当初我打掉了孩子，我现在会好过很多。女儿小时候是非常可爱也蛮有个性的，可是现在的她已经不像小时候那样了，是不是我的性格影响了她？她也学会迎合我的情绪了。看到我哭时，她会用她的方式来安慰我，唱歌给我听，说老师称赞她之类的话。其实我知道老师并没有赞她，她在学校朋友也很少，上星期老师曾告诉我，她看起来有点自闭，常常不说话，偶尔也会使用暴力打其他小朋友，甚至试过偷同学的笔。我觉得很心痛。她在家待我很用心，会说我喜欢听的话。她的快乐没有其他孩子多，因为她会察言观色。但我希望她更快乐。看着她，我很自责，是什么让年纪小小的她变得这么世故和敏感？是我害了她吗？我有很多的抱歉！

现在我已变得很没耐性了，很多时候我喜欢发脾气，事后又告诉自己下次应该怎么做才是正确的，可是再有事情发生的时候，我忘了告诉过自己的想法。我现在不敢去想很多问题，一想到便马上避开，我不想把问题放在脑袋里，我知道我解决不了，所以我想回避，告诉自己希望愈大失望愈大。在自己相信和熟悉的人面前我是个开朗的女人，在不喜欢和说话要小心的人面前我喜欢压抑自己。我觉得我已把一切押到爱情和家庭上去了，因为爱迷失了自己。没想到的是，苦心经营了四年的婚姻，已经到了彻底失败的地步。我是个彻底失败的女人。我到底做错了什么？对丈夫我已没感觉，对女儿只有遗憾和内疚，我还能怎样活下去，如何渡过难关呢？

素黑剖析

爱可以制造伟大的能量，但是需要条件，就是必须保持清醒，合情合理。

女人却倾向于合情不合理。

因为丈夫过盛的霸气而变得胆怯心虚，明知错在对方，还会先小心自省，怕是自己造成的错。自我反省是优点，但也容易变成自卑，被威严压抑而丧失理智，迷失自己。余太太迷失在母亲、妻子和背负承担的女性角色中，像很多已婚女人一样希望努力演好这些角色，却力不从心，演坏了角色。她和丈夫之间不能坦然沟通，是彼此的性格问题，也是婚后没有互相努力同心改善关系的结果，更是纵容丈夫任性肆虐的结果，所以活得痛苦，无法解脱，可骨子里还想承担，即使事实上承担不了。

记住，**承担不能一厢情愿，要顾及很实在的能力问题**。丈夫不懂得尊重她，情商低劣，擅于逃避，转化为暴力和冲动。而她在回避，希望讨好，结果是负面的潜意识不幸地影响了下一代，让孩子接收不到正面的爱，只看到暴力逞强的爸爸和以泪洗面的弱者妈妈需要安慰。余太太为女儿制造了隐忍弱者的女性典范，影响会很深远，有可能让女儿重蹈自己的覆辙。她的责任是爱女儿、爱家庭，既然丈夫不可爱，便要保护女儿，不要让女儿被吓到，受伤害。

方法是先以爱为大前提和丈夫理性协调，没效果便须果断离开。这样做，天经地义。

女人要懂得适当地释放自己的压力，表达自己，假如因为害怕令伴侣不满或反感而自我压抑的话，结果绝对不会让关系好过。对方不会重视你，只会更瞧不起你的懦弱。**在大男人面前，你是强者还是弱者，结果都没分别。以迁就奉承和迎合来舒缓关系，只会带来更差的后果。**

不要为讨好而改变自己，而应学习勇敢，远离伤害性强的人。丈夫是个视女性为发泄对象的兽性男人，这是一个危险的信号：他日女儿长大，难保父亲不会侵犯女儿。在我接触过的很多个案中，报称曾在儿时或少女时期受父亲性侵犯的并不罕见。女儿小小年纪已经感受到了父母之间感情摩擦的氛围，变得世故、乖巧兼说谎，扭曲了童真。余太太绝不可掉以轻心。若能离开强暴的父亲，还以平静亲爱的生活，跟着妈妈也可以很幸福，关键是爱。这是余太太必须尽早理智考虑的重点。

正如她所说，她没能力解决问题，她要做的不是再纠缠在这段没出路的关系中难为自己，而是要先自强，稳定情绪，做个合格的人：身心健康，爱自己，储蓄能力爱别人。**只为别人活着的人不是伟大，而是对彼此不负责任。**

记住：**爱没有错，但不能爱到失去自己。**好好为自己打算，人生还可以有很多选择。现在已是21世纪的先进时代，女性的幸福是可以靠自己争取和建立的，无须依靠男人，更别说是个不济的男人。不要被离婚的负面印象阻碍，应该活得自由精彩的前路。**离婚不一定是答案，但只要是合情合理，也无须否定其潜藏的正面价值。**别感情用事，果断地为自己和女儿打算，向前看。

先翻新变老的感情关系

幸福是很脆弱的，很多女人都不知道，以为一个婚姻名分、物质满足、稳定的家庭就是世上最有保证的福气。

Case 2. 当幸福蜕变成麻木

| Hatcher | 32岁 | 全职太太 |

锁定目标，嫁个有钱人

眼看老公出门上班前给我抛下的微笑，我知道我很幸福，但也很麻木。

昨夜跟十多年的旧同学聊MSN（一种在线聊天工具），无聊地告诉她觉得自己可能患上了抑郁症。她说她笑得合不上嘴，像我这样幸福的少奶奶哪有发展忧郁细胞的机会？叫我下次想开玩笑也应找个合理一点的说法。我不再多说了，也觉得自己很荒谬。

结婚八年，老公是外企高层，家有用人，房子坐落在高档社区，出入驾进口房车，没有孩子的负担，不用做家务，连做饭也不会。婚前曾是职业白领，爱享受，目标是嫁个有钱人，过逍遥自在的全职主妇生活。现在一切都实现了，大家都说我的命生得好，老公有钱又专一，朋友都羡慕我，甚至妒忌我所拥有的一切。结婚那刻我觉得天待我太厚了，也感到幸福得有点不安，怕会有报应，怕我原来不配那么好的生活。老公笑我傻，在我的嘴上亲一下，把我抱在沙发上做爱。

这是每个女人都渴求的幸福吧。

我拥有过，现在还拥有着，可是感觉已经变淡了。

老公是我在职场工作时的重点客户，我第一眼看到他时便把他锁定为目标，他能给我一切：金钱、房子、荣耀、享乐、照顾、一切。一年后，我和他结婚了，到我最想去的马尔代夫度蜜月，在浪漫的椰树夕阳海滩上，在香槟和海鸟的见证下成为最完美的幸福女人。

结婚后我成为全职太太，告别了白领生涯，令很多单身女同事掉了很多妒忌的眼泪。

厌倦Shopping，也厌倦老公

头三年，我经常跟老公出差，玩尽全世界要玩的，吃尽全世界可以吃的美食，买尽天下女性最想买到手的衣饰。在花钱上，老公从来不过问，他说他有的便是我有的，我可以自由分享他的一切。他对我很有信心，而我也是有分寸的女人，从不过分花。得到了，很快便失去热情，反正也买不了那么多东西，一生也穿不了那么多衣服和鞋子。渐渐地，东西多了，反而觉得厌倦。

第四年开始，我懒得跟他出门了，会约朋友或自己一个人出门shopping，但shopping令女人变得麻木和失去女人味的道理我是明白的，毕竟我是接受过高等教育的人，家教方面也非常优越，世俗性的向往一般我都不太迷恋，很有分寸，像我的婚姻也是在很有分寸的计划下成就的。我不再怎么买东西了。很少跟老公出差，反正也不想应酬他的生意客户，除了必要的应酬外，我已很少跟他出席公开场合了。

然后，我发现和他一起的时间少了很多，他忙得要命，我闷得要命。我很依赖老公，老公对我很好，习惯了他的照顾，我变得愈来愈懒，早上睡到很晚，老公出门前我总会醒过来的，习惯等他在还赖在床上的我的脸上亲一下离开后再睡。一睡便睡到近中午。起来吃个brunch（早午餐），无聊地看报纸，替波斯猫梳毛，玩玩，下午到会所健健身、游泳什么的，这样又到黄昏。

我开始经常约女朋友吃晚饭，反正老公经常不在，他有他要忙的，回家也很晚，我不想等他，感到等他也不知所谓。和女朋友吃吃聊聊，买东西，看电影，听她们谈工作的不快，男人如何不忠，孩子生病这些琐事，挺无聊的。最后，索性不再见她们了，自己一个人，待在家里看DVD，打电话，看书，闷得发慌，开始胡思乱想，感到老公像亲人一样，失去了男女之间的热情和乐趣，尤其是性生活方面。

好想好想谈恋爱

第六年，我开始迷上了网络。

每天一睡醒，吃过brunch后就上网，看网上的牛人掐架，在MSN上跟朋友聊，结识朋友。聊了好几个男生，都说自己是高收入SOHO（家居办公）族，单身，想交朋友，OK（好），就这样跟他们玩玩，聊天，什么都谈。我直接告诉他们我已婚，很闷，你能怎么逗我开心？他们像电车男的故事一样，给我提供很多不同的意见，除了应约见面外，我什么都听他们的。然后某天，出现了一个跟我特别投契的男人D。

他成熟、有远见、很温柔，坦白告诉我已婚，跟太太早已失去激情，生活沉闷，很怀念恋爱生活。天，他击中了我的弱点：我和老公的幸福早已在不知不觉间变味，习惯被照顾，习惯他的微笑，习惯性爱的沉闷。然后有一天，**我突然发现我需要的是爱情，不是幸福少奶奶的生活**。蓦然发现已经进入结婚七年之痒期，婚姻最危险的年份。

像影子一样，D唤醒了我沉睡的激情。我突然饥渴一样很想很想谈恋爱。连续剧《好想好想谈恋爱》里梁静饰演的毛纳说过一句话："嫁给男人你仍旧是孤单的！你得面对现实，把幸福建立在男人身上是最危险的……别指望他们拯救你！"

我完美的老公无法拯救我快枯死的心。有一刻，我觉得我是罗海琼饰演的陶春，人生目标明确：要嫁个有钱人，有钱有身份。现在什么都有了，却还是孤单。

一天，我竟像毛纳一样，在孤单得要落泪的惨状下，打电话给曾经爱过我的三个男人，想听听他们的声音，想让他们安慰我，可是没找到任何一个，除了D。他能明白我的枯竭和无助，失去爱情和激情但还美丽有吸引力的年轻女人，却离不开老公，像得了慢性病一样慢慢枯萎，找不到情感的出口。我竟大胆地开口问他可不可以来见我，他犹豫了。最后，他找了个借口拒绝了。我是明白他的意思的，他承担不了偷情的后果，我也承担不了吧。挂了电话，哭得断肠，猫也吓得跑掉了。

我还算是个幸福的女人吗？我害怕每天这样过。原来我一生追求的幸福，要牺牲爱情来换取。我不敢越轨，怕对不起老公，也怕失去一切。可我的人生还有什么意义呢？

素黑剖析

Hatcher的困局，是貌似幸福其实空虚的**老化婚姻典型**。首先是物质和名分的吸引，加上传统安分小女人的惰性心态，造就了她摇身一变成为富主妇、童话故事的女主人。幸福是很脆弱的，很多女人都不知道，以为一个婚姻名分、物质满足、稳定的家庭就是世上最有保证的福气。可是，她们忘记了更重要的一点：爱和心灵满足是相同层次的喜悦，能保持生命能量的澎湃，像热恋时期的感觉一样，脑内分泌令人感到恋爱甜蜜的爱情激素，对爱情、对生命时时充满激情和期望。然而，当生活和感觉变成习惯，缺乏新刺激和生活方向时，吃喝玩乐很快便会失去吸引力，**沉闷是最佳的能量下滑指标，令人失去感受幸福和快乐的能力**。即使表面上生活无忧，是人人梦寐以求的富裕生活，也比贫穷和营营役役的人更容易失去志向，无所事事，没有色彩。有钱人特别多情绪病，自杀率也特别高，正是这个道理。

人最大的痛苦不是得不到快乐和满足，而是不懂得如何抓紧快乐，保持满足。爱情是最能激活人的意志和能量的生命激素，因为恋爱最能打动人心，而心是掌管情感反应的最重要器官。当心态上已拥有一切后，感情和心灵上的丰足便马上成为生命剩下的追求。失去了体验感动的能力和机会，意味着婚姻已经到了危险地步，关系不进则退。

很多已婚主妇可能都跟Hatcher一样，虽然未必像她拥有丰裕的物质生活水平，但同样因为婚后没有花心思润饰夫妻关系，使婚姻磨平变闷，让感情冷却，容易突然想重温恋爱的温度，却在道德关口上挣扎徘徊，好想谈恋爱的心瘾一触即发，已很难回头了。幸福的定义得重新改写。沉闷没变化的幸福还算是幸福吗？在比上不足比下有余、没有怨命的理由下，怀着不能为人明白的暗苦，幸福少奶奶更容易患上抑郁症是可以理解的。

要面对失去感情激素的困局，首先第一步不是找婚外情，或者压抑自己强守忠贞（因两者会耗损很多正面能量），而是应主动一点先重整自己，检查已生锈的生活惯性，唤醒沉睡的创意，为生活改头换面，从饮食起居习惯开始改革，多接触心灵满足的人，如作家，如书本，在生活中注入一点情趣和新意，甚至自我增值，学习新语言、新课程，**重塑自己的智性造型**。只要把习惯改动一下，就能激活脑神经细胞，长出崭新的枝丫，令人活泼起来，为感觉翻翻新、排排毒。这是女人自爱的力量。

然后，便是为变老的感情关系翻翻新。深化夫妻间的生活情趣，想想已多久没一起旅行，送过礼物，发句“我爱你”的短信？宜经常添点生活小情趣，如亲自做菜，送亲手做的小礼物，给对方一次浪漫的性爱等，培育平凡而满足的修为，最好是少靠说话，多用身体语言，如亲密拥抱、亲吻，因为身体的记忆比语言强而快，直接加速促心跳和血压，刺激感情激素，能加速改变生活的重复循环。

如果连这些小动作也懒得去做的话，幸福真的离你很远，一去不回头，你也别怨那么多。

愿意发掘创意的人是有福的，不要让沉闷毁掉幸福。

学习释放感情枷锁

有力量的爱，永远由自爱开始，让爱有很大的自由，起码要释放自己在爱中的感情枷锁。很多时候，我们爱着的不是爱的本身，反而是关系中的枷锁，助长自我执着的病态。

Case 3. 他只是个空壳丈夫吗

| 雅亚 | 29岁 | 全职太太 |

爱他爱到失去自己

女人最怕嫁错郎，我曾经对婚姻充满憧憬，现在反而变得杯弓蛇影，充满恐惧和不安。

有时想：这个我爱了一辈子的男人，真的值得我再为他付出，爱到失去自己吗？

我和丈夫结婚四年了，有一个两岁半的女儿。回想起来，婚姻就像一场梦一样，转眼就过了几年，平淡里失去激情，日复一日地重复，这样过日子就是幸福吗？就是女人对婚姻的梦想吗？

也许你们会说我太贪，要求太多，不够安分守己。可能你们都是对的，问题是我对在我身上发生的事毫无把握，又没有很积极地改变、求进步，碍于性格的限制，太多事情我不敢去做，不敢提出自己的想法，甚至不知道自己的想法是什么，可能就是因为这样，我和丈夫的关系每况愈下。

更不幸的是，在我怀孕期间，丈夫与一个合作伙伴好上了。他们之间到底已发展到什么地步，我一直蒙在鼓里。说我的丈夫吧，他是个性格沉默的人，做事有原则，很踏实，也很务实，只是传统观念很重，像很多男人一样不擅于表达自己，喜欢的、不喜欢的，都不会直接表达出来。我们平时关系一般，话不多，很少交流。他也不太爱待在家里，他说是需要时间放松，并且他有自己的爱好。我和他相处，总要猜估他在想什么，需要什么，我如何能帮上他，满足他，就是我每天想着的事。我承认我是个缺乏个性的平凡女人，只要能满足我所爱的人，就是我的成就了。于是，我的生命早已献给了他，为他付出一切，不去反思，没有个人空间的余地，把家庭照顾好，带好女儿，服侍丈夫，这样已经很满足了。

我们已很久没做爱

也因为这种不加反思的付出，我从来没有注意过我们的夫妻生活，而不知不觉间，他渐渐已对我麻木了，不再对我的身体感兴趣。我们之间已很久没有做爱。我没有在意，说来也是我大意，我没想过夫妻性生活淡下来的后果会那么严重。

当我知道他有另一个女人时，我整个人崩溃了。每天都在哭，也不懂如何释放自己，该骂他吗？如何冷静？和他说清楚吗？要求离婚吗？要他放弃那个女人吗？都怪自己不中用，守不住一个男人。我告诉他，不为我着想也多为女儿着想，她渐渐大了，会懂事的，等她知道父亲是这种不负责任的男人，你想会有多大的负面影响呢！丈夫没多说什么，发生这么大的事，他依旧沉默，不发表意见，不商量，不道歉，不解释，是默认还是否定？我不知道，总之就是得过且过，把忧虑留给我。

然后，他忽然变得出奇地好起来。他回到我们母女身边了，并且反常地对我比过去好。他从没有对我解释和坦白过那件事。我能做的便是识趣，息事宁人，聪明的女人能在适当的时候不多问，不压迫，守住现状，才能维持夫妻关系，不至于把事情弄得更糟，是吧？我唯有这样安慰自己。我以为他真的已和那个女人断了，事实到底是什么，我到现在也不知道。不过，一次他在酒醉后，对我说过一次对不起。

我就这样又放心又痛心地原谅了他。

回来单是为孩子吗?

女人的直觉是很强烈又脆弱的，我虽然原谅了他，但心里还是有根刺。我怎能放下他在我怀孕时找其他女人的伤痕呢？一个女人为了自己深爱的男人怀孕，承担生理和心理的变化，最需要丈夫加倍爱护的时候，偏偏这个男人会乘机出外找女人，只为满足自己的欲望，不理我的感受。这是很伤痛的刺，我无法忘记。每每想起便会落泪。我很想知道他为什么后来会回到我身边，是那个女人不要他，还是有其他原因？但是我不敢问，太多男人回到妻子身边，或者选择不离婚，好像都是为了孩子，为了保住一个给他们光荣和面子的家。男人和女人同样都需要一个完整的家稳定自己的心理，是吧？我害怕，我怕他也像这些男人一样，和我在一起只是为了孩子，那现在还睡在我身旁的男人岂不是已不再带着感情和我生活了吗？他只需要一个太太，他不再需要一个爱人了吗？

我接受不了这个答案。

我要的是感情，感情是我生命的全部。我受不了一个不再爱我但选择和我睡觉、接受我照顾的空壳丈夫。

更差劲的是，我无法放下他。

天要捉弄我，在我感到婚姻生活很空虚的时候，偏偏我又意外怀孕了，上次怀孕时他和别的女人在一起的阴影，又噩梦一样出现在我面前，他不会又要在我怀孕的时候出去偷腥吧？我很害怕，时时提心吊胆地担心他会再度对我不忠，那我的生命就完蛋了。为什么偏偏在这个时候老天要给我一个孩子呢？

说实话，我对我们的婚姻前途不乐观，所以我不想再生孩子了，很想打掉算了。可他总说还要再生一个孩子，我怀疑他像很多传统男人一样，只是想要个男孩，而不是为了我们的幸福。男人，到底最需要什么？女人？家庭？名誉？面子？孩子？怪只怪我连问他的勇气也没有。我到底是他的棋子，还是妻子呢？

我该不该要这个孩子呢？我该怎样和丈夫谈呢？他会理我吗？

素黑剖析

也许，男人真的爱孩子比爱老婆更厉害，因为孩子可以满足他有个拥有自己特征的后代的虚荣，感觉上能把自己的成就继承下去，觉得生命（自己）很伟大；而老婆却总想拥有自己，妨碍自己的任性，提醒自己是个要负责任的男人。男人比女人任性，喜欢自由，喜欢女人，却不喜欢琐碎地付出，琢磨关系，经营感情。所以，妻子的存在令男人又爱又逃避。

也因为孩子的存在，勾起了男人最大的潜藏欲望：重返任性，返回被母亲照顾、依赖女性的无忧日子。男人都是长不大，也不想长大的哺乳类动物，孩童的天真，被包容、被原谅、被照顾的优越条件令男人羡慕不已，忘记成年人要承担的烦恼，尤其是社会对男性角色的沉重要求。当然，孩子也提醒了男人已身为人父，想花、想狂，也当适可而止。孩子是想花又花不起、想任性又任性不起的传统男人最后的道德警察。

所以，某些男人在花过以后，衡量过轻重和得失，最终还是选择浪子回头，表面上是返回妻子身边，承担作为丈夫和父亲的责任，实际上也有他们内在不平衡的道德妥协。

至于女人，在最脆弱的怀孕期担心男人出去偷腥的心理阴影是有其生物性自卫需要的。原始雌性的生理是以最大的营养和安全的环境为婴孩提供成长的需要，所以要求一个安定的哺乳环境，迫切需要一个不会中途抛弃自己的雄性伴侣，若那时男人出去偷腥，弄到另一个孩子，那她的孩子的成长资源便会被剥夺，所以女性天生有嫉妒的基因，怕资源被分薄了。

女人了解男人的贪婪性欲，知道当自己的身体不便时，男人容易出外找女人，所以会担心，忧心自己的地位、名分和爱情会被取代。但，要发生的总会发生，所以女人要做的，不是被动地守住关系，而是积极为自己打好情感和经济的基础，当感情出现问题时，即使怀了孩子，也要坚强面对，平衡情绪，努力为爱付出，无条件地为孩子付出爱。因为女人既然那么重视爱，便更要加强自己爱的能量。能付出是有福的，女人不必为单个男人爱到失去自己。有力量的爱，永远由自爱开始，让爱有很大的自由，起码要释放自己在爱中的感情枷锁。很多时候，**我们爱着的不是爱的本身，反而是关系中的枷锁，助长自我执着的病态。**

男人回来了，不论他的原因是什么，总是要两个人在一起的选择。他动了，那你呢？能不能趁机反省自己，量力而爱？感觉很难再承担多一个孩子的话，便依自己的意愿处理好了，不要过分迁就男方。生育是责任，感情上承担不了的，不要勉强。好好鼓起勇气和丈夫表白内心所想，他即使没兴趣听你说，你也尽力沟通了啊。然后，多为自己着想，学习自爱，你的未来还是充满光明的。

别以一人为中心背负一切

生命是属于每一个人的。无法承担的，不要逞强。无能力管理好、处理好的事，便不是应背负的事，哪怕是关系和亲情。

Case 4. 我是绝望主妇

| Mimi | 27岁 | 图书馆管理员 |

格外想讨好老公和婆婆

我一直是个心情较郁闷的人，后来患上神经衰弱，吃了很多药，但效果很短暂，因为单位书多，看了好多关于精神抑郁方面的书，并针对性地做了一些非专业的测试，都是让我去看心理医生，才知道自己可能有精神上的问题。这件事说来话长。

三年前，我打掉了一个孩子，离了婚，但是我并不气馁，因为我相信，一切都是我可以掌控的，只要再给我一次机会，我依然会幸福。茫然了一段时间后，认识了现在的老公。“相见恨晚”是我们一直在说的一句话，至今仍是如此。

那时我才知道，他的家庭情况非比寻常：他母亲中风已经十年，生活不能完全自理。这是沉重的担子，我一开始便知道。可是我仍要跟他结婚。婚后因为他经常不在家，所以家里的事基本上全放在我的肩上：要安排婆婆的衣食，并安顿保姆，买米买面，去报销药费等等。婆婆后来又查出糖尿病，于是我们再一次面临困难。本来想要孩子的打算也因此一拖再拖，以至如今想要而要不上。我觉得自己很失败，看别人都是那么轻松愉快地生活，自己却陷在这个无底洞里。

可能是因为有过一次失败的婚姻，所以这次格外想经营好这段婚姻吧，所以我比任何时候都努力，为老公洗他换下来的衣服，努力想做到讨婆婆喜欢，想让街坊邻居夸赞，想做个人人称赞的好儿媳。可是时间长了，我累了，我真的受不了这种了无休息日的劳累，一切我都要忍着，咬着牙忍着。

爱情这个词还是不要提了

对婆婆我是尽力讨她欢心的，希望能做到令她百分百满意，不敢奢望她拿我当亲女儿，可是也希望她能真的看到我在努力，后来我明白，想让别人满意自己真的很难，我想我婆婆对我不是很满意。大姑姐在公公去世后平分了财产，却一直不肯赡养婆婆，令我们压力更大，我对此很有意见。我和老公之间的关系一直挺好，也许因为没有孩子的缘故，我们一直是对方交流的第一人，也是分享快乐或一起游玩的好伴侣，这也是令我肯承受这些压力的原因。可是，我和老公之间更多是亲情，爱情这个词还是不要提了，正因为和老公的感情，令我承受了这么久的压力，虽然我也知道如果和他离婚我便得到解放了，可是我不想离婚。

害怕无法怀上孩子

对工作有影响是首要的，我经常要晚到早走，中间也要经常出去办事，领导自然不会高兴，更因为我父亲曾是本单位的领导，他老人家今年退休了，其他领导更是趁此机会设法对我施加压力。

对身体上的影响才是最大的。因为一直不能怀上孩子，以致我的精神状态越发不好，压力也更大了，婆婆经常打电话四处诉苦，同事们接二连三地结婚怀孕，只有我没有动静。去做了检查，查出很多问题：胸内某处变形肿大，周期性情绪不稳，胃里因火积压有痰，经常恶心，神经衰弱及神经衰弱引起心脏衰弱，卵巢囊肿，抵抗力下降，容易流产等等。我的老天爷！

非常想找个地方大喊几声，把心口堵住的闷气喊出去，可是客观条件限制，我不能喊；很想发脾气，因为不能冲婆婆发，只好把怨气撒在老公身上，可是又非常心疼他，毕竟他也不好过。我俩的压力是同样的啊。惊恐才是我最大的心病。因为婆婆的病和公公的去世，我看到生命面对疾病的无奈与脆弱。我害怕自己有一天也会面对这种无奈，害怕自己在这个世界消失的那一天，也害怕失去亲人的那一天。我不敢对任何人说，怕把这种恐惧带给别人，只有默默地一个人忍受。

想想以后，没孩子怎么办？有了孩子没人给看怎么办？我的母亲上了年纪，身体也不是很好，我怎么忍心让她老人家操劳？婆婆的身体愈来愈差，将来有一天瘫在床上怎么办？一切一切的未知，让我心慌意乱，不知所措。

可能是前20年太顺了，所以毕业后，恋爱婚姻一直不太顺利，命该如此吧？可是有点不服气。我的个性缺乏自信，逆来顺受，有自己的主见和直觉，却不敢坚持到底。身边人的思想左右着我的行动。

最近常幻想再来一次恋爱

目前我的精神状态很不对劲，睡眠浅，易醒，惊恐，经常会头疼，易受风。胸口疼，经常喘大气，虽然没有做什么事，却觉得身心疲惫，消化不良，爱拉肚子，也爱便秘，这是因为婆婆上厕所经常和我碰在一起，只好先让她方便造成的。我不知道是什么在束缚着我，但是我不敢奢望能改变什么。和丈夫吵架时会喝酒，在他出门时会买很多零食，填补空虚。每天心里总有个声音在喊，希望有人能救救我，我不想再忆起那些可怕的事，不想再天天为将来30岁、40岁，乃至生命的尽头而担心，我想像大家一样快乐地生活，长此下去真会磨出个精神病啊，我很害怕。

我需要一个安静通风的空间，让我能自由支配自己的行动。找一本散文，读来可以让人有点淡淡忧伤的；或者是站在阳光下，欣赏这个世界。更多的时候喜欢看韩国连续剧，要那种轻喜剧的，没有死亡和疾病的。

最近总是在幻想着重新来一次爱情，不管是和不认识的还是和曾经的初恋男友，这样的想法有点对不起老公，可是我这么想时就觉得自己很漂亮，心情也非常好，觉得浑身充满力量。可我不知道这段婚姻应该怎样走下去。

剖析素黑

Mimi的情绪快崩溃了，心力交瘁，只能靠零食、酒精和乱想填补空虚，恐惧死亡、负面、绝望、怨命，把自己逼向困局，这是很危险的信号。她已患上过分焦虑症，这种症状的典型是将任何负面的可能性无限夸大，笃信，然后无助地恐慌，如想到没有她，家人便没人照顾了，想到要面对自己生命的尽头很可怕，这是病态想法，以一人为中心，盲目背负一切，孤立自己，恐惧本身比痛苦更可怕。

她的问题重点是背负了太多，过分努力要讨好全世界，演好所谓妻子、媳妇、好女人的角色，给自己太大压力了，结果输掉的却是她自己，让生命太沉重。

但这是她的选择，并不是必需的。

很多女性其实也像她一样，自小养成为别人付出，甚至为别人牺牲的道德价值观，让她觉得上一次离婚后更需要努力重建好女人的角色，要为全世界人服务，才能赢得别人认同自己，肯定自己，确认自己的价值。活不出女性性别，只演出了女性角色，这是封建女性的悲哀。实在不必要，她绝对不用背负那么多人的生命，可以解放自己的心。一切困苦都是心使然的。心胸不打开，心便会捆住自己放不下。

Mimi对婚姻很执着，不甘心找不到让她平定下来享福的婚姻，所以埋怨天意弄人，必须忍耐一切。性格决定命运，她看不清能让自己平定下来的永远不是外在因素，而是内心，她的内心充满了矛盾和斗争，所以心火过盛，影响了身体健康。她的多重症状造成了中医所说的肝郁，这是情绪困扰者的普遍病征，女性尤其直接影响到生殖系统，难怪她很难成孕。

不过她现在思绪这么乱，身体根本未准备好生育，所以没有孩子反而是庆幸的，现在有孩子问题才更多。

必须马上把一切停下来，给自己留个余地，给心灵放一个假期，安排一下照顾婆婆的事。来日方长，不要短视，只看现在生活上未能解决的，**背负太多的人总认为没有他们世界会变乱**。生命是属于每一个人的。无法承担的，不要逞强。无能力管理好、处理好的事，便不是应背负的事，哪怕是关系和亲情。给自己一个假期，让自己静心，享受独自生活的平静。到外地散心，或者上一些自我增值的课程，也是自疗的旅程。好好再想想自己的未来怎样走。

人生是漫长的路，不要给自己刻一个死框。情绪无法释放的话便会变成“情绪便秘”，堵塞内心。离开一下，再积极想想如何管理家事，而不用牺牲感情。能用钱解决的便用钱解决，像请人照顾婆婆，让自己去打工，还自己青春和自由，这都是可行的。事在人为，**其实很多家事问题都是管理出现了问题，而不是命运、感情或什么**。和老公好好商量，态度好一点，争取得到他的支持。

别被感情用事拖累

在爱情的路上，我们未必一开始便看穿伴侣会变坏，可是走下去，发现对方变得失去人性、贪得无厌时，我们应有觉醒的决心和果断解决问题的勇气。

Case 5. 商场女性当不好全职太太

| 夏芸 | 36岁 | 全职太太 |

丈夫吞了我的财产

我和丈夫结婚八年，孩子是个男孩，都七岁了，我本来是个职场女性，白手起家，谁都说我是了不起的女人，我只觉得我尽了力，赚到钱，问心无愧，也不会沾沾自喜。我不是斤斤计较的人，但我在职场上很小心，深深明白商场如战场，没有真心的朋友，可我是个重感情的人，也许是因为这样，我把一切感情投放在我的丈夫身上。

我很信任我的丈夫，因为心知能找到一个好丈夫并不容易，我愿意全心全意去爱他，相信他。就这样，我把我的生意也交给了他，因为一来有我的信任，二来我们结婚了，也有了孩子，我觉得女人再有本事，也该尽她的天职，先把孩子带好。

就在孩子开始长大时，我把公司交托给丈夫，自己回家跟婆婆和孩子一块儿生活。因为公司在外地，所以我和丈夫见面的时间相对也比以前少了。

回家已三四年了，可是，这几年发生了很多事，让我感到很郁闷，对丈夫很失望。我觉得，我真的信错了人。

事情是这样的。我的丈夫是二婚的，他是个疑心特别重的男人，可能是因为前段婚姻留给他太大的阴影，所以他很不相信女人，尽管我对他百分百信任，甚至把资产值已五千万的公司也交给他打理，他还是对我不放心，常常怕我会出轨，怕我离开他。是他觉得我太有本事会瞧不起他，还是他一直只是对我的资产虎视眈眈或什么呢？他趁我隐退回家当全职太太，竟然做出让我始料不及的不道德的事情。原来他悄悄地一步一步地把我的财产全部转移到他自己的名下，我从不知道他是这么老谋深算的人，可是当我发现后已经太迟了。他的理由是既然我已决心隐退，当全职太太，作为一个贤妻良母，根本不需要拥有很多钱，他有钱就是我有钱，我应该以他为一家之主，男主外女主内，他在外边打拼，做生意，我应该支持他，把所有资产让给他，让他把生意做得更有起色，这样做也是为了我们的家。这也算是理由吗？明眼人一看便知道他侵吞了我的财产，而不是为了家或别的什么。

赔了身家和青春

只怪我太信任他，怎么也没料到我最信任、最爱的男人会这样待我。如今我人在北京，公司在外地，公司我还可以回去，只不过公司已变成了空壳子，他把我的财产撤得一干二净。

我的车现在也没有了，我只剩下一点体己钱，八年的婚姻，换来一无所有。更让我难受的是，我和婆婆的关系并不好，我的儿子也因为我和婆婆的关系不好，性格变得怪怪的，一方面胆小怕事，一方面飞扬跋扈，性格分裂，不再听我的，不再听祖母的，谁都不听了，我连他也管不了，觉得作为全职太太实在做得很失败。

赔了所有的身家和最宝贵的青春，换来看清自己的丈夫原是个极其自私的人的结局，这样算是幸还是不幸呢？

和丈夫的感情每况愈下，他很少回家，也不很关心儿子的一切，我每每问及公司的财政，他便借故离开，或干脆指责我只关心钱，为什么不好好做个贤妻良母，相夫教子、侍候婆婆呢！他是个传统大男人，我明白他是要把我压下，怕我造反，危及他已获得的利益。我本来可以跟他争，跟他拼，就是看在儿子的分儿上才没有，也不想在商场的小圈子里制造太多不利于公司的消息，就这样一直忍下去，心里痛得要命。

应重新创业自力更生吗

上个月，发生了一件让我实在难以再忍受下去的事。因为我已没车了，出门靠打车，所以，在一次出门参加同学聚会时，有个男同学好心开车来接我。不料被婆婆看见了，向自己的儿子打报告，认为我出轨了。我回来后接到丈夫指责的电话，他说了很难听的话。我觉得非常委屈，觉得婆婆如此不讲道理，丈夫也不支持自己，自己在家无法再当全职太太了。我辛辛苦苦打理这个家，到底是为了什么？吃力不讨好，维护大家的下场是被诬告和指责，他们哪有这个权利呢？我还没有向他讨回我应有的财产呢。这个男人很恐怖，把我闹到心力交瘁。扪心自问，我觉得自己本来就不想当女强人，所以才试着回家当全职太太，结果却无法当好，还被最亲信的人欺骗，被婆婆陷害。这样的日子，怎能再熬下去呢？

现在的我非常矛盾，非常不快乐，找不到自己的出路。错在我太相信我的丈夫了，我在想，是不是应该重新掌握自己的公司，从头再来，像我当年创业一样呢？理性上我觉得应该这样做，为了自己下半生的生计，现在岌岌可危的婚姻和未知的将来，我需要一个保障。可是，感情上，我还对这个男人有留恋，说到底，他是我唯一毫无保留地爱过并且还爱着的男人。连他也放弃了，我的生命还剩下谁可以信任和珍惜呢？想到这里便心灰。

女人，到底活着为什么

在别人眼中，我是拥有幸福家庭的幸福女人，有完整的家庭，只要我安安分分，尽心尽力当全职太太，我还是可以乖乖地把日子过下去的。可是，我不甘心，这不是我理想的婚姻生活，我怕到最后被丈夫抛弃。在他眼里，我大概已是个没有利用价值的女人了，不是吗？想到这里我很心寒，觉得必须尽快做点什么保护自己和儿子。

素黑剖析

夏芸问了一个很好的问题：女人活着到底为什么？

这是很有趣的问题。女人和男人活着的目的需要有分别吗？**每个人都应有活着的原则，也是做人的基本责任和义务，大抵可以总结如下：养活自己，关爱自己和别人，别添麻烦，问心无愧，可以的话，学习随遇而安。**

女人跟男人都一样，需要事业和爱情，激活自己的生命动能，让自己有更强的动力和责任感去做更多有意思的事，开发更多可能性，让生命过得更丰富和有意义，没有白活。女人需要拥有个人事业，追求完美的爱情和家庭生活，这是很正常和健康的要求。夏芸做到了，她是个能力强的女人，她拥有很多女性望尘莫及的魄力和智慧，成为成功的职场女性，这是她的成就、她的财富。而她同时渴望追求美满的婚姻，专心爱一个男人，为他建造一个家，这也可以是她的光荣。她的问题只是选了一个不仁的丈夫，或者应说问题不在她，而在变了脸的丈夫身上。他的贪婪和私心再明显不过，处心积虑把妻子的财产占为己有，变相是挟丈夫之名侵吞产权，于情于理也是不合法的。要对付这样的男人，容易又不容易，因为他看穿了妻子的弱点：虽有女强人实力，可惜感情用事，对他盲目信任，所以他萌生贪念，违反道德。

人会变，感情即使没有变，也有太多其他可能的变数，让一个人背弃做人的原则，忘记耻辱，牺牲仁爱。**在爱情的路上，我们未必一开始便看穿伴侣会变坏，可是走下去，发现对方变得失去人性、贪得无厌时，我们应有觉醒的决心和果断解决问题的勇气。**

女人不怕重视感情，最怕的是自虐和纠缠，包庇坏男人，累己累人，尤其是连累下一代的幸福。夏芸可以对无情的丈夫还有感情，但她应同时拾回失落的勇气和强人本色，保障自己和孩子的将来，狠心和这个只利用他的男人划清界限。她现在可以做的事有很多，其实包括找个可靠的律师替她研究重夺资产的可能和胜算，理性地放下感情的包袱，重建自己的事业。

女人要为家庭彻底放弃事业早已是不合时宜的选择，这并不是女人应走的道路。女人可以同时拥有很多财产，包括家庭和事业、个人和家庭的名誉。很多成功的职场女性也能做到这点，看多位知名的电视女主播，看职场上很多优秀的女CEO（首席执行官），都能让事业、爱情、家庭并存。说有抵触的，只是大男人的见解，害怕地位被女伴超越而对女伴压制的自私说法。

其实一个成功的职场女人，不应单方面为家庭奉献，因为她一直拥有的个人成就感是建立自我认同和自我欣赏的重要条件，失去了容易破坏情绪和品性，产生从高处下滑的焦虑不安感，即使目前已做得很好，也会感到成就大不如前。就像夏芸的情形一样，不断自我否定和指责，觉得无法做好全职太太的角色，失去生命的重心。

女人有本事，不怕重新开始。36岁是女人的壮年，不怕失去的不复来。其实有很多有能力、有学识的女性，什么都优秀，就是情商低，被感情用事拖累了。智商高，还要情商高，不要留恋不应留恋的。**每个人都有重新开始的力量和条件，在于是否舍得放下，选择清醒。**

重新创业不为重夺财富，而为重拾做人的尊严，作为妻子和女人的尊严。**不要害怕已失去的不再来，永远相信更好的还未开发，等待你的启动。**